The Perfect World

パーフェクト・ワールド

Suzuki Takayuki

鈴木隆之

論創社

目次

Ⅰ　「出来事」と「感情」　7
Ⅱ　戦争という名の起源　95
Ⅲ　新しい世界　172
Ⅳ　歴史と闘争　201
Ⅴ　答えと問い　269
エピローグ　Jagat　357

パーフェクト・ワールド

The Perfect World

Dedicated to Yulia
ユリアに捧ぐ

Ⅰ「出来事」と「感情」

1

——Excuse me（失礼）, Mr.（ミスター） AriX（アリエクス）.

不意に肩を叩かれて、目を覚ます。美しい女性の微笑みが目の前にある。キャビン・アテンダント。Ms.（ミズ） Yukimura（ユキムラ）という名札。

機内のあちこちからざわめきが聞こえる。

ミズ・ユキムラはそこでいったん顔を上げ、辺りを見回し、それから再び私に顔を寄せて、驚いたことにギリシャ語で話し始めた。きっと周りにこの言語を解する人間がいないのを見計らってのことだと、私はすぐに思い至る。

「あなたはギリシャ語も話しますよね？　本名は Ares（アレス） Xenagelis（ゼナゲリス）というギリシャ名だとニュースで見た記憶があります。私は以前アテネに3カ月間ほど住んでいただけですから、聞き取れない時は言ってください。……この飛行機は、目的地の東京には着きません」

私の本名は確かにアレス。ギリシャ神話の「戦争の神」に由来する。9・11のあの日にニューヨークで生まれた私は、名の意味に触れられるのを避けて AriX（アリエクス）と名乗り、そしてその名で有名になった。

ミズ・ユキムラはギリシャ語で続ける。「大阪にある国内線専用の空港に向かっています。東京国際空港が封鎖されたためです」

私は客席のざわめきの原因を推測した。目的地の変更は、他の客たちには知らされず、だからこそ彼女はこうして慣れぬ言語で話している。ならば乗客たちは、変更に対してではなく、変更の理由になった事件を知って騒ぎ始めた、そう考えるしか他にない。おおかた座席の前のモニターで、ニュースが流れたのだろう。そして私には、その事件が何であるか、もはや見当がついた。香港で起きたテロ。定期便に乗ると、時にこういう反応を見ることができる。

私は自家用機を持っていて、それはいま香港にあるのだが、香港政府は2日前の2028年2月7日午前零時に、中国との境界を含む国境封鎖を宣言した。封鎖の理由を、当局は今まで明らかにしていなかった。

「香港のバイオ・テロのせいで?」

私が言うと、ミズ・ユキムラの笑顔に、驚きの表情が混じった。私は眠っていてニュースを見ていなかったのに、ざわめきの原因を言い当てたからだ。

私は9日前に香港に入り、その後まもなくシャントウという都市に陸路で移動していた。おそらくはその間に、テロが——封鎖という手段から推測するに、深刻なバイオ・テロが香港で起きたに違いない。そう私は考えた。シャントウから香港に戻るつもりでいた私は、すぐに予定を変え上海に向かった。チャーター機を用意してもらおうと試みたが、あいている航空機がなかった。それでこの Japan airLine の定期運行便のファースト・クラスのシートを、強引に押さえた。もともと自家用機も、JLに管理させている。私はJL社の株の10%を持っている。

中国政府はようやくテロ情報の公開に踏み切ったのだろう。機中のものたちが、騒ぎ始めるのも無理はない。とはいえ、この事態を予測するために十分な兆候は、注意深くしていれば見えたはずなのに、ひとはなぜそれをせず、今あらためて騒ぎ始めるのか。噂の類に反応し憶測に飛びつくものたちは、正しい洞察は決してしない。

ミズ・ユキムラの表情にすでに驚きの色は無く、自ら話している内容とはかけ離れた美しい微笑みだけがある。

「ニュースは、香港でＡＵＩＳウイルスを散布するテロが発生したこと、そしてＲＯＦ――Represents Of Fate（運命の代弁者）と名乗るグループが犯行声明を出したことを伝えました」

ＡＵＩＳ。それなら騒ぎは本当にひどいものになるだろう。**Aggressive Un-Identified Smallpox＝攻撃的未確認天然痘**、半年前に最初の症例が報告された病原体。接触や飛沫による感染だけではなく、農作物を媒介とした感染ルートの存在を主張する学者すらいる。完全なワクチンはまだない。

「ニュースは東京のことは何も伝えていません」

ミズ・ユキムラはそう続ける。「地上からの無線連絡も、『治安当局の指導で今は目的地変更の理由を教えることができない』と繰り返すばかりです。しかしおそらくは、各地の国際空港で、暴動に近い騒ぎが起きているのでしょう」

「どうしてそう思う?」

「病原体も恐ろしいですが」と彼女は見とれるほどの微笑を保ちながら言った。「それ以上に厄介なものが、恐怖心と差別の感情です。このニュースを聞いたひとたちの一部は、『中国からの入国を一切認めるな』と叫び始めるでしょう。彼らが本気なら、空港に爆弾を仕掛けたと予告電話でもしておいて、ごく小さな火事を起こしてやれば、空港を封鎖に追い込むことは容易です」

「ええ。というのも彼らは、無線を通じて、私たち乗務員をひとりひとり呼び出し、しつこく身元確認をしました。防疫のためには必要のない処置です」

「なるほど。ではなぜ私だけに本当のことを?」

「このまま行けばあなたはより厳しく長い拘束を受けるでしょう。あなたが10日ほど前、香港を訪れたことは一部のニュースでも報じられた。あなたは世界一の金持ちで、おまけに強い厭世の傾向があると——失礼ですが、世界中が知っている。テロリストへの資金提供を疑われる可能性は小さくない。しかし日本には、そうなって欲しくない人物がいる。その依頼を受けて私はこうして話しています。あなたには、入国手続きを経ずに、空港に迎えに来ているヘリコプターに乗っていただきたい。搭乗記録は、あとであなたの力でいかようにも変えることができるでしょう」

「同意する」

私はミズ・ユキムラの微笑みにあわせて柔和な顔をつくりながら、そう応じ、さらに彼女の推測の先を続けた。

「飛行機を追い返すわけにもいかない政府は、別の空港に防疫施設、つまりは隔離施設をつくって、しばらく乗客をそこに閉じ込めるつもりだろう。それにしても、この機内で行き先の変更をアナウンスしないのは……」

「ひとつには、パニックを避けるため乗客には知らせるな、という治安当局からの通達のせいです。しかし実際のところは、それだけではないと私には思えます。つまり。つまり……」

——つまり、と私はミズ・ユキムラの言葉を継いだ。「飛行機に、ROFのメンバーが紛れ込んでいる可能性があると、そう治安当局は睨んでいる」

「誰が差し向けたヘリコプターに？」

ミズ・ユキムラはそこで初めて答えをためらい、5秒の間に考えをめぐらしたように、確固たる口調で言った。

「未来のあなただと聞かされています」

「きみ自身は私を疑わないのか？　私はニュースを見てもいないのに、テロのことを知っていた。それとも、個人的な疑いは封印して、その奇妙な指示に従おうと？」

「いいえ」

彼女は即答し、私の目をまっすぐに見つめた。

「冷静に考えれば、私にもわかります」

私はまだ26歳で、青年と呼ばれるべき歳だったが、すでに果たした「成功」のせいか、誰もが私を畏怖すべき老人であるかのような目で見る。しかしミズ・ユキムラの目は違った。白い肌には少女の名残のような薄いそばかすが残っている。歳は私よりさらに若く、長いキャリアがあるわけでもなかろう。しかしまなざしは軍人のように強く、それでいて少年のように澄んでいる。

「きみの判断を信頼しよう。私はヘリコプターに乗る。しかしそれできみ自身に問題が及ぶことは？」

「ありません」

笑顔のまま、きっぱりとそう言った。彼女には彼女の方策があるに違いない。私はそれ以上心配するのをやめた。

「それにしてもきみのギリシャ語は上手い。たった3カ月のアテネでの生活でそれを？」

「けっこう勉強したんです。ギリシャ人の恋人がいましたから」

そう言うと、一瞬心からの笑顔を見せた。客室全体が明るくなるような笑顔だった。だがそれはすぐに、表面的な、冷たい笑顔に変わった。そしてその笑顔の奥に、思いつめた悲しみが垣間見えた。回復不可能な、このまま一生彼女の心の底に残るような重さ。私は彼女の唇を見つめた。彼女はその恋人と不幸な別れをしたのだろう、おそらくはその恋人の死によって。テロや紛争は世界中の多くの命を奪い続けている。7カ月前にアテネでも大きなテロがあった。

「ミズ……、きみのファースト・ネームは?」

「ユイです」

「ユイ、きみの家族はだいじょうぶかね? 空港近くに住んでいて暴動に巻き込まれるようなことは……?」

「私の実家は高知という太平洋沿いの小さな町です。問題ありません」

「それはよかった。……きみのギリシャの恋人は残念だったが」

ユイは一瞬、笑顔をつくるのをやめた。

*

JL機が伊丹空港に着陸すると、ユイは私を機内の貨物室に導いた。このドメスティック空港でも、騒動は始まっているようだった。急ごしらえのパスポート・コントロールや仮設の検疫室でも出現したなら、空港にいるものたちも事態に気がつく。ターミナル内の混乱ぶりは、貨物室にいても感じ取れた。だからこそユイと私はそこから一台の貨物用カートに乗り込み、ヘリコプターまで辿り着くことができた。混乱は企てを容易にする。ユイはそこまで計算していたのだろう。

ヘリが浮上しかけるのを確認するまでユイはヘリのすぐ近くに立っていた。彼女はもはや微笑んではいなかった。冷たい表情をしていた。数百年前の大虐殺について研究している歴史家のように、冷たい顔だ。

ヘリは暗い空を30分ほど飛んだ。着いたのはおそらく京都の山間部だろう。頭の中に急ごしらえした「招待主推定リスト」から、ひとりひとり名前が消えていく。こうした趣向でひとを呼び寄せる人間は、あまりいない。

ヘリを降りると、そこからさらに車に乗せられた。運転手は若く、英語をろくに解さない。武術に通じているようには見えず、後部座敷から私の手がすぐ届くサイドボードに自らの携帯電話を置いている。招待主がどこかの国の政府関係者や大企業の幹部、あるいは注意深いギャングのボスである可能性はない。私は「招待主」の見当を、ようやくひとりに絞った。だが、もし私の推測どおりだとして、いったいなぜ私を強引に「招待」するのか、その目的は皆目わからない。

最後に着いたのは日本式の料亭だ。門には篝火が焚かれ、近くからせせらぎの音が聞こえる。通された座敷には、男がひとり座っていた。

「ハロー、アリエクス。久しぶりだ。僕を覚えているか?」

日本人だが、東洋系らしからぬ彫りの深い顔立ちに長い髪と髭を蓄えたその男は、英語で話しかけた。4分の1ロシア人の血が入っているという話を誰かから聞いたことがあるが、本当のところは確かめたことがない。

「覚えているとも、タキ。だが、今度からひとを招待するときは、自分の名を伝えるよう明確に指示したほうがいい。奇妙な謎かけは無しだ」

「キャビン・アテンダントは私の名を言わなかった? それではきみは、誰に会うかわからぬまま、こんなところまで連れてこられたというわけか」

「いや、5分前に推測がついた」

そう言うとタキは嬉しそうに、ハハ、と声を上げ、

「結果的には、そのアテンダントの判断は正しかったな。目的もわからぬ招待主の名前を告げられ、ましてそれが僕のような一介の民間人だとすれば、きみの疑念はむしろ大きくなっていたんじゃないか？」と言った。

確かに、と私は心のなかで答えた。

この男とは過去に一度会ったきりだ。しかも21カ月前のパーティで、わずかな時間だけ。

通された座敷には、畳と調和した背の低い籐の椅子と、竹とガラスでできたテーブルがあった。席につくと男は早速、すでにテーブルの上にあったボトルを持って、私のグラスにワインを注いだ。

「京都の料亭でワインもないものだと思うだろうが、今、日本酒にろくなものはない。日本は２０１１年と21年の二度の原発事故で、大量の汚染水が海や川に流れ込んだ。水が汚れれば、土も汚れる。あるいは、汚れたとみなされる。複数の貿易開放協定に参加したから、コメも海外産との価格競争を余儀なくされた。除染だの生産性向上だのを合言葉に、水源にまかれる薬は増え、稲の品質改良も過度に行われた。今回のＡＵＩＳ騒動で、またまた奇妙な薬が水のなかに入り込むだろう。天然痘が農作物を媒介して感染するとは、僕には思えないがね。なんにせよ、もう未来永劫うまい日本酒は期待できない。もっともヨーロッパだって事情は似たようなものだ。ＥＵの連中はたまたま葡萄のはずれ年が続いているだけだと言っているがね。というわけでこのワインはフランス産ではない。ベトナム産だよ、すばらしいとはとても言いがたいが、そうひどくもない」

私はワインを一口飲んだ。タキの言う通りの味がした。

「タキ、私はきみを才能豊かな建築家として記憶している。きみに会ったのは、上海ビエンナーレのパーティだった。ビエンナーレの会場のひとつとなった小さな美術館の設計をしたときみは言っていた。それはすばらしい建築だったし、きみ自身が吹聴していたように、きみにはル・コルビュジェをしのぐ才能があるのかもしれない。だが、あの時きみは、自分は大きなプロジェクトの機会に恵まれていない、経済的にもいつも厳しいと、こぼしていたのではなかったかな？　才能はあるが一介の建築家に過ぎないきみが、どうして私を空港で特別扱いされるように取り計らい、そしてヘリコプターをチャーターするほどの力と金を持っているのかね？　私があの便に乗っているという情報をどうやって得た？　いやもちろん最大の疑問は、きみがなぜこんなことをしたのか、だ」

　タキは自分のグラスを飲み干し、そこにまたベトナム産のワインを注いだ。どうやら私の質問を楽しんでいるらしい。

「確かに僕は権力や金に縁がある建築家ではない。強力なパトロンでもいなければとてもきみにヘリコプターなど差し向けることはできないし、有益な情報を入手することも不可能だ。もちろん、僕は今回そうしたパトロンを見つけたのさ。だから今きみをここに招くことができた」

　タキはそう言ってグラスを顔の前に上げ、小さく乾杯のポーズをとって見せた。そしてそれを一口で飲み干し、また自分でワインを注いだ。そうする間、タキの視線はグラスにもボトルにも向かうことはなく、ただ私の目を射抜かんばかりに捉えたままだ。勝利を確信しているギャンブラーの目だ。私はその目を見返しながら言った。

「きみの見つけた強力なパトロンというのはつまり……私のことか？」

　するとタキはまた嬉しそうに笑い、

「きみは本当に頭がいい。このワインボトルが空くころには、きみは僕に、きみの発想によるきみの仕事を依頼するだろう。きみはそのために、きみの力を利用してここに来た。いろいろ順番が逆になったが、あのヘリコプターのチャーター代は、きみが払うのさ」

*

夕暮れのミシガン湖の湖畔に、秩序正しく並んだ超高層ビルが見えてくる。空から見るシカゴは美しい。

公的な記録上は、私は上海からシカゴに直接飛んだことになっている。

キャビン・アテンダントのユイが伝えた通り、私を京都の山間の料亭に招いたのは、私自身だったと言えるだろう。タキが私にある情報を語ると、タキが予言した通りに、私は言っていた――ＯＫ、きみに設計を依頼しよう。

4日間にわたり私は私の考えをタキに語った。その間の議論で、私がすべきこと――12月のその日までにすべきことは見えた。

議論の間にＪＬの株を全株数の30％を超えるまで買い増した私は、その力を利用して、チャーター機を1台私の専用機とし、さらに私が必要とする時にはユイがその専用機に搭乗できるようにも手配していた。

アメリカに帰るのは、11週ぶりだ。帰るとはいえ、私はアメリカだけの国籍を持っているわけではない。パスポートは五つある。だがどこにも自分のレジデンスはない。世界の九つの都市の最高級ホテルに「アリエクス・ハウス」がある。貸切で借りているそれらのフロアを、ホテルの連中がそう呼ぶ。私には、自分の家を持ちたいという欲望がない。

私がシカゴに戻ってきたのは、アーティストのマイケルに会うためだ。マイケル・ジョルダーノ。歳は私より五つ上の31歳。15歳で天才として認められ、その後その作品は世界中の金持ちの投機対象となった。さらにマイケルには、数学者に匹敵する理性と、歴史家に近い博識があった。

ミシガン湖の上を北から渡ってくる風は冷たい。マイケルの家を取り囲む森のなかに入っても、その寒さは変わらない。マイケルは厚手のセーターを着てニット帽をかぶり、家の玄関の前に立って、私を出迎えた。

「わざわざこんなところまで足を運ぶとは。終末論が大好きな連中がAUISでまた騒いでいるが、まさかきみまで世界の終わりを予感して、それで旧友を訪ねておきたくなったという趣旨か?」

家に入るとマイケルはニット帽を脱ぎ、イタリア訛りの英語でそう言った。短く髪を刈り込んだ自分の頭をなで、次にその手を下ろした瞬間、傷跡が見える。

「そう言えないこともない」

私がそう答えると、マイケルは怪しむような顔をした。ひとは退屈な推測よりも、ドラマチックな予感にこそ群がる。だが世界中の皆がそれに群がるときでも、私ひとりはその群れの外にいるだろう。マイケルはそれを知っている。マイケルは私の表情を見て、それ以上は何も言わず、私を家のなかに招き入れた。

「森のなかに防犯システムがあるのだろうけれど、それにしてもこのガラスの家は無防備すぎないかね?」私は久々に入るマイケルの家を眺め回しながら言った。「ここが『ジョルダーノ・ギャラリー』として建設された5年前とは、世界事情はだいぶ変わった」

「そうだな」マイケルはうなずいた。「しかし僕は意に沿わぬやり方で生きたくはない。それに

「……」

「それに？」言い淀んだマイケルを私は促した。

「それに、僕は病気なんだ。観察眼が異様に鋭いきみのことだ、もう気がついているだろう。頭に腫瘍が見つかって、手術した。だが、すべては取れなかった」マイケルはまた自分の頭を撫でた。

「手術の後、ガン化した細胞をいったん初期化し再度脳細胞にまで高速成長させるという最新治療を受けている。それで病気自体は消えつつあるが、反比例して才能は失われ、さらには脳全体の老化が急加速しているらしい。というわけで、僕はこの世にそれほど執着を持ってもしかたがない」

マイケルの言葉に私は無言でうなずいた。友人と呼べる数少ないものの運命を思い私は深い悲しみに落ちかけたが、マイケルはそれを押しとどめるように明快な言葉を継いだ。

「どうも生命のシステムというのは、それに抗おうという人間の意志を、必ず超越するようだね」

「……そうだな」と私は言った。「長寿の願いは神に返却したうえで、あらゆる遺伝子をコントロールすれば、生まれてくるものすべて一定の歳に達するまで若さを保ち生きられる確率を飛躍的に高められる。さらに全個体を日常的に多次元健康スキャンすることができれば、完璧だ。だがこの世界では、それはできない」

マイケルは私の言葉を聞くと再び頭に手をやり、しばらく考え、それから私の目を射抜くように見る。

「最初の質問に戻ろう。なぜ僕に会いに来た？きみが世界の終わりなど気にかけるわけがないのは、わかっている。なぜならきみは僕にもましてこの世に執着など持っていない。マーヤを殺したこの世界には」

「……その通りだよ、マイケル。私は世界には何の執着もない。この……」私は人差し指で自分の足元を指した。「この世界、にはね」

——ふむ、とマイケルは一言うなった。それからガラスの外に目をやり、風にかすかに揺れる森の風景に見入った。——すると、とマイケルは独り言のように呟く。——これからここでしようというのは……

マイケルは言った。

「別の世界の話か？」

——シ、と私はイタリア語で短く答えた。

*

夕暮れのこの世界で、ガラスの立方体群は異界の光のような美しさを放つ。その群のひとつ、緑色の立方体のなかで、マイケルと私は食事をした。

本題に入る前に、昔話やマイケルの病気の話をした。マイケルの顔に、自らの死を恐れて動揺する色は現れていなかった。天才的な芸術家として運命を達観する術を身に付けているからなのかもしれない。あるいはマイケルも私と同様、あのときに、生の積極的な意味を信じなくなってしまったのかもしれない。マーヤが死んだあの瞬間に。

マーヤはムンバイで生まれ、幼いころから天才ピアニストと騒がれた少女だった。マイケルはヴェニスで生まれ、これまたピカソ以来の天才画家と称された少年だった。ふたりはそれぞれに奨学金を得て、２０１９年にニューヨークに来た。マイケルが23歳、マーヤが15歳の時だ。しかし奨学金は無用になった。すぐに商業的に大成功したからだ。マーヤはクラシック音楽のピアニストだったが、映画女優顔負けのエキゾチックな美少女ぶりで、その音源は売れに売れた。マイケルはマーヤの最初の音源のミュージック・ビデオを制作し、その出来は世界を驚かせた。そのとき彼らは互いに知り合った。

「きみは僕よりもあとでマーヤと知り合って」マイケルは豆腐をスプーンですくいながらそう言った。「僕もマーヤに恋しているのを承知で、強引にマーヤを自分のものにした」マイケルの口調に懐古の情こそあれ非難のニュアンスはない。

私は箸で豆腐をつまんで食べた。

イギリス人とインド人のハーフだったマーヤは、黒い髪に青い瞳があまりにも神秘的だった。僅かに褐色に色づいた細い腕が奏でるピアノは、冷たい水のように澄んでいた。

マイケルが再び口を開く、

「僕はいつかマーヤは僕のものになると信じていた。マーヤが天才的なピアニストであることは明らかだったし、そんな天才ならばやはり天才の僕と結ばれるのが当然だと」

「確かに、マイケル。きみは紛れもない天才だ。きみはアートの概念を変えた」

「うん、それはまあいい。きみがマーヤに恋し、マーヤもきみの情熱——今のきみにこれほど似つかわしくない言葉はないが……に応え始めたとき、だから僕はただ信じられないような気持ちだったよ。だが、自分でも驚いたが、僕はやがて納得した。きみならばしかたない。きみは、僕以上の天才だ。きみがマーヤをニューヨークに残して——」

「私には才能はない」私はマイケルの話を遮った。「僕はきみのように偉大な芸術をつくれないし、マーヤのような音楽的な才能もない。文学の天才でもなければ」

「シャ・ミンのようなコンピューターの天才でもない」今度はマイケルが私の話を遮って言った。

シャ・ミン＝謝明は、中国系アメリカ人で、私が高校生の頃にインターネットを通して知り合った同世代の仲間だった。自身がコンピューターになりきって考えることができる人類史上最初の人間だった。

「だがアリエクス、きみにはひとの能力や思考や感情を、見抜く力がある。そしてその力によって、ひとととひとととを出会わせて、それぞれが持っている以上の能力を発揮させることができる。結果、きみは他の誰にもまねができない仕事をなすことができる」

確かに、謝明（シャ・ミン）のコンピューターについての比類なき才能を見抜き、その才能が開花するための環境を用意したのは、私だった。

謝は高校生の頃、ネット上のさまざまな場所にある欠陥を、分析し、その結果をネット上で公開していた。公的機関のWEBに開いたセキュリティー・ホールに「薬」を勝手に放り込んでホールを閉じる「治療」をしたりもして、仲間内から「ドクター」と呼ばれていた。つまりは、ちょっとした有名ハッカーだ。

もっとも、そんなコンピューター・オタクなら、ネット上にいくらでもいる。謝のWEBを覗いた私の目を引いたのは、一見片手間でやっているように思えるページのほうだった。謝はそこで、プルーストの長編小説『失われた時を求めて』のリライトを、コンピューターに命じて行っていたのだった。プルーストのオリジナルは「長い間、私は夜早く床に就くのだった」と始まるが、謝のほうは「長い間、世界は夜早く床に就くのだった」で始まる。主人公の「世界」はネット上に存在するさまざまな情報からその過去＝歴史を回想する。「世界」はさまざまな場所を語り、恋をし、性愛を動画で見せる。記憶と時間の不思議を数式で語り、死を予感する――。このリライトを、世界中のネットに接続しているコンピューターの力を

（時には不正に）借り、あらゆるサイトを自動参照・引用しながら、自動的なライティング・システムの元に再構築しようとしていた。

私は謝にメールを書いた。――きみの『（新しい）失われた時を求めて』はとても面白い。しかし率直に言って、『（かつての）失われた時を求めて』の持つ複層性が消えている。複雑さと複層性とは違う。別々の目的で動いているものを制御する何かが必要なのじゃないか？――　返信を期待していたわけではないが、翌日には謝から返信があった。――そのとおりなんだ、まったく！　世界中の、それぞれ別のソフトウエアで働いているコンピューターを、その働きはそのままに結びつける必要がある。それでやっと、本当の意味での「電脳」ができる。きみだけがそれに気がついた、すごい！　しかし今地球上にあるネット・システムではこれ以上のことは論理的に無理だ。新しいシステムをつくることが必要だし、僕にはそのアイデアもある。だが実のところ、僕はサンノゼの小さな中華料理屋の息子に過ぎないんだよ――。

私はこのメールを読んで一カ月後には、会社を立ち上げていた。弱冠17歳の社長だった。私が6歳のときに死んだ父と、15歳になる寸前に世を去った母の遺産を使った。世界中の若い才能を、それも誰もが思いもつかぬようない分野の才能を集めてきて、謝の発想の実現に協力させた。「パーフェクト・ワールド社」それが、謝を呼び寄せて私がつくった会社の名だ。

パーフェクト・ワールド社は起業2年目にして、n次元通信プロトコルと、それによるn×n次元ネットワークという、画期的なシステムを開発した。人間の脳は、その部位ごとの働きは単純であっても、全体としてはきわめて複雑な働きをする。n次元プロトコルは、コンピューターどうしを、脳の部位と部位が結びつくようにつなぐものだ。こうして構築されるコンピューター・ネットワークは、人間の脳と同じように複雑に、そして計算能力としては量子コンピューターを遥かに凌ぐほどに、動くことができる。

だが、n次元プロトコルを開発したのは、あくまでも謝明(シャ・ミン)であって、私ではない。

十代にして世界最大の会社のCEOになった私は、虚無感に浸ってもいた。無人島の高い高い木の上に登って、大海原を見ているような気分だ。そんなことを考えているときに、出会ったのがマイケルであり、マーヤだ。

優れたアーティストであったマイケルに、n次元プロトコルを援用したアートを制作するように勧めたのは私だった。ありあまる才能を認められていたとはいえ20世紀型アーティストのスタイルを脱しきれていなかったマイケル・ジョルダーノは、それで一躍電脳アーティストに転進した。ネット上に彼の作品は存在し、成長し、生き続けている。

マーヤは違った。私はマーヤに、新しいプロトコルを使った創作を勧めたりはしなかった。私はマーヤの弾くピアノの音そのものが好きだった。透き通った氷のように冷たく鋭く響く音が。ミクロの単位のなかに無限の世界が広がるような演奏が。いや、そうではない。私はただ、マーヤ・デイが好きだった。会社を売却し、別のことをして生きていこうと考えたのは、マーヤと出会い、マーヤを愛したからだった。電脳世界をつくるのではなく、マーヤのいるこの世界を変えていこう。「21世紀最大の成功者」とすでに評されていたとはいえ、まだ20歳そこそこの青年だった私は、あのころ、そんなふうに考えていた――。

マイケルは私の沈黙に合わせるようにしばらく

黙っていたが、やがて立ち上がり、オーディオ・システムを操作した。澄んだピアノの音が流れだした。マーヤの遺作となってしまったアルバム『Maya Plays Maya Dey』自身の作曲による作品をマーヤが弾いていた。

「そういえば、マイケル」マーヤの曲に没頭するように一言も発しないマイケルに向けて、私は言った。「きみはさっき何かを言いかけたね。私がそれを遮ってしまった。『マーヤをニューヨークに残して――』そのあときみはなんと言おうとしたのかね?」

「ああ、きみがマーヤをニューヨークに残して、オスロで開かれた環境会議に行った時、僕はマーヤに言ったんだ。『アリエクスもどうかしてる、環境会議なんて。いかに天才のあいつが参加しても、この忌々しい世界はいまさらどうにもならないだろうに』きみも知っている通り、マーヤは、インドに今なお残る非差別層の貧困も、富裕層のあからさまな横暴も、身近に体験してきた。こんな世界なんて大嫌い、というのが僕と最初に会った日のマーヤの言葉だったよ。だがあの時は違った。マーヤはこう言ったんだ。『忌々しい世界、なんてことはないわ、マイケル。少なくとも私は、アレスと出会ってから、この世界がけっこう気に入っている』」

やがてマーヤの演奏は終わった。森の静寂が家の中にまで忍び込んできた。マイケルも私も、そのままたっぷり30分は、黙り込んだままだった。

やがて、私は言った。

「さて、本題に入ろう」

＊

シカゴを発つと、私はニューヨークに向かった。コロンビア大学の社会学者と会う。私から見ると彼は恐ろしく優秀な社会学者だが、学会での評価は低いらしい。というのも彼はもっぱらコンピュータ上で理想社会の生成と持続に関するシミュレーションばかりしていて、「現実に目を向けていない」からなのだそうだ。だが「現実」はしばしば「真実」を見ようとする際の「目くらまし」になる。

マンハッタン。私はここで、2001年9月11日に生まれた。ニューヨーク大学（NYU）付近を歩いていた私の母は、テロの風景に驚いたせいか、急に産気づいたのだという。そしてERに担ぎ込まれた。テロの負傷者たちの叫び声に交じって、私は産声を上げた。私には無論その記憶はない。私がこの町で記憶しているのは、ただマーヤの死だ。現実の風景を見ても誰ひとり気がつかない真実、それを私に教えたのがマーヤの死だった。

はたから見れば、マンハッタンを眺める私はただ無表情な男に見えるだろう。だが私は痛みを忘れたわけでも悲しみを遠くに追いやったわけでもない。逆だ。記憶は時々私の心臓をつかみ、私はそれでマーヤといつでも話すことができる。その会話は誰にも聞こえない。今、バックミラーで私の顔をちらちらと伺っているハイヤーの運転手にも。

――おかえり、アレス。かぼちゃのスープをつくったから、食べてみて。

マーヤと交わした会話は何千回とあるはずなのに、いつもこんなたわいもない言葉を思い出す。

――マーヤ、私はあいにくかぼちゃは嫌いなんだ、知らなかったかな?

マーヤはその生の最後の日、友人と連れ立ってセントラル・パークにいた。ストロベリー・フィールズ・フェスティバルという野外コンサートが開かれていて、それは20世紀の音楽のヒーロー、ジョン・レノンの没後45年を記念してのものだった。マーヤは演奏する側にいたわけではなく、聴衆のひとりだった。ひとごみのなかに入るのを嫌っていたマーヤが、その日そんなコンサートに出かけたのはどういう気持ちの変化だったのだろうか。

野外コンサート会場に、爆弾を積んだセスナ機が突っ込んだ。カミカゼ・テロだった。23人が死に、100人以上が重傷をおった。マーヤは、その23人のなかにいた。

犯人は原理主義者でも思想犯でもなく、暴力に魅せられた若者でもなかった。セスナに乗っていたのは、テキサスの老夫婦だ。保守的な土地柄の住人だが、レイシズムなどの背景も見当たらなかった。テキサスの家に一枚の紙切れが残されていて、そこには「これが私たちが考えたピース」と書かれていた。それが犯行声明だった。

ハイヤーがセントラル・パークの脇を走っているとき、携帯電話が鳴る。今から会って話をすべき相手、コロンビア大学社会工学研究員、クリストファー・ペイジからだ。

「アリエクス、きみは今どこにいる?」

電話を取るや否やクリスは言った。

「もうウエストサイド80番街まで来ている。約束までまだ少し時間はあるだろう?」

「時間のことじゃない」クリスは言う。「きみが無事なのかを知りたかったんだよ。今、臨時ニュースがあった。ロウアー・マンハッタンでまたテロだ。有毒ガス、おそらくはサリンを使ったテロ。20世紀に東京の地下鉄で起きたのと同じ手口だ。AUISを香港でばらまいたと主張しているROFとやらが、今回も犯行声明を出している。――この世界は間違っている。いったん壊して、神の言葉通り再建するしかない――とね」

「そうか」私は冷静に答えた。「私は問題ない。きみの家族はだいじょうぶか？」

「僕の家族の無事はもう確認した。ありがとう、アリエクス」

それで電話を切った。15分もしないうちに、ハイヤーはコロンビア大学に着いた。私は運転手に向けて言った。

「きみの家はどこにある？　ひょっとして、ロウアー・マンハッタン？」

「まさか、そんなわけがない。ブロンクスです」

「情報端末のスイッチを入れたまえ。きみの今日の予定は変更だ。きみはここで2時間僕が出てくるのを待つが、その後のニューＷＴＣ（ワールド・トレード・センター）行きはキャンセルする。空港に向かう。ＪＦＫではなくラガーディアだ。ロウアー・マンハッタンは通らない」

私は運転手に、100ドル紙幣を1枚渡し、後でもう9枚渡すと伝えた。運転手は嬉しそうな顔をしたが、直後に情報端末音声から流れるニュースを聞き、頭を抱えた。

「お互い、幸運を大切にしよう」私は運転手を慰めるつもりでそう言った。「確率が支配するこの世界では、我々にできることはそれだけなのだから」

2

「新聞を読んだ？」カテリーナが言う。

パリ、モンパルナス。古いアパルトマンの一室に朝の光が入り込み始めている。コーヒーとバゲットの香りが漂う。ユイはキャビン・アテンダント仲間のカテリーナと親友で、パリにフライトがあるたびにこのアパルトマンに泊まる。

テーブルの片隅に、タブレット端末が置いてある。ユイはナイフとフォークを皿に置き、端末を引き寄せた。ル・モンド・インターナショナルのトップページの見出しに、「汚い核爆弾、ついにテロに使用される」という大きな文字がある。

――パキスタンで、小型の「汚い核爆弾」が爆発。死者は300人を超え、負傷者および被爆者は1万人以上に達する模様――。

カテリーナがショックを受けるのも無理はない。同僚のなかには、とりわけカテリーナと仲のいいパキスタン人もいる。

ページをスクロールして読み終えると、その下に「最新ニュース・リスト」が現れた。途端にユイの指は、リストのなかのひとつをタップしている。パキスタンの事件とは関係がない記事だ。

――2028年6月21日午前3時（ワシントンDC現地時間20日21時）に、アメリカ航空宇宙局NASAは重大な発表を行った――。

ユイはタブレットを持ちあげ、自分の鼻さき20センチにまで近付けていた。ついに始まる。始まってしまう……。

「でも、なんだってカラチなのかしら？　それも中心部じゃなくて、郊外で？」

カテリーナはトップニュースの話を続ける。ユイが他のニュースに目を奪われているのに気づいていない。カテリーナはユイの目を直視していた。まるでユイならその問いに答えられるとでもいうように。

「汚い核爆弾」はカラチ郊外の小さな町で爆発した。だいぶ前から、テロリストたちの手には正規軍が持つあらゆる種類の兵器があると予測されてはいた。化学兵器、細菌兵器を使用すると宣言し、脅迫の手段に使うものは少なくなかった。しかし国連テロ対策本部は、そうした威嚇は妄言に過ぎない、テロリストたちが持っているのは通常兵器だけだと、繰り返し言ってきたのだ。しかしAUＩＳの事件が起こり、今度は「汚い核爆弾」の爆発だ。国連テロ対策本部の公式声明のほうが妄言だったと、実証されてしまった。

カラチは商都だが、ペシャワールやイスラマバードのような政治性を帯びた場所ではない。カテリーナが首を傾げたように、テロリストが、最大の効果を狙える都市中心部をわざわざ避けるのも奇妙だ。

「このあいだ彼が言っていたのは本当かもしれない」

「彼?」ユイはカテリーナに聞き返した。「あなたの婚約者フィリップ?」

「そう。彼は原子物理学の専門家でしょう。その彼が、いつだかAUＩＳの話をしているときに、こう言っていた。『香港のAUＩＳテロで、大国の軍部はおおいに助かったと思う。だって、あれで生物兵器の実践的実験をシミュレートできただろうからね。あと実験データが大きく不足しているのは「汚い核爆弾」だけだ。テロと称した実験が行われないとも限らないし、きみも気をつけたほうがいい』って。問題は、このカラチでのテロが、彼の言ったとおりの『実験』だった可能性が大きいということよ」

ここにも憶測がひとつ生まれている。恐怖がやがてそれを真実にすり変えてしまうだろう。無学な大衆だけが憶測し恐怖するのではない。カテリーナの恋人のように、高等教育を受けているものですら――ときにはむしろそうしたひとびとのほうが――推測に酔い単純な事実を見誤る。

ＮＡＳＡが発表したニュースはどうなるだろうか?　ユイは心のなかでそのことを思った。他のニュースに隠れて目立たなかったこの発表が、近いうちに世界中を恐怖の底に陥れることを、ユイはもう知っている。「汚い核爆弾」がこの発表の衝撃を抑えるために仕組まれたということはないだろうか？　ユイもまた、自らの心に芽生えた憶測を否定しきれずにいる。とはいえユイは、ＮＡＳＡとアメリカ政府が騒動を避けるためにそうしたのだと思っているのではない。逆だ。恐怖は静かに芽吹いた時、より深く根をのばす。だから――。

「ユイ、だいじょうぶ？」瞳を潤ませたままのカテリーナが訊いた。「顔色が悪いわ。あなた、このところ通常勤務以外に、ＪＬの大株主の専用機にまで乗っているんでしょう？　もう少し休みをとらないと」

「疲れてなんていないから。――ねえ、カテリーナ」しばらく考えてからユイは言った。「私がここに置かせてもらっている荷物、邪魔かもしれないけれど、ずっと持っていてね。いつか何かのために役立つものかもしれないし」

「当たり前じゃない！」カテリーナはびっくりした様子で言った。「邪魔だなんてとんでもない。なんで」

「なんでもないよ」ユイは首を振った。「……さあ、気を取り直して朝食にしよう！」

カテリーナはうなずき、フォークを手に取った。

「そうだね。しっかり食べておかないと。北京までのフライトは長いから」

ユイは北京に飛ぶ。そしてそこで中国共産党の最若手の幹部に会い、アリエクスから預かった、一台のラップトップ・コンピューターを渡すだろう。ユイはもう一度新聞に目をやった。カテリーナは、ユイ自身か、ユイの家族が重篤な病気にでもかかっているのかと心配した。ユイはそのあと、皿の上の朝食をフォークでつつくだけで、一度たりともそれを口元まで運ぼうとはしなかったからだ。

＊

ユイが読んだニュースが、始まりの合図だった。誰も、ユイ以外の誰も、その時にはそうとは気がつかない、隠れた合図だ。

ル・モンド・インターナショナルは次のように報じている。

——NASAは「今年2028年12月下旬に、隕石が地球上に落下する確率が極めて高い」と発表した。よく知られるように、地球上への隕石の落下はさほど珍しいことではない。その大半は大気圏突入時に燃え尽きてしまうし、燃え尽きない場合でも相当小さくなっている。また、それが都市部などに落下する可能性は限りなく低い。だがNASAによれば、今回の隕石は「観測史上最大のもの」で、したがって「着地時あるいは着水時まで、相当程度の大きさを保ち、また都市部への落下の可能性も現時点では否定できない」という。しかしオールドマン米大統領は、自信に満ちた表情で次のように語った。

「最初に釘をさしておきたいが、今のNASAの発表に対して過剰な反応をすべきではない。確かに落下が予想される隕石は大きいが、それはこれまで観測されたものに比べれば、ということで、SF映画で繰り返し描かれてきたような、人類を滅ぼす規模のものとはまったく異なる。このままただ落下を待ったとしても被害は軽微なものにとどまるだろう。しかし念のために、NASAと米軍はこの隕石の観測を続け、必要があればこれを宇宙空間で爆破し、最悪でもその破片が太平洋上の危険が無い地域に落ちるように対策を講じる。ＮＡＳＡと米軍にはその技術があり、したがって過大な心配は一切無用だ」

他のニュースにまぎれた発表のせいで、すぐさま「過剰な反応」を示すものはいなかった。要は、この日このニュースを気に留めたものはいなかったのだ。それがそのあと二次報道がなされていくなかで、様相は変わっていく。大統領による声明は、そのままの形でひとびとの意識に届くことは無かった。多くのメディアが、ＮＡＳＡは混乱を避けるためにああいう発表をしたが、これは未曾有の事態に違いないと言い始めたのだ。

インテリ層からの信頼も厚かったＧＮＮ(Global News Network)ですら、比較的穏当なトーンではあるものの、６月29日付のネットニュースで次のような指摘を配信した。

——ＧＮＮは、全米の主だった宇宙科学者たちに今回のＮＡＳＡの発表に関するコメントを求めた。７割の科学者が「ＮＡＳＡの発表通り」とだけコメントし、残りの科学者はコメントすらしなかった。異なるコメントを、しかも真摯なコメントをわれわれにくれたのは、唯一日本のある科学者だけだった。彼は京都に住む教授で、今回その名を明かさぬことを条件に、われわれにその貴重な見解を示してくれた。

「この隕石はブーメランにも似た極めていびつな形をしていてしかも回転しながら宇宙空間を高速で飛んでいる。地球に近づくとき、それは火星や月などの引力の作用で回転の様子を少しずつ変えるだろう。場合によっては、途中でブーメラン形の角部が引きちぎれて飛んでくるかもしれない。それによる軌道の変化は、正確には計算しきれない。ＮＡＳＡがこれを宇宙空間で破壊するにしても、不確定要素が少なくなるまで、すなわち地球にだいぶ近づくまで、その機を待たなければならないだろう。十分に近づいてからそれを破壊するなら成功率は上がるだろうが、問題はそこまで待っていたら、はたしてその破壊が地球の安全上有効なものになるのかどうかだ。最悪の場合は、人類が経験したことがないことが起こる可能性も、否定はしきれない」

このGNNの報道を引用し後追いするメディアは多かった。しかし伝言ゲームよろしく、この科学者の言も変形していった。

「NASAの声明の真相を暴く科学者現る?!」「巨大隕石の落下は確実と科学者断言?!」「ノーベル賞候補科学者が語る『隕石破壊オペレーションはまるで無効?!』」

こうしたクエスチョンマーク付きの扇動的な報道が相次いだ。そして憶測記事に勢いを与えたのが、あのカラチ郊外のテロの「謀略説」だった。「『汚い核爆弾テロ』はNASAの発表からひとびとの目をそらすために、アメリカが仕組んだ謀略だった!」とても一流とはいえないがそれなりに購買者数を持つWEBマガジンの類は、軒並みこうした憶測記事を掲載した。

十日もたたないうちに、巨大隕石落下は確実なものとしてひとびとの脳裏に刻み込まれた。さまざまな出来事が、何の証拠も無しに、ひとびとの頭のなかでひとつのストーリーとして繋がってしまった。ひとびとは昼も夜も空を見上げ、いまだ見えるはずもない隕石の光を、俺は見た、私も見かけたと語り合うようになった。私たちも死ぬのかしら、世界の終わりが見られるのなら幸運なのかもしれないぜ。そんな会話が、世界中で、さまざまな言語で交わされた。

集団自殺が散発した。なかでも7月7日に起きたそれは、世界規模の凄惨なものだった。発端は、日本のゲーム・ソフト制作会社のWEBサイト。会社の名はARC、つまりAnother Reality Companyで、WEBページには近日中に発売されるというゲームの予告が掲載されている。ページを開くと、ナレーションが、隕石落下自体がもたらす死者数は数百万人に上る可能性があるが、それでもそれは20世紀の世界戦争による被害よりもよほど少ないと、冷静な分析を語りかける。しかし次に、この隕石落下以降に、人類がいかに悲惨な道を歩き始めるかを、事細かに、さまざまな科学的データをもとに、そして過去の世界中のさまざまな悲惨な写真を添えて、見せ続ける。伝染病、暴力、テロ、貧困――それらは皆がすでに十分に経験してもいるものだから、感覚的なリアリティがあった。隕石落下からしばらくすれば、この世界は危機を乗り越えたと見える日が来るかもしれない。だが実はその時にこそ本当の悲惨が始まる。そうサイトは告げる。サイトのデザインは斬新で美しく、文体は医者が書くように怜悧(れいり)だった。参考資料として添えられた悲惨な写真をクリックすると、美しいピアノの演奏が静かに聞こえた。そこまで苦しむ必要がどこにある？　サイトは語り続ける。この世界はしょせん虚構だ、映画やゲームと同じように。あなたが苦しむのは、この世界がゲームとは違うと妄信しているからにすぎない。そんな妄信から、いかにして多くのひとを解放してやることができるか？　このゲームではそれを競う。「集団自殺を呼びかけよう、そしてより多くの自殺実行者を集めれば勝ち！」

サイトは呼びかける。まずは実際にやってみよう。この虚構の世界にサヨナラを告げるところから。世界中の仲間とともに、失われえぬ時を求めて。自殺の決行日は7月7日、「あなたのいる地域でのお昼ちょうど」に「高い場所から身を投げるひとを集めよう。ＯＫ、これがゲームの始まりだ！」

現実と虚構がでたらめに入り混じったこの呼びかけに、しかし反応する者は多かった。

世界各地で、真夏の、南半球では真冬の、昼のさなか、街のいたるところのビルからひとが、しかも笑顔すら浮かべたひとが降ってくる、恐ろしくもシュールな風景が見られた。時差の関係で、まるで都市間でリレーでもするように、この自殺ゲームは続いた。そしてこの時刻が巡ってくるのが遅い地域ほど、自殺者数は多くなった。

結局この一日——世界中の「7月7日」の間——に自殺をした者の数は、合計9千を超えた。ニュースは1日中、この映像を流した。モニターの片隅には「自殺者数カウンター」が表示され、誰かが飛び降りるたびにカウンターの数字は増える。自殺者を、性別、人種別、推測される年齢別にカウントして見せるニュースもあった。映像投稿サイトには、そのニュース映像を編集し、そこに美しい音楽や、楽しげな効果音を重ねた「作品」があふれかえった。

それらの映像を見ているだけで、「世界の終末」の実感はひとの身体にはっきりと忍び込んだ。いや、実感というのとは少し違う。未来が、忘れがたい記憶のように、皮膚の下にすべり込んでくる。

ゲーム・オーバーを前提としないゲームはない。事実、この7月7日から、世界中のメディアに「終末」の文字が躍らない日は、1日たりとなくなった。毎日のようにネット集団自殺が起き、それらは背景がどうであれ、すべて「終末自殺」と呼ばれた。テロが起きれば終末テロ、伝染病が起これば終末病と名付けられた。

*

庭の赤く色づいた木の葉に、晩秋の透明な光が戯れ、それが障子戸に揺れる影をつくっている。

「どこの国の政府も無能だ。アリエクス、いまさらきみに言うまでもないことだが」

そうタキが言う。

ＮＡＳＡの発表が歪曲されていくさなか、私は京都に戻っていた。

畳の上にカーペットが敷かれ、所狭しとコンピューターを置いた机が並んでいる。私がヘリで連れてこられた料亭は、今やすっかりとタキの建築事務所に変貌した。とはいえ、スタッフはいない。この古い木造建築のなかで働いているのは、料理人の老主人を除けば、ただ百台を超えるコンピューターのみだった。タキの横のコンピューターだけは、今は仕事をする傍らニュースも流している。

ニューヨーク郊外のラガーディア空港を飛び立った後の9カ月の間に、私は五大陸の隅々まで飛び回った。芸術家、エコノミスト、政治家、あらゆる専門の科学者、エコロジスト、基礎医学者と臨床医、そして軍人から宗教家まで、さまざまな分野で私が最高の知性と思えるものたち、あるいはその正反対の、容易にその思考を操作できる間抜けたちを、探し、出会い、議論し、そして仕事を依頼するまで。必要な人間が遠距離に散らばっている効率の悪い世界を数十回まわって、私は京都に戻ってきた。だがこの旅はこれからも続くだろう。

タキが見ていたのは、レバノンの首都ベイルートで警察官たちが引き起こした事件の映像だ。警察官十数名がデパートを占拠した。彼らは商業地区で不穏な動きがあると主張し、それを制圧すると証してデパートを占拠したらしい。軍が鎮圧に動いたが、その一部は寝返って暴動警察官に合流した。最終的にこの不法占拠は一掃されたが、市街戦で警察官14人、軍人2人、一般市民7人が死んだ。

奇妙な事件だ。だが実のところ、ベイルートの事件ほどではないにしろ、警察官による不祥事や犯罪は、このところ珍しいことではなくなってきた。治安当局に対する信頼は失われつつある。タキは警官のコントロールすらまともに出来ない各国政府を揶揄しているのだが、言葉の裏には他にも何か意味がある。

隕石の衝突は、あと2週間後に迫っている。隕石にはMarga Tarmaという名がつけられた。これは日本の古代の神話のなかの勾玉から来ている。勾玉には「曲がった玉」という意味もあり、それがこの隕石のいびつな形に似ていたからだ。京都の宇宙物理学者——私は彼とも会った——が、かつて語った通り、この歪んだ隕石は高速で回転しながら飛んでいて、地球の重力圏に入った場合の正確な軌道の予測が難しい。まして大気圏に入った場合には、どこでどの程度カーブするのか、正確な計算は不可能だ。

ひとびとの不安は頂点に近くなり、いたるところで暴動が起きている。家畜に伝染病が発生したといえばそれは隕石のせいになり、地球の終わりに結び付けて論じられる。地震も、飛行機の墜落事故も、インターネットの通信障害すらも、すべて終末論のパースペクティブの中で語られた。ひとはいつの間にか、その語り口が当たり前と感じるようになっている。

「アリエクス、きみは昨日のアメリカ大統領の演説を見ただろう?」

タキは部屋から見える庭に眼を向けながらそう言った。居並ぶコンピューターが和室の趣を消した室内とは異なり、庭は今も日本の自然と伝統的な趣をたたえている。木と、石と、小さな池に、午後の光がやわらかく差し込んでいる。

「宇宙での隕石爆破計画について最終説明をするのはいいし、内容も、まあ申し分ない。政治家特有のハッタリもなく、科学的な根拠に基づいて成功と失敗の確率を示し、最悪のケースでも人類はその惨事を克服できることを告げた。だが大統領は、最後の質疑応答でなぜあんなことを言った？家族の所在を問われて、『今は北京にいる。娘が北京大学に留学しているからで、それ以上の理由はない』などと？　実際あの質疑応答のあと、世界中は中国への航空券を求めるものたちで大変な混乱だ。それに加えて中国貨幣の沸騰ぶりときたらどうだ！　3日前まで1ドル＝3元だったのが、今朝は1元が1ドル近くまで跳ね上がった。数時間で1ドル＝2元後半まで戻したとはいえ、瞬間的にはなんと3倍だ。アメリカ合衆国大統領が、そんなことも見通せずに、迂闊にあんなことを言うとは……」

タキはそう言うと、庭に向けていた目を私へと戻した。

視線による問いに、私は無言で答えた。

タキはため息をついた。それから言った。

「まあいい。きみがどれほどの策略家であるか、僕はよく理解しているつもりだが、いまだに驚かされるよ。大統領はずいぶんと儲けただろう。きみもな」

「『世界』という名の会社の、過半数の株を私は獲得しようとしているようなものだからな。中国貨幣への投機くらいでとても間に合うものではない」私はタキの目を見据えた。「きみへの設計料にしたって、常識はずれの額だ。全体のなかでは微々たるものだとしても。ところでタキ、きみはまだ以前の考えを変えていないのか?」

タキは首を振り、再び庭へと目を向けた。

「僕はきみとは違う。日本人で仏教徒だ、運命には逆らわない」

「きみが仏教徒? それは意外だね」私は笑った。このプロジェクトを始めてから、私はタキのひととなりを知っていた。「きみが話してくれた印象からは、仏教に理解を示していたのは、きみではなく、ユリアという名の少女だったのではないのかね?」

私がもう一度小さく笑うと、

「……そうかもな」とタキも少し笑った。「確かに僕自身は、まじめに仏典など読んだことはない。それでも僕は、ある仏僧が言った『死ぬる時節には死ぬがよく候』を実践して死ぬよ。完璧にデザインされた死を僕が死ぬことなど、ユリアも許すまい」


私は笑いを引っ込めてうなずいた。そして庭を見た。美しい京都の自然がそこにあった。風に木の葉がざわめき、風が止むと近くの小川のせせらぎだけがかすかに聞こえる。この、ありのままの自然を、そのまま完璧な世界と呼べるのならどんなに楽だろうか?

——かぼちゃ以外に嫌いなものは?

マーヤの声がまた、ふいに蘇る。

——教えてアレス、覚えておきたいから。

そうだな、と私は言った。

——日本製の甘い菓子。それから、虫。夏。子ども。

——子どもが嫌いなの?

——たぶん。自分の子を持ったことがないからわからないが。

——未来の可能性を捨てちゃいけないわ。

マーヤが私の目を見つめる。

――それじゃ、きみは？

――私が嫌いなもの？　マーヤはちょっと考えた。――オイル・サーディン。タピオカ。それから、蛇。ベージュ色。それに……子ども。

私たちは笑った。笑い終えて、私はマーヤにこう言ったのを覚えている。

――かぼちゃスープをもらおう。食べてみるよ。

＊

――我々は隕石Marga Tarmaの破壊に成功した。

アメリカ合衆国大統領オールドマンは、そう高らかに宣言した。

実のところ、ミサイルが当たろうが外れようが、Marga Tarmaはいずれふたつの塊に分裂するだろうと、科学者たちは予測していた。アメリカ政府は、運良くミサイルが当たればその後の世界における自分たちのイニシアチブをさらに強化できると考えた。だからミサイルを発射した。

幸か不幸か、それはたまたま命中した。

破壊されたMarga Tarmaのふたつの破片はまだ相当に大きく、しかも地球に向けての軌道を大きくは変えなかった。しかしオールドマン大統領は、この破壊工作によってその墜落地点が南太平洋上の比較的被害が少ない場所へと導かれるだろうと主張した。「作戦は人類を救った」というオールドマン大統領のコメントが、どのメディアでも好意的な論評とともに流された。

だが、この論調もすぐに変化する。

――作戦の『成功』が告げる『終末』の始まり

WWN（world wide news）はそうタイトルをつけて科学コメンテーターの論評を配信した。オールドマン大統領の得意満面の発表から1時間も経っていない。

――NASAの発表を信じるとすれば、ミサイ

ルによってふたつに分裂したMarga Tarmaの大きいほうは、空中をかすめるだけで通り去るだろう。小さいほうも陸地ではなく、南太平洋上に落ちるかもしれない。だが摩擦熱で真っ赤に燃え上がった巨大な質量の物体が、片方は大気圏をかすめ、他方も南極付近に落ちるということは何を意味するのか？　地球を半周するほどの大きな大気圏の傷がそのまま巨大なオゾンホールになり、南極の氷は溶け海水面は大幅に上昇する。それは誰もがどこかで読んだことがある、人類滅亡のプロセスではないのか？

――

科学者たちは、まるでそうするのが高い能力の証明だといわんばかりに、被害予測の最大値を「計算」し始めた。隕石衝突から24時間以内に、死者の数は計3千万人以上、その後の食糧危機、経済破綻、そして暴動などで間接死者数億が予測範囲内にある――。

関心が数量の問題内に収まるなら、まだ問題の根は浅い。だが政治的言説へと転化しない科学的推測は存在しない。どこかの小さなメディアで語られ続けることによって真実味を付加されていった「お話」が、三日後には誰もが知る「隠された真実」として流布している。それはこんな筋立てだ。

――NASAはミサイル発射に先立ち、隕石Marga Tarma上のミサイル着弾地点を2点に絞り込み、シミュレーションを行っていた。A地点に打ち込めば、隕石はより小さな破片へと砕けるはずだが、その場合、最も大きな破片がアメリカ東海岸沖を直撃する見込みになる。B地点に核ミサイルが着弾すれば、破片は先のケースよりずっと大きくなるが、しかしそのうちの一つが落下するのは南太平洋上に落ちるだろ

う。この場合最大で一千万人近くの死者が出る計算にはなるが、アメリカ国内の被害は、人的にも物的にも、そして経済的にも確実に激減する。このシミュレーションの結果、ホワイトハウスが下した決断が、「核ミサイルは Marga Tarma のB地点に打ち込む」というものだった——。

世界中で、昼となく夜となく、空を見上げるひとびとの姿が、日を追うごとに増えた。そこにはすでに肉眼で確認できるMarga Tarma の姿——大小ふたつの球体があった。NASAが核ミサイルを撃ち込んだとき、それは少し大きめの星の周りに火花が散った程度にしか見えなかった。今は大きいほうが月の10分の1ほど、小さいほうがその3分の1くらいの大きさに見えている。そのどちらもが、禍々しく赤紫色に輝く。今からそこを破壊しに行く、とでも言わんばかりに、その姿は少しずつしかし確かに大きくなりつつある。

3

その日は嫌な音がした。

ガラスを石で引っかくような、空のどこかが引き裂かれているような音。

12月8日、世界標準時地点のロンドンでは昼下がりに、他の地域では、朝から、あるいは夜中から、この嫌な音が鳴り続けた。音のする方角は定かではなかった。天空全体が鳴っていた。音が、Marga Tarma が地球にやってくる徴（しるし）だということとは、すぐに察しはついた。誰もがこの音を聞いただけで震え上がり、頭を抱えた。力いっぱい耳を押さえても、その音は神経に直接忍び込んだ。

地球自体の気が狂い始め、悲鳴を上げている。

音が聞こえる少し前から、空の色も少しずつ変わり始めていた。赤紫色の点はその大きさを増すにつれて輪郭がぼやけた。音が聞こえ出す頃には空の3分の1ほどがうっすらとその色に染まった。色はその後急激に濃くなり、そして広がる。地球の狂気の音に耳をふさぐころには、空全体が、奇妙で毒々しい色に発光した。多くのひとが、自分の目が血を流し、その色を通して世界を見ているのかと錯覚するような色に。

この世の終わりがついに始まった、ひとびとにそう信じ込ませるに十分な奇妙な色。空の色が変わると天空に鳴る甲高い音はますます大きくなった。

やがて眼も眩むほどの光が、天空の端から端へと駆け抜けて行った。赤紫色に変化した空に、大きな黄色い光の傷ができた。

光の傷が閉じるのに6時間程かかった。天空が赤紫色から元の色に戻るまでは、さらに丸3日を要した。大気の組成が乱され、磁気に変化が生じ、さらにMarga Tarmaがその破片を撒き散らしていったせいだ。そして音も、だいぶ長く、かすかに聞こえ続けていた。天空全体の共鳴作用のせいだが、自分の器官と神経がおかしくなったためだと思い込むものもいた。彼らは自らのなかに忍び込んだ音がこのまま死ぬまで鳴り続けるに違いないと考え、耳をかきむしった。

ふたつに割れたMarga Tarmaの、大きいほうの塊が空の上を滑り、その色を変え神経を逆なでする音を響かせていたころ、小さいほうの塊は、200キロメートルに及ぶ炎の尾を引き、白い煙と水蒸気を撒き散らしながら、南太平洋上に着水した。着水時の大きさは、直径約220メートル、質量約3×10の9乗ニュートン。着水の瞬間、南太平洋の海水は半径3キロメートルにわたり沸騰した。そして着水の2分後には、Marga Tarmaは海底に激突した。その衝撃は地球の裏側まで、確かな振動として伝わった。地球の芯が低い音を発し、足元まで伝わる。80億のひとびとが、それを自らの身体で感じ取った。

この地球上に生きるひとびとがひとり残らず、いや、人類のみならずあらゆる生物が、こうしていまだかつて経験したことがない恐怖を、身体全体で味わった。いや、それを恐怖と呼ぶことが適切なのかどうかもわからない。身体のなかで、何かが音を立てて組み換わるような感覚。種の絶滅というコードがもしDNA上に潜んでいるのだとすれば、それがこの瞬間に甦ったのかもしれない。地球の芯が発したかのような低い音を足の裏で聞いて、ひとびとは生命の起源と終焉という根源的なヴィジョンを見た。もはや地球は本当に終わりだ。NASAの発表がどうというのではない、情報や知識というものを超えて、太古の記憶がひとびとの体の奥底から甦る。天に鳴り響く嫌な音を聞き、赤紫に染まった空を眺め、足元を突き上げる地響きを感じながら。

＊

草木ですら、この事態に身をすくめた。

これは比喩ではない。世界中で、一部の草木が枯れ始める現象が見られた。立ち枯れた庭の木に囲まれた家のなかから、飼い犬や猫の常軌を逸した唸り声が漏れだし、街中でこだました。野生動物の暴走や家畜のショック死なども、草木の立ち枯れと時を同じくして始まっていた。インターネットはこうした情報をすばやく、しかも誇張して伝えた。草木の立ち枯れの話と合わせ、この情報が今後の食物事情の悪化の予想に結びつくのも無理はなかった。仮にこの衝突ですぐに人類が滅ぶことはないにしても、すぐに最悪の飢饉がやってくる。飢え苦しみ死ぬのは、Marga Tarmaが引き起こす津波や地震によって即死するのよりはるかにつらいことだろう。世界中のひとびとがそう考え始めた、実際に津波が南太平洋湾岸地域を襲うのよりも早く。

津波は起こった。それは歴史上最大の自然災害になった。だが実際のところ、世界に生じた恐怖の総量に比べれば、津波の規模はまだ小さかったと評するべきかもしれない。

津波の第1波は、Marga Tarma着水の約1時間後に、通常水位＋10メートルで、まず南太平洋諸島に達した。第2波はその10分後で、これは20メートルを超えた。そして第1波に遅れること25分後にやってきた第3の津波は、最大50メートルに達した。これとほぼ同規模のものが30分ほどの時差で、南アメリカ大陸のチリ、ペルーなどの一部沿岸地域を襲った。

メディアは、南太平洋の小島や、チリ、ペルーの海岸地帯が津波に襲われるシーンを空中から撮影し、それを繰り返し放映した。インターネットでは動画がストリーミングされ、ニュースでの放映を待たずとも何度でもそれを見られる。家や車が流され、ひとや家畜が逃げまどい、都市や島が水面の下に姿を消す映像。

津波の大きさは、NASAが発表していた予測数値より大きかった。いや、NASAはあらかじめ津波予測の誤差範囲を±25％としていたのだから、その最大の側を少し超えただけだ。

津波による死者数は、結局90万人を超えた。ひとびとは発表のたびに増えていく死者数に心を震わせた。だが、冷静に見ると、この数はひどく多いのだろうか？
２０１１年3月11日に起きた東日本大震災は30メートル級の津波を引き起こし、2万人近い死者を出した。この時も、町や車やひとを飲み込む黒い水の塊の映像が、世界中を瞬時に駆け巡った。Marga Tarma が引きこした津波はその40倍以上の人数を殺したのだから、ひどい災害なのは間違いない。だが、これは人類を破滅させ世界を終わらせる災害だろうか？　ひとびとは終末こそを恐れていたのであって、死者90万人の災害を言い募っていたのではない。

だがＮＡＳＡを非難する声は大きくなる一方だ。アメリカ政府は、被害を被った国とその国民とに謹んで見舞いをしたいと断った上で、90万人という死者数は人類史上未曾有の天災の被害者数としては決して多くはないはずだと反論した。彼らは２００４年12月26日、スマトラ沖で起きたマグニチュード9の大地震の例を挙げた。この地震とそれが引き起こした津波で、インド洋湾岸諸国20万人が死んだ。この大地震に比して、今回の隕石墜落はさらに途方もない規模の天災であり、被害はその百倍だったとしてもおかしくなかった。千万、数億、いや人類がそれこそ死滅しかねなかった事態を、ＮＡＳＡの力でこれだけに抑えることが出来たのだと、オールドマン大統領は力説した。

ＧＮＮは、『終末の真実』という見出しを掲げ、ＷＨＯ（世界保健機関）から得た情報として、次のような見込みを伝えた。

——Marga Tarma の着水前24時間から着水後1週間以内に、Marga Tarma と何らかの因果関係がある死者数は2百万人近くに上るだろう。さらに4週間たてばそれは5百万人に達する可能性がある。癌、コレラや赤痢などの伝染病、それにインフルエンザによる死者

も増えるだろう。空の引っかき傷がそのままオゾンホールになれば、事態はさらに悪い方向に急速に進む。宇宙線の増加、気温や大気の状態の激変。このほかにも、Marga Tarma に起因する病気、事故、暴動、戦争などが、多くの人間を死に至らしめる——。

こうした死者すべてを、Marga Tarma のもたらした災厄で死んだものたちだと、果たして直に言いきれるだろうか？　地球上では、毎年5千万人以上の人間が死んでいる。飢餓、老衰、病気、事故、戦争、環境悪化そのほかさまざまな原因によって。一日あたりにすれば、約15万人が、Marga Tarma が来ようが来るまいが、死んでいる計算になる。この世界中の膨大な数の死者のなかで、どうやって Marga Tarma との因果関係があるものとないものとを区別するのか？　GNNの報道は、その点には触れていない。

隕石落下後の数週間で、多くのひとが暴動で命を落とした。Marga Tarma の片割れが宙を引っかき、身の毛のよだつ音を立て、空の色が変わるのを見たときに、なぜか銃に手をかけた者は多かった。警察や軍はその鎮圧を名目に、これまた遠慮なく発砲した。アメリカでは、いちばんひどいネヴァダ州で二千人が死んだ。中東では、自国内に空爆を実行した政府も少なくなかった。

『出来事』The Event＝最終事態。巨大隕石 Marga Tarma の到来とそれが引きこした悲惨を指して、後にひとはそう呼んだ。

＊

レモン色の光が、今なお見える時がある。

The Event から2カ月近くがたってなお、隕石が——Marga Tarma が引き連れてきた小隕石群が——空でレモン色に燃えている。美しい、と私は思う。だが地球上のほとんどの者は――人間のみならず生きとし生けるものが、この光を見て恐怖を思い返している。

それでも、表向き、世界の表情は一旦は元に戻った。空に光る小隕石群から目をそらすように、ひとはMarga Tarmaの話題を避けた。

ミュージシャンたちは、まるでThe Eventなどなかったかのように、愛とセックスと暴力をテーマにした曲を次々に出している。ハリウッドは世界に映画を供給し続け、陳腐な物語を見てひとびとは笑い、泣き、恐がり、そして喜んでいる。ニュース・キャスターたちは情報の断片を組み立て、映画に負けない陳腐なストーリーを生み出そうと必死だ。時々映画の衝撃を上回るようなテロや凶悪犯罪が実際にあった。ひとびとはその残虐さに衝撃を受け、数日後には衝撃があったことすら忘れた。働き、酒を飲み、都合が悪くなると神に祈り、それからセックスした。前世紀からさして変わらぬ風景が、日々すべての場所にあった。

だが世界という名の建物の基礎に、亀裂はいくつも入り始めている。

「**海底に沈んだMarga Tarmaが太平洋全域を放射能汚染させた疑い**」というニュースが「The Event の確か4日後にあった。機上で私とともにこのニュースを見ていたユイは、青ざめていた。ニュースの内容のせいではないことは、私にはすぐに知れた。数日後には放射能汚染の「疑い」は否定され、しかし真偽とは関係なく世界をまた一つ狂わせるだろう。ユイはそれを見通した。

実際、この報道の直後から、南太平洋産の魚貝類はすぐに値がつかなくなった。ついで魚粉を飼料として使う豚肉がまったく売れなくなった。その週のうちにはこれらの風説を否定するデータが出揃い、放射能汚染などないという結論がはっきりとした。それなのに南半球諸国が輸出する水産物・畜産物の値が元に戻ることはなかった。

途上国の経済はもともと厳しい。その多くが農畜水産物の輸出だけで、か細い経済を支えている。アメリカや中国は遺伝子工学を駆使し、質のいい農畜水産物を廉価にそして大量に世界に流通させているから、途上国の輸出品は常に安く買い叩かれている。市場崩壊がどれほど過酷な影響を与えるか、想像するのはたやすい。餓死する者もいたし、栄養失調や病気になった人数は数知れない。養豚場を放棄したり漁から離れる者も多くいた。

こうした事実は、世界的には大きなニュースにはならなかった。先進国では、アメリカ産や中国産農水産物がいくらでも手に入ったからだ。アメリカや中国はこの事態で逆に利益が増しただろう。

打ち捨てられて不衛生になったチリ南部の町の養豚場から、CV2と呼ばれる伝染病にかかった豚が出た。

CV1は2017年にポーランドで、その変種のCV2は2023年にポルトガルで初めて発見された家畜ウイルスだ。人間への感染もごく数例ではあるが報告され、恐れられた。しかし当時のドイツの製薬会社によってワクチンが開発され、騒動はおさまった。今回もそのワクチンを使えば問題はないはずだった。それが、CV2の症例報告がなくなった数年の間に、いつのまにかワクチンの特許権は世界に散らばる十数社に分割されて売られていた。しかもその十数社のほとんどは医療関連会社ではなかった。特許権はただ投機の対象になっていたのだ。チリ政府は十数社のうちのひとつ、ロシアの証券ファンドと交渉したが、他の権利者との交渉を理由にいたずらに待たされ、そして価格を吊り上げられた。その間にCV2は南米全土に伝染した。

「南米の養豚、全滅の危機」。三日前に私はそう報じるニュースを見た。コメンテーターは深刻な顔でこれを論じ、街でマイクを差し向けられた主婦は頭を抱えて見せた。だがそれだけのことだった。一昨日、ニュース・キャスターが、笑顔でCV2ワクチンの再生産の見通しについて語った。昨日、ゲーム会社ARCは新作ソフトを発売した。The EventをCGと体感装置でリアルに再現し、新種ウイルスが蔓延するその後の世界を舞台としたサバイバル・ゲームだという。今日のトップニュースは、黒人ラッパーが英王室の16歳の娘を妊娠させたということで持ちきりだ。先進国にとっては、南米の豚問題は終わったらしい。

　私は朝もやのかかる空を見上げた。このところ、レモン色に燃え尽きる隕石の残骸を見るのが、私の楽しみの一つになっている。この世界に入った亀裂の一つ一つは、まだ細く浅い。それらの亀裂がやがて混じり合い、すぐに修復不能な深さに至ることに気がついているものは、まだいない。音を立てて崩壊を始めるまで、ひとは恐怖を深層に押し込めたまま、享楽を続ける。

*

世界地図は塗り替えられつつあった。

　通貨危機と貧困層の極端な食糧不足に苦しむ南米諸国に、ホワイトハウスは大規模な経済援助を申し出た。アメリカは世界で孤立する傾向にあり、これをオールドマン米大統領はまずいと判断した。右派・保守層はオールドマン大統領のこの政策に反対した。――アメリカは世界を正しく導いてきた。The Eventに際してもまさにそうした。したがって感謝を受け入れることはあっても、他国に謝罪するかのごとく援助を申し入れるのはまったくの間違いだ――。オールドマン大統領はいささか腰砕けになり、経済援助も当初の予定よりかなり小規模になったが、それでも援助は行われた。

南米のうち、大西洋側に面した諸国が、アメリカの援助を受け入れた。これらの国は、太平洋側の国々より The Event による被害が少なく、反米感情も幾分穏やかだったからである。しかし太平洋沿岸諸国は、最終的にこの援助申し出を蹴った。代わりに、フランスをはじめとするヨーロッパ諸国がこれらの国々を援助した。

アメリカ国内での論争も激化した。アメリカの中でも東海岸の都市は、The Event による被害はほとんどなかった。西海岸ではかなりの被害が出た。それにこの地域は、中南米や、同じく津波の被害が出たアジア東南部からの移民も多い。ロサンジェルスやサンフランシスコなどでは、ホワイトハウスを非難するデモが引きも切らなかった。西海岸の怒りの火に油を注いだのが、ゲーニック国務長官が記者会見で乱暴に言い放った言葉だった。――昔から西海岸の連中は連邦政府を批判しないではいられないのだ。彼らの多くはヒッピーと不法移民の混血の子孫だからね。

ゲーニックは自らの発言をその2時間後に取り消し、全国民に謝罪すると神妙な面持ちで語ったが、すでに遅かった。カリフォルニア州知事ダレン・リーは、州政府は独自に、チリ、エクアドル、ペルーへの経済援助をすることに決めたと発表した。リー知事は、連邦政府の無能のせいでカリフォルニアまでが世界の中で孤立する謂れはないと演説し、これを大衆は圧倒的に支持した。リー知事は中国系移民の子孫だった。

カリフォルニア州の動きに、ワシントン州、オレゴン州、アイダホ州、ユタ州がすぐに追随した。しばらくするとさらに、モンタナ州、ノースダコタ州、そしてミネソタ州までもが、カリフォルニア州と共同歩調を取ると発表した。

リー知事は、アメリカで生まれ育ち、若い頃には空軍に所属してアフガニスタンにも行ったことは、よく知られている。一方、アリエクスがつくりだした「パーフェクト・ワールド社」の中国支社の社長がリーの弟であることは、それほど知られていなかった。

パーフェクト・ワールド社中国支社の役員には、中国共産党の幹部が、多くその名を連ねている。2023年に一党支配を終えたとはいえ、その後も共産党は圧倒的な支配力を維持していた。大企業に集中する富を、低所得者層に再分配しようという政府の政策を名目に、一定規模以上の企業には必ず共産党員が監査役などの名目で経営参加する。経済と政治とは今なお密接に連携している。

アメリカの各州はそれぞれ憲法を持ち、州兵もいる。その独立性は高い。州が独自の判断で他国と経済的な関係を取り結ぶことは連邦憲法に違反しないし、前例もある。カリフォルニア州の南米に対する経済援助もその延長線上にあると考えるメディアも少なくなく、したがってこの騒動もしばらくすると収まった。だが実のところ、リー知事の決断は歴史的一大事だった。これが後にアメリカの二分化に繋がったのだから。そしてそれは、世界の新たな二分化の流れをも生み出した。

カリフォルニア州政府の態度が変化を始めた時期は、弱冠32歳の中国共産党副書記局長・王権日（ワン・チェンリ）の訪米と重なっている。その訪米を報じたパシフィック・ファイナンシャル紙には、王権日は東京経由のJL機でサンフランシスコに到着した、と記されている。同紙の編集主幹が、たまたまこの機のファースト・クラスに同乗していたらしい。記事は、「東の超大国のナンバーワン・エリートは、空の上でも休むことのない忙しさだ。美しいキャビン・アテンダントが、副局長が電話を切るたびに近寄り、何かをサポートする様子だった」と、呑気に書き綴った。だが、果たしてその美しいアテンダントの業務は「サポート」程度のものであったのかどうか。この編集主幹が、彼らが不自然に用いていたギリシャ語を解していれば、真実はおのずと明らかになっていたはずだった。

＊

上海。褐色の砂岩の外壁が荘厳な雰囲気を醸し出す、3階建の巨大な洋館。建築に不案内なものが見れば歴史的建造物だと誤解するかもしれないが、実は要塞並みの分厚いコンクリート壁を持つ、高級マンションだ。

「2週間ぶりに家族が住む家に帰ってきたというのに、この部屋にこもりきり?」

その声にユイが振り向くと、姉のユエンがいた。小さな赤ん坊を抱いている。

「お父さんが心配している。あなたは体調も戻っていないのに、世界中を飛びまわっているから」

「ごめんなさい、でも私は元気よ」ユイは笑顔を見せた。「ただちょっと……」

「お母さんが皆で一緒にお茶を飲まないかと言っているの。行きましょう」

「うん……あとからすぐに」

「今すぐに」ユエンは譲らなかった。「あなたがこの上海の家を誰かから譲り受けたからと突然言って、半ば強引に私たちをここに連れてきたけれど、お父さんやお母さんには近所に友達もいないから、さびしいのよ。ここは街自体がセキュリティ・ゲートに守られていて安全だし、ゲートの内側にスーパーもレストランもあるから、退職したお父さんが住むには申し分ない。だから、皆あなたに感謝はしているけれど。でも、私たちにここに住むように言い出した頃から、あなたはちょっとおかしいわ。何かにおびえているみたいで。でも、The Event はもう終わったのよ」

「そうね」ユイはそう言って立ち上がろうとした。だが今度はユエンがユイを制した。赤ん坊から右手を離し、それをユイの肩に置いたのだ。赤ん坊の寝息が聞こえる。

いつのまにかユエンの視線は、ユイが見ていたコンピューターの画面に吸い込まれている。

「なに、これ？『3年後、Marga Tarma がまたやってくる』？　本当なの、これ？」

「でたらめ」

ユイはすばやく否定した。

ユエンの顔が心なしか青ざめている。The Event はもう終わった、何かにおびえる必要なんてもうないと、ユイに今さっき説いていたユエンがこのざまだ。今まで、終末という概念は知っていても、そこにリアリティを感じることはなかった。死よりもはるかに遠い未来が、今を生きる者に強い力を及ぼすことはない。だが The Event のあとでは、違う。終末はいつ目の前にやってきてもおかしくはない。やがて訪れる死への恐怖をひとが忘れることができないように、今や誰もが終末を恐れている。世界は近い未来に必ず死ぬ――理屈ではなく、そういう感覚が誰の身体にも宿ってしまっている。

「さあユエン、行きましょう」

今度はユイがユエンをせかす番だった。

ええ、とユエンは言った。しかしその足はまったく動く気配がなかった。赤ん坊を抱く手に力が入っているように見える。きっと何か言いたいことがあるのだ。ユエンは昔からそうだった。

ユエンは視線をコンピューターからユイへと動かした。そして口を開いた。

「私、日本に戻ろうかと思っている」

「どうして?」ユイは驚いて言った。「ここにいるほうが、絶対に安全なのよ」

ユエンの体は動かない。ユイは自分が、的外れなことを言ったのだと気づいた。

「逃げているようなのがいやなのよ」

ユエンはそう言い、ユイは少し迷ってから反論した。

「危険から逃げるのは、恥ずべきことじゃない」

「そうね。でも違う」

「何が?」

「……わからない。でも、この子が『違う』と言っている気がする。知ってるでしょ、この子は暗闇の中では泣かないこと。たぶん怖いだろうと私たちが思うときほど、泣かないのよ」

ユイはしばらく黙り、それからゆっくりと頷いた。

「それで……いつ日本へ?」

「さあ」とユエンはそこでようやく体を動かした。赤ん坊が、目を覚ます。「具体的に決めているわけじゃない。ただ、そうすべき時がやってきたら。……ユイ、あなたはどうするの? 今の仕事を続けるの?」

「……考えているところ」

ユエンはその言葉を聞いて小さく微笑んだ。ユイは両手を差し出し、ユエンから受け取った赤ん坊を抱いた。

軽かった。タオルの向こうから、体温が伝わってくるのを待った。少し揺すると、ユイの目を見つめ、それから泣き出した。泣くと少しだけ、重くなったような気がした。

*

光の量がだいぶ減った……窓から見下ろす夜の

街を見ながら、私はそう思う。ドバイへの、欧米さらには中東産油国からの投資は、このところ急速に縮小している。

超高層ビル、ムーンライト・タワーはドバイ・マリーナの人工島の上にある。その最上層部に位置するキングダム・ホテルのスイート。私は4人の男女と食事をしている。皆、国籍も肌の色も違うが、途方もない金持ちであることが共通する。

「固い肉だな。これも中国産か？」テーブルで、ステーキと格闘している男が言った。ずんぐりと太ったロシア人の初老の男、イワノフ。私はロシア語も解するが、他の出席者に通じるように、イワノフは野卑な英語で喋っている。ロシア国民は自分の金を半分しか使えない、あとはイワノフが使うから……そんなジョークがあるほどの成金だ。

「むろん中国産でしょう。もともとこの地域の食料自給率は低いところに来て、世界的食料危機だ。ステーキをレアで出せる肉があるだけでも、このホテルはまだましだ」

そう答えたのは、インドネシア人のクエン。東南アジアの経済が彼の指先ひとつで浮き沈みする。その反面、篤志家(とくしか)としても知られ、The Event の後、自ら拠出して基金を設立、世界中から巨額の寄付も集めている。

「スマトラでは、新型のコレラがまだ俄然猛威を振るっているようだね」サウジアラビアの王族のひとりであるヘジャジが言った。「海に囲まれた島での発生だから、まだ他国には広がりを見せていないようだけれど、怖いね」

「スマトラ島に核ミサイルを一発撃ち込んでやれば解決さ」イワノフが口を挟んだ。

「昔から」クエンは落ち着き払った態度で言った。「ひとは病気を恐れる。そのあまり、科学的根拠などどこ吹く風の、愚か者も現れる。ここにいるイワノフさんのように」

イワノフの白い顔が見る間に真っ赤になった。

「なにを奇麗事を言いやがる。それではお前は、この3カ月の間、オーストラリア産の牛肉を一口でも食べたか？　レトロウイルスに侵された牛がばたばたと死んでいるあの国の牛肉を？　それとも、オーストラリア女とファックでもしたか？」

「はしたない言葉を使うのはおよしなさい！」

南アフリカのダイヤモンドの女王と呼ばれるミズ・クッツエーが叫んだ。

私は大富豪たちと話をすることが好きではない。例外は稀にあるにせよ、大多数の金持ちたちは頭が悪い。いや、彼らは確かにある部分では恐ろしく嗅覚が利く。だからこその巨万の富だ。そしてその巨万の富で満足するような連中ではない。どれだけ貯めこんでもなお、何かに憑かれたようにさらなる富を追い求めるのが、彼らだ。その鼻先に、いい匂いのするものをぶら下げてやらなければならない。

「アリエクス、そろそろビジネスの話をしてくれないか」ヘジャジは表情を引き締めるようにして言った。「きみが勧める投資は割に合うものなのか？　つまり、The Event のような事態は再び起こるのかどうか、そしてこの世界はどのみちだめになるのか？」

この数週間、私は世界中の天文学的な大金持ちたちを次から次へとこの部屋に招き、「ビジネスの話」を進めている。地球上のすべての大金持ちと直接会うことは、むろん不可能だ。だが仮に50人の大金持ちが、ある儲け話への投資を一斉に始めれば、その千倍の数の大金持ちが、自分もその話に乗らせろと競って主張しだすのは目に見えている。すると大銀行や信託会社も、顧客の資産運用の投機先として、この話を選ぶだろう。結果、富裕層のみならず、中間層、あるいは企業や年金基金の金までもが、ひとつところに集まり始める。

私は4人の富豪の顔を見渡しながら言った。

「正確にいえば、これは投資の話ではない」

金持ちどもの顔に疑念の色が浮かんだ。私はその色を鑑賞しながら話を継ぐ。「わかりやすく言えば、私は究極のクラブ会員権の購入を皆さんにお勧めしている。『新しい世界』に入るためのチケットを。今から50年後には、この『新しい世界』だけが唯一の世界になっている。そのほかの場所は、死の場所となるか、よくて中世のアジア並みだ」私はそこまで言うと一息つき、窓の外を眺めた。私につられて、彼らもまた外の風景に目を向ける。かつて世界一輝いていたドバイの夜も、今は東欧の都市並みの明るさしかない。彼らが私の次の言葉を待っているのがわかる。

私はたっぷりと5分ほどは黙った。彼らはその間一言も発しない。彼らが何を考えているのかはわかっている。「アリエクスの言うことが真実だとすれば、その『クラブ会員権』はいったいいくらまで高騰するだろう?」金の計算のあとで、自分の命のことを考えるような連中だ。だが、そう考えてもらうのも悪くない。究極の「会員権」はそのまま究極の投機先となり、すぐにその値は天文学的な数字になる。世界の景気は、「会員権」をつくり出すための計画に支えられて、飛躍的に上向くだろう。今日、彼らは恐怖に後押しされて「会員権」を買う。だがやがて、好景気に安堵してそれを売る。そして「新しい世界」ができ、門は閉ざされる。投機と好景気によって生み出された資源が、そのときどこにあるか? そのとき自分がどんな場所にいるか? かれらには、そこまでの想像力は働かない。

ヘジャジが口を開いた。

「この世界はもう駄目だ、と思うことは私にもある。しかし一族の命運を新しい世界に託すべきなのか。オーストラリアの例にしても、破滅からの最大の防御策は、結局はその源を発生地域に閉じ込めることだ。実際に、世界はオーストラリアの封鎖に成功した」

「バカな！」再び声を上げたのはイワノフだった。「公式の貿易を取りやめたくらいで、何も漏れ出てこないとでも思うか？」

　その通り、と私は言った。

「封鎖など役に立たない。たとえば今日みなさんにお召し上がりいただいているこの肉だが……正直に申し上げると、これはオーストラリア産だ」

　イワノフが椅子を蹴るようにして立ち上がった、肉を切るナイフを逆手に握り締めて。

　それを見て私は、こらえ切れなくなって大声を上げて笑い出した。

「笑い事では済まさん（вне шутки）ぞ、アリエクス！」イワノフがついにロシア語で凄んだ。

「失礼（извините）、イワノフさん」私もロシア語でそう応じてから、英語で続ける。「だが、ひとの話は最後まで聞くものだ。私は確かにオーストラリア産だと言ったが、しかしこれは２０２６年産、超長期保存制御物だよ」

　これでようやく皆の顔に血の気が戻った。イワノフも再び腰掛けた。私はまだおかしくてたまらず、くすくすと笑い続けた。

「ふふ……これでもまだおわかりにならないか？恐怖の理由が問題なのではない、恐怖そのものが問題なのだということを。恐怖がミスター・イワノフにとり憑けば、私を殺すなど造作もない。肉が実際に汚染されているかどうかなど、問題ではない。ウイルスの伝播（でんぱ）は防ぐことが出来るかもしれないが、恐怖の伝播は決して止められない」

「俺はこの世界が崩壊しようが知ったことじゃない」イワノフも再び英語に切り替え、口を挟む。「地獄に落ちろ、だ。そして落ち続ける世界のなかで、唯一値を上げ続けるものは、確かに『新しい世界』へのチケットしかない」この男は野卑だが、実に勘がいい。

「わかるよ、ミスター・アリエクス」へジャジが力なく、呟いた。「私たちにも大体はわかっている。ただ……最後の一歩を踏み出せないだけなのだ」

「よろしい」私は言った。「今ここで、私の言葉を思い浮かべながら、ニュースを5分でも見ていれば、すべてを悟るでしょう」

私はリモコンのスイッチを入れた。白い壁面の一部が瞬時にテレビ・モニターに変わり、衛星放送のニュース番組が映る。私はむろん、そこでどんなニュースが流れるのか知らない。だが見当はつく。似たようなことは毎日起こり続けているのだから。

私の予想通り、テレビは隕石情報を流した。Marga Tarmaと同じ隕石群に属する小規模な隕石の落下は今後しばらく続く。

部屋にいる誰もが、無感動にそれを眺めた。そのとき突然、画面はスタジオのニュース・キャスターに切り替わった。

——臨時ニュースを3つお伝えします。フランスの軍事衛星パスカル・サンクが、正常なコントロールから外れ、異常な軌道を描いています。これについて「グノーシス2030」と名乗るグループが犯行声明を出しました。次に、連続して起こった航空機爆破テロについて。ベルリン発シンガポール行ルフトハンザ機、そして北京発カリフォルニア・サクラメント行ジャパン・エアライン特別チャーター機の2機が、航

行中に爆発したもようです。2機とも乗員・乗客の安否は絶望的と見られています。3番目のニュースは……

私はリモコンでテレビのスイッチを切り、壁はもとの白一面に戻る。

沈黙が部屋の中を支配した。緩いエアコンの音だけがかすかに聞こえる。皆は私の言葉を待っている。しかし私の唇は動かなかった。動かさなかったのではなく、動かすことができなかった。

「ああ」沈黙に困り果てたようにヘジャジが唸った。「アリエクス、きみの言うとおりだ。この世界では、いかに銀行に金を溜め込んだところで、やがてその価値は無に帰する。インフレの国で、インフレ率を超えて利殖を増やさなければ、財産は守れないのと同様に」

「この世界など地獄に落ちろ」イワノフが繰り返した。「ただし、俺に金を残してから」

「ミスター・アリエクス」ミズ・クッツエーが私の顔を覗き込んだ。「ご気分でも悪いのですか？」

私は気力を振り絞り、何とか我に返った。

「いや……。そう、『新しい世界』のこと。それをこれから詳しくご説明しましょう」

私はリモコンを操作してＤＶＤのムービーをスタートさせる。白い壁に再び現れたモニターが、カラフルなコンピューター・グラフィックスを映し出す。あらかじめ録音された私の声が、その説明を始める。私はそれを聞いていなかった。私の耳には、先に聞いた臨時ニュースが繰り返し聞こえていた。

……北京発サクラメント行ジャパン・エアライン特別チャーター機……航行中に爆破……。

私の指示を受けて活動していたキャビン・アテンダントは、死んだのだ。

4

砂浜に座って、少女が海を見つめている。ついさっき陽がそこから上ったばかりの青い海を。

２０３５年11月、高知。太平洋に面した小さな町。

Marga Tarmaがふたつに割れ一方が空を引っかき他方が海底に激突したとき、少女は母親の胎内にいた。少女は胎内で、その音を、地球の震えを、その体に刻み込んだだろうか？　もしそうだとすれば、少女はMarga Tarmaを最も純粋な状況で経験したと言うべきかもしれない。

日が少しずつ高くなる。海の色が変わっていく。少女の後ろにひとりの女性が近づいた。

砂浜には多くのゴミが散らばっている。携帯電話やタブレット端末そして車や家の破片まで。少女の近くに落ちていた光電池式広告パネルに女性は目を止める。割れてもなおディスプレイを続ける死に損ないのパネル。「この世界はもう終わり、あなたのつくりだす別の現実が、新しい世界になる！」。それは、少女が生まれたころに最初のバージョンが出た、ゲーム・ソフトの広告だった。ゲームのなかに別の現実をつくりだしたところで、何の意味もないことは誰もがわかっているはず。しかしそのソフトは売れに売れた。女性は広告パネルの上に足を乗せる。パネルはさらに細かく割れるが、それでも光るディスプレイは消えない。「あなたのつくりだす別の現実が……」。ひょっとして、と女性は考える。いつのまにか本当に、別の現実が、この世界と入れ替わってしまったのだろうか？

女性は少女の小さな背中を見た。6歳。少女の心臓は、平均よりも小さいと、彼女は医者から教えられていた。ひょっとしたら成人するまで生きられないかもしれない。そう医者は言った。成人するまでもてば、その後はそこそこ生きられるだろう。だがいずれにせよ長生きはできない可能性が大きい、と。

それを聞いたとき、女性は――ユエンは、ショックを受けた。だがすぐに、かまうものか、と考え直した。長生きなどには、これから何の価値もなくなる。暗闇では泣かない赤ん坊だったこの子は、ただ生きるのではない。きっと、何ものかとの戦いを生きる。

*

少女は人気のないプロムナードを歩いている。海からの帰り道。ユエンがそのすぐ後ろに付き添う。寂れた町。とはいえ通りを挟む建物は石や金属パネルを多用して意匠が凝らしてある。服や靴、洒落たメガネの専門店、タブレット・ショップにカフェ……海辺のリゾートとして再開発が始まった時、この通りはサンタモニカをイメージして整備が進んだと聞いたことがある。プロムナードもその両脇の建物も、このわずか5年の間に建設され、賑わい、そして捨てられた。

あのニュースが流れたのは２０２９年12月。The Eventからちょうど1年がたった日だった。

――近い将来の火星移住が現実となりそうです。国連の人類安全保障会議は、先進21カ国の合意のもと、元企業家のアリエクス氏の提案を受け入れる旨、声明を出しました。

The Event すなわち Marga Tarma の地球衝突という事態は、私たちが常に根源的な危機を抱えていることを教えました。アリエクス氏および彼が率いる賢人組織「49人委員会」による提案は、そうした危機に備えるプロジェクトを開始しようというものです。人類の地球外居住プロジェクト。そしてそれは、地球上に火星居住試験施設をつくることから始まります。火星に環境が近く、ロケット打ち上げの際に地球の自転を考慮する必要がないという理由から、それは南極に建設されます。アリエクス氏はこのプロジェクトが、世界中のひとびとにとって大きな、しかも永遠に続く安堵をもたらすと説明しました。人類は、「もうひとつの世界」というオルターナティヴをもちます。一方の世界が壊滅的な危機に陥ったとしても、我々にはもうひとつ世界があることになるのです。先進9カ国はこれに加えて、このプロジェクトが世界経済の沈滞に決定的な――核爆発的な――突破口を与えるだろうと主張しています――。

このニュースが水面を叩いたかのように、誰も経験したことのないような好景気の高波がたった。ひとびとは、たとえ一瞬であれ、あるいは表層的にではあれ、Marga Tarma がもたらした禍々しい音を、そして記憶の芯を揺さぶるような大地の揺れを忘れることができた。The Event で黒ずんでいた風景は、眩しいほどの明るさを取り戻した。

風景から賑わいが消え始めたのは、2035年の年明けの証券市場、為替市場が開いたときだ。どの株も、あるいは貨幣も、年内と変わらぬ水準にあった。ただひとつ、突出して高価なものがあった。そしてそれは時間毎に高騰を続けていた。新貨幣にして新上場の株、「リーフ」だ。

2034年11月、「人類安全保障会議」は、地球外居住プロジェクトのための新貨幣「リーフ」の流通を提案した。これを受けて同年12月31日にシンガポールのラッフルズ・ホテルで先進21カ国の蔵相による会議が開かれ、3事項が同意された。

1．「リーフ」は貨幣でありながら証券としての性格も持つ

2．「49人委員会」が発券権を持つ

3．貨幣としての管理を中国政府が、証券としての管理をカリフォルニア州が行う。

この経済合意が景気に与える影響を、見抜いたアナリストはいなかった。年が明けて市場が動き出し、しばらくしてからようやくひとは気がついた。他の通貨の小幅な値動きを尻目に「リーフ」だけが値を上げ続ける、その事態がいったい何を意味するのかを。それはつまり、金持ちにはひとつの種類しかいなくなるということだ。すなわち、「リーフ」を持つもの。

春が来るころには、ひとは好景気が決定的に終わったことを知るしかなかった。好景気がやってきたスピードを超えて、経済の崩壊は速やかに進行した。経済学者は、「ラッフルズ合意」は誤りだった、もう二度とあの好景気は戻らないと断言した。マスコミはようやくあきらめたように、あの好景気を、「最後の5年」と名付けた。

＊

——あのときすでに、廃墟が街を埋めていく運命は、定められていたのかもしれない……。

日本の小さな海沿いの町、音を失ったサンタモニカのレプリカを歩きながら、ユエンはそう考えた。Marga Tarma は空を引っ掻いたばかりではなく、風景のところどころに隙間をつくり出していった。「最後の5年」はその運命をひっくり返すかのように見えて、結果それを決定的にした。

ユエンは考える。——ユイに……そして私たち家族に上海の家をプレゼントしてくれたあの男は、それを予測していなかったのだろうか？　人類を救うと謳ったプロジェクトを発表し、世界から歓喜で応えられたあの男の頭には、いったいどんな考えが詰まっているのだろう——？

あの男の仕事を手伝っていたユイに聞けば、それがわかったかもしれない。だがユイはその仕事の最中に、テロで死んだ。ユエンが赤ん坊を連れて上海の家を出たのは、それから10日もしないうちだった。両親の懇願を押し切ってまでそうしたのは、この子に……シンにあの男からの借りをつくらせるのは間違っていると、そう直感したからだった。

シンが不意に立ち止まる。その視線の先に、工事が途中で止まった巨大な現場があった。この工事は決して再開されることはなく、かといって再び壊されることもない。ユエンは思う。今、この地球上で、建設が滞りなく進行しているのは、「もうひとつの世界」だけだ。

ひとは最初にその計画を知ったとき、場所は南極だし、実験施設なのだし、それはさぞかし住みにくい「世界」になるのだろう、と思っていた。ところが詳細が明らかになると、それはまったくの思い違いであることに気がついた。貧困も病気もテロも戦争もなく、代わりに安全と文化と豊かな食事とが約束されている場所。廃墟が風景を埋め尽くしていくこの世界とは逆方向の時間が、「もうひとつの世界」には流れている。

シンは工事が止まった現場を見つめている。鉄骨が、コンクリートが、砂埃をかぶり、鈍い日の光のなかに霞んでいる。

＊

マルセロは顔を乱暴に洗い、汚い鏡を見て、マルセロという男を嫌悪した。うつむくと、素足の下に敷かれたラグの薄汚れた赤色が目に入る。

メキシコ、ティファナ。安ホテルの一室で、痛む頭を抑えながらマルセロは目覚めた。隣の部屋からはスペイン語訛りの英語で言い争う男女の声が聞こえている。乾いた空気にトルティーヤを焼く匂いが交じる。もう昼近い。体中に残るテキーラのにおいが、意識を暗くする。

自分はどこに行くべきなのか？　ブエノスアイレスからやってきたマルセロは、いまだ逡巡を繰り返している。今なお「文明と若者が残っている」と評されるロサンジェルスに行く？　確かに、そのつもりで西アメリカ合衆国との国境の、この町までやってきた。

マルセロ・カテナは、世界が混乱を始める前、ちょっと有名な青年だった。彼はいま31歳だが、すでに三篇の長編小説と一冊の詩集を世に出し、さらに新しい文学形式である『可塑性物語（plastic story）』をネット上に二篇発表していた。それらの英語訳とフランス語訳が出ると、欧米の文学者たちは、カテナはまだ若いが、他のどんな賞も彼にはふさわしくないから、さっさとノーベル文学賞を与えるべきだ、と言い始めた。

これだけなら、彼は類まれな早熟の文学的天才というに留まる。しかし彼にはもうひとつの大きな才能があった。カテナの名は、サッカー選手としてもよく知られていたのだ。それも、ワールド・カップ出場レベルの選手として。実際には、彼はワールド・カップには出ていない。２０２６年、マルセロは右足を骨折していた。２０３０年、ワシントンＤＣと接近していたアルゼンチンは上海での大会を辞退した。彼はあっさりとサッカーをやめた。スポーツは、身体以外のすべての意味を拒絶する、その力にのみ価値がある。それが否定されるのなら、自分もサッカーを否定するしかない――。最後には大統領にすら説得されたが、マルセロは自分の意志を曲げなかった。

その自分の決心を思い返しながら、マルセロはもう一度顔を洗った。鏡に向かって毒づく。おまえは何のためにここまで来たのか！　運良く国境を越えてロサンジェルスまで行ったとしよう。そこで何をする？　いまさら富や名誉など願っても無駄で、得たとしても無意味だ。ただ、魂が活動できるスペースが欲しい。だが国境近くまでやってきて聞くカリフォルニアの噂は、ソドムの市よろしく快楽の残り滓に群がる人間たちのことばかりだ。快楽の囚人になるくらいなら、ここで無為の囚人でいるほうが、まだましか。

ドアをノックする音がした。シ、とマルセロは言った。ドアが開き、少年の顔が見えた。

「またサッカーがやりたいのか？」

「違うよ」少年はマルセロの言葉を遮った。「あんたに、お客さんだよ」

「僕に客？　いったい誰が……」言い終わるまもなく少年は姿を消し、入れ替わりに軍服に身を包んだ恰幅のいい男がドアから入ってくる。シャツを着る間もなかった。軍服を観察したが、どこの軍のものだかわからない。男の顔を見た。アジア系の大男。軍人にしては温和で、しかも飛びきり頭の切れそうな顔をしている。

「失礼」と大男は言った。「マルセロ・カテナさんですね？」

「そうですが。あなたは……」

「面白い部屋だ」大男は答える代わりににっこりと微笑んだ。「酒のボトルはこんなに転がっているのに、コップひとつ荷物から出していない。この部屋があなたの生活の場となるのを拒んでいるかのようだ」

「精神分析医の往診を頼んだ覚えはないが」

ハハハ、と大男はマルセロの言葉を楽しんだ。

「私と一緒にきてください。ヘリコプターが街外れに待っています」

「僕をどこに連れていくつもりだ?」

「『もうひとつの世界』に」

もうひとつの世界?

「ひょっとして……」マルセロは微笑む大男の目を睨みつけた。「僕を火星に連れて行こうとでも? いや、南極に建設しているという実験コロニーに連れて行こうというのか?」

大男はすぐに答えず微笑み続けた。あそこは自分とは無縁の世界のはずだ。有数の大富豪たちが全財産を懸けてそこへのチケットを入手しようと試み、それでもなお入植は困難だといわれている、

「もうひとつの世界」

ベッドに腰掛けたまま、マルセロは動かなかった。その目の前に、大男が、やはり不動の姿勢のまま立っている。

「ひとつだけ訂正しておきましょう……」大男はマルセロが思案をめぐらすのを待っていたかのようにして言った。「確かに私はあなたを実験コロニーにお連れしようとしています。ただし、それは南極では、ありません」

「南極ではない?」マルセロは驚きと疑念とともに大男の目を睨みつけた。

＊

マルセロがティファナから唐突に消えて約ひと月後。

ニューヨークのタイムズ・スクエアに集まってきたひとたちが、旧式の巨大3Dモニターを見上げている。寒さに誰もが帽子をかぶりマフラーを巻いているが、そのどれもがくすんだ色の安物で、ひとだかりに華やかさはまるでない。それなのに、

ひとびとの表情には、不思議に笑みが浮かんでいる。

ラッセルとその妻ミーファも、タイムズ・スクエアにいる。もうすぐ1歳になる娘のサラを抱きかかえて。

タイムズ・スクエアに集まったひとたちの顔が一様に明るいのには理由がある。今から3Dモニターで流される予定のニュースは、5年前のあのニュースの続編だというのだ。

あのニュースのあとにやってきた好景気で、ラッセルのサラリーも上がり、暮らしは豊かになった。サラにおいしいものを食べさせてやれるようになった。広いアパートにも引っ越した。ミーファの表情には、結婚したころによく見せた笑顔が甦っていた。The Evnet の恐怖が希望に転化した、あのニュースのおかげで！　ミーファだけではなく、誰もがそう思っていた。この明るさはいつまでも続くのだ、と。それが「ラッフルズ合意」で、あっけなく終わった。

ラッセル・ウォーカーはコンチネンタル・ネット・バンクのエリート社員だった。The Event を挟み10年と7カ月、ウォール街と仮想ウォール街とで働いた。そして「ラッフルズ合意」の半年後に人員整理で失業した。

ラッセルの失業後、ミーファがガソリンスタンドで得る給料で、家族3人は暮らしてきた。だが食料の値段は上がり続けている。いや、今のところはまだいい。問題は、これから先だ。ますます悪くなる予想はできても、なにかひとつでも良くなるとは到底思えない。

そんなときに、あのニュースの続編が流されるという話を聞いたのだ。ミーファにとっては、ニュースの内容は何でもかまわなかった。——ただサラの将来を少しでも明るくしてくれるものであれば！――　ミーファはそう強く念じている。

*

とびきり美しい少女たちを半裸ではべらせ、麻薬をやりながらあのニュースの続編を待っている。世界には、そんな倦んだ光景もあった。

アムステルダムのクラーセン・アイクの家。運河に直接面した庭があり、かつてはそれがクラーセンの自慢のひとつだった。だが何年か前にセキュリティのため、運河との境にもコンクリート製の背の高い塀を建てた。運河の風景は失われたが、こうして半裸の少女をはべらせても、カーテンを閉める必要すらない。

クラーセンは表向き、小さな貿易会社の社長をしている。食料輸出入を扱い、取引量はこのご時世で激減しているとはいうものの、あらゆる食料は高騰しているから、稼ぎは悪くない。時折近所にも輸入食品を分け与えていたので、彼は今時珍しい「思いやりのある男」だと、評判もいい。

だがこれはクラーセンの一面の顔でしかない。彼は麻薬の取引をその裏の仕事にしていた。麻薬の需要は、The Event 以降、じわじわと、そして確実に増え続けた。ひとびとの胸のなかに果てしなく広がる空洞が麻薬を欲した。しかも、より強い麻薬を。

クラーセンは現在41歳だが、愛人のヨハンナは17歳、シェリルにいたってはまだ14歳だ。ふたりとも街で拾うようにして家に囲った、ヨハンナは The Event の直後に、シェリルは『ラッフルズ合意』の2カ月後に。近所のひとたちには、ヨハンナもシェリルも、親を失った親戚だと紹介している。それでまたクラーセンをヒューマニストだと勘違いするものがいた。

クラーセンは覚えている。5年前、あのニュー、スが流された数日後に、世界中で放映された特集番組のことを。それは「火星移民」プロジェクトの詳細を、３Ｄグラフィックスを使って説明するものだった。

青い画面の宇宙空間の模式図。ナレーターが言う。

これからの千年間、地球はヴィナロヴィッチ隕石群の通過ルートに入る。この間に、Marga Tarma級の隕石が地球を掠める可能性は2%を超える。もし地球に正面衝突する隕石がMarga Tarmaの10倍の直径を持つ場合には（その可能性は1%を超える）、人類は90%以上の確率で滅亡し文明は無に帰する。

そこで画面は暗転し、音だけが聞こえてくる。説明はないが、それが何の音なのか、誰にもすぐにわかる。Marga Tarmaが空を引っ掻いたあの音。やがて、その片割れが南太平洋に着水する大音響。床が低く唸る。

字幕が語る。

「この広大な宇宙で、おそらくは唯一の知的生命体である人類。ならばもし、地球が破壊されたとしても、生き残ることこそが人類の使命だ。しかし、地球が破壊されたら、いったいどこで生き残る？」

画面は地球ではなく、火星を映し出す。ゆっくりと大写しになっていく火星の赤い地表。その一点に、巨大な建物が見えてくる。正五角形のパネルで覆われた幾何学的な形が、太陽の日を受けて、全体が発光するように輝いている。その輝く表面に近づき、やがてぶつかるかと思うと、その瞬間光るパネルをするりと通り抜けるようにして、画面は建物内部に切り替わる。その途端に音楽が聞こえてくる。

建物のなかには、驚いたことに地球の風景があった。自然、遺跡、芸術、家族、それに恋人たち。鳥が鳴き、森がある。むろんそれは、巨大とはいえひとつの建物のなかにあるものだから、ミニチュアの世界であるはずだ。しかし本物よりも美しい風景だった。本物よりも懐かしい日常だった。

　ここでようやく、音声による説明が入る。少年のような声。

……人類滅亡のリスクを回避するための最も有効な方法は、「もうひとつの世界」をつくることです。そうすれば、この地球がもし破壊することがあっても、人類は生き延びることが出来る。では、その「もうひとつの世界」をどこにつくればいいのでしょうか？　それは火星です。そんなSFのようなことが可能なのかと多くのひとは思うでしょう。ところが計算上では、それは十分に可能であると、前世紀末からわかっているのです。むろん問題はあります。まず、莫大な費用がかかること。しかし人類滅亡のリスク回避のための費用を、我々は惜しむべきでしょうか？　もうひとつの問題。計算上可能であるとはいっても、今我々が持っている技術ですぐに、火星への移民を始めることが妥当なのか。そこでこの計画を提唱し推進している「49人委員会」は、まず地球上に「もうひとつの世界」をつくり出して火星での生活をシミュレーションし、その完璧なデータを持って火星への移民を始めることにしました。地球上の「もうひとつの世界」はそのまま火星への出発基地にもなります。国連機関「人類安全保障会議」の後押しを受け、「49人委員会」は直ちにこの地球上の「もうひとつの世界」の建設に取り掛かります……。

　3Dグラフィックスや体感音響の出来が見事だったせいで、クラーセンはこの特集番組を5年後の今でもはっきりと思い出すことができた。グラフィックスを制作したのが有名なゲーム会社ARCの名でクレジットされていたことも。それでも、かつてあのニュースを聞いたときも、特集番組を見たときも、クラーセンに特に感慨はなかった。隕石が来ようが来まいが、この世界の本質は決して変わらないと、クラーセンにはわかっていた。なぜなら麻薬が売れ続けたからだ。

今あのニュースの続編とやらを待ち、テレビに釘付けになっているヨハンナとシェリル。その姿を見ながらクラーセンは、こいつらはひょっとして、いまだに希望のようなものを隠し持っているのかとあきれた。俺の性奴隷の分際で、と。しかしクラーセン自身も、これから流されるニュースに興味はあった。

――これから流されるニュースが世界に希望を与えることを、俺も期待しよう。そしてまたその希望がじきにしぼむことを。「最後の5年」が終わってからは、たとえ超のつく美少女でも、モデルや女優で食べてはいくのは困難になった。だから俺が拾ってやれた。完璧に絶望的な世界のなかでなら、そんな美少女をとっかえひっかえ、貪ることができる。俺にとっては、それこそが「もうひとつの世界」だ。

*

午前4時、デリー。暑い国インドとはいえ、この時期のこの時間には、ときおり肌寒い風も吹く。そんな時間にもかかわらず、町のいたるところから、ざわめきが聞こえてくる。風が、深夜に沸かすチャイの甘い香りを運ぶ。

30分後に、あのニュースの続編が始まるからだ。ピアソン家でも、寝ているものはいなかった。とはいえピアソン家のひとびとには、心の余裕があった。というのは、彼らはあのニュースの続編の内容を、大枠で知っていたからだ。

　グリンダ・ピアソンとその妻マリヨン、グリンダの両親とマリヨンの母、家族同様に長い間一緒に暮らしてきた手伝いのキーナ。それに加えて、家の内装に似つかわしくない貧相な身なりのものたちも多くいる。3D壁面モニターを持たない近隣のひとたちを、グリンダが分け隔てなく家の中に招き入れていたからだ。

　ひと月ほど前、軍服を着た男がピアソン家を訪れた。男は、グリンダとマリヨンの一人娘、ジェスを引き取りにやって来たと告げた。ジェスはまだ21歳の女子学生だ。だがちょっと特別な女子学生ではあった。父のグリンダは位相解析学を研究する大学教授だった。母マリヨンは西アメリカ合衆国史上最高のバイオリニストと称される音楽家だったが、中国に操られるような政府姿勢が気に入らず、反政府集会に出席しては拘束されることを繰り返し、結果亡命を余儀なくされ、インドに流れ着いた。ふたりの才能を継いで、ジェスは天才振りを発揮した。12歳でバイオリンのソロ・リサイタルを開いて音楽家として認められる一方、15歳のときに初めて数学の論文を書き、それは最高ランクのネット論文誌に掲載された。その後音楽を勉強するためのヨーロッパ留学も考えたが、The Eventがもたらした混乱もあって諦め、16歳で父のいる大学の理学部に入り、飛び級を重ねてもうすぐ博士号を取得する予定だった。

　さらにジェスには、19歳から今までの間、親に黙ってしていたアルバイトがあった。ファッション・モデルの仕事だ。大学に通う途中にスカウトされた。

　当時のジェスときたら、分厚い眼鏡をかけて、さえない制服を着込み、垢抜けた感じはまるでなかった。しかし背は飛び切り高かったから、スカウトはそこに目をつけたのだろう。スカウトの必死の懇願を聞き入れてジェスはスタジオに行き、そこで気鋭のデザイナーがつくった服に着替えた。眼鏡を外しミニスカート姿になったジェスを見て、その場の誰もが息を飲み込んだ。だが、誰よりも一番驚いていたのはジェス自身だったに違いない。「のっぽのガリガリ娘」とローティーンのころから呼ばれ続けてきた自分が、こんなにも美しい女だったことを、生まれて初めて知ったのだから。

自分の美しさに恋してしまったかのように、ジェスはモデルの仕事を続けた。デリーに飛び切り美しいモデルがいることは世俗に疎いピアソン家でもさすがに話題になったが、それがまさか自分の娘だとは、グリンダは想像もしなかった。話題のモデルはただ「JP」としか名乗っていなかった。ジェスは家では相変わらず分厚い眼鏡をかけ、バイオリンを弾くか数学の専門書を読み耽っていたのだから、両親の頭のなかで「JP」とジェス・ピアソンが一致しなくても無理もない。

だから、軍服を着た男がピアソン家を訪れ、グリンダに向かって――あなたのお嬢様をお迎えに来ました、数学と音楽の才そして美貌に恵まれたジェス・ピアソンさんを――と言ったとき、奇妙なディス・コミュニケーションの雰囲気が生じたものだ。グリンダは最初、男が的外れなお世辞でも言っているのかと思った。しばらく話をしていて、娘のモデル歴をその父親が何も知らずにいたことに、軍服の男はやっと気がついた。グリンダは娘の経歴を他人に教えられるという悔しさを味わったが、軍服の男の口調は気遣いに満ち、巧みにグリンダの怒りの芽を摘み取った。

軍服の男は、ジェスの経歴の話題を終えると、次にこう言った。

「お嬢さんをお連れする先は、『もうひとつの世界』です」

「ジェスを『もうひとつの世界』に？」グリンダは驚き、次に苦笑した。「あの世界に入るのには『リーフ』を唸るほど持っていないとだめらしいじゃないか？　きみたちはとんだ思い違いをしてここにきてしまったようだ」

「まことに失礼ですが、思い違いをされているのは、教授、あなたのほうです」軍服の男は柔和な表情を崩さなかった。「あのニ、ユ、ー、スのことをもう少し正確に思い出してみてください。『最大の英知による最良の希望の保存が始まる』と言ったはずです。『もうひとつの世界』に保存されるのは、人類最良の人間でなくてはならないのです。火星コロニー建設までの道のりを考えると、気の遠くなるようなお金が必要になるのは確かですが、お金を持っている人間が火星に必要なわけではありません。つまり……」

「ちょっと待ってくれ」グリンダが両手を胸の前に上げて話を遮った。「きみたちがいう『最良の人間』とはいったい何だ？　ジェスのような、才能に恵まれた者のことか？　天才ばかりがいる世界に行って、ジェスが幸せになれるとは限らない。それよりもここにいるほうが……」グリンダはそこまで話して急に言い淀んでしまった。

軍服の男がグリンダの言葉を継いだ。

「ここにいるよりも、はるかに幸せです。正直に言わなければなりませんが、この世界はこれから、これまでにも増して急速に壊れていく」

グリンダはテーブルの上にあったパイプを咥えた。火はついていない。問題を考えるときのいつもの癖だ。

「ひとつ質問をしよう」グリンダは大学で学生に問うような口調で言った。「きみは、この世界は壊れていくと言った。しかし今まだ、この世界はこうして生きている。破滅への道を食い止めることが可能なはずだし、その道を探すのが、才能を持った『最良の人間』がするべき仕事ではないのかね？」

するとと男は少し悲しそうな顔をして言った。

「この世界が崩壊の道を歩むことはもはや誰にも止められないのです。説明しましょう」

グリンダはその説明を聞いた。男がその論理にカタストロフィとゲームの理論を使っていることはすぐに読み取れた。自分相手に数学的な理論を使ってくるとはいい度胸だ、とグリンダは思い、それならばと数学的誤謬を見出すべく男に質問を重ねた。だが無駄だった。用語の使用法にときどきミスがあったが、それはこの男が論理を丸暗記しているのではなく、むしろ本質を理解していることの証左になった。グリンダは男に、きみは本当に軍人なのか？　と訊いた。男は、ええ、しかし精神医学とシステム・エンジニアリングも学んだことがあります、と答えた。理論数学の専門家ではありませんから、今の議論には冷や汗が出ました。そう言って男は優しい笑顔を浮かべた。

グリンダは再びパイプをなめた。そして言った。

――この世界が早晩破滅するかもしれないことを私も認めるとしよう。感覚的にも、そういう気はしている。で、そこからジェスを救い出すために、きみはここに来たわけだ。しかしきみが連れて行くのはジェスひとりだ、そうだろう？　ならば私や、私のほかの家族はどうなるのかね？

すると男は笑顔を引っ込めて、こう答えた。

――覚悟して聞いてください。ジェス以外の、あなたとあなたのご家族は、この世界の衰退をここで待つことになります。相当の……ご想像以上の援助をし、幸運をお祈りもしますが、それ以上のことは、できません――。

グリンダは男の目をまっすぐ見つめた。そこには同情の色が確かにあったが、だからといって慰めの言葉を繕おうなどという偽善の色は微塵も見られなかった。

グリンダはそれから家族全員の意見を聞いた。ジェス以外の家族は、軍人の言ったことに同意した。皆、もはやこの世界は悪くなることはあっても、よくなることは決してないと、心の底で感じていた。人類の理想のためにジェスがその力を発揮できるのなら、喜ぶべきなのだろう。そして軍人の言う「想像以上の援助」とやらを、この地域のひとびとと分かち合うこともできるはずだ。

しかしジェスは納得しなかった。さまざまな理屈を言ったが、要は悲惨な世界に家族を、友人を、そして「この世界」を残して、自分だけ新天地に向かうようなまねはしたくないのだ。ジェスは言った。「たとえ不可能だとしても、私は『この世界』を救う側に立ちたい」と。その気持ちは誰にもわかった。軍人は口を差し挟まず、しかし一層自らのミッションの正当性を確信した様子で、ジェスの表情と家族の議論を見守った。

旅立ちを拒むジェスの気持ちを変えさせたのは、手伝いのキーナだった。キーナは言った。――私はこの家に働きに来るようになってからずっと、家族同様に接してもらいました。ジェスには「お姉さん」とすら呼んでもらった。それでも私はこれまで、地位を越えて何かを主張したことはないつもりです。だが今だけは、対等の人間として発言することを許してほしい。ジェス、あなたは新しい世界に行かなければいけない。それが「この世界」にとっての希望なのだし、それをあなたが担うことが、このピアソン家に……私も含めて……最後の未来をもたらすのだから――。

今、グリンダは、ジェスを「新しい世界」に連れて行った軍人を想いだしながら、3D壁面モニターの前に座り、火のついていないパイプを咥えている。家族もキーナも、すぐそばにいる。招き入れた近隣のひとびと同様、静かにあのニュースの続編を待っている。

*

東アメリカ合衆国、ホワイトハウス。「ニューエイジ・フロンティア」と名付けられ未来的かつレトロなデザインでリニューアルされた会議室。ここで、メガネ型デバイスを装着して、大統領を含む15人が、あのニュースの続編を待ち構えている。

カサンドラ・マリア・ワシントン、アメリカ合衆国第49代大統領。実質的には、東アメリカ初代大統領。黒人女性、49歳。

——東アメリカ大統領として、私は能力が不足している——。カサンドラがそんなことを考えない日は無かった。東アメリカと実質的に同盟関係がある国は、イギリス、西ロシア、アフリカの大多数の国々、南米大陸大西洋沿岸諸国、東カナダと、かなりの数に上る。その国々を率いて、中国＝西アメリカ側に立つ世界のもう半分と、互角に渡り合わなければならない。

だが東アメリカには「リーフ」がほとんどない。頼みのユダヤ資本ですら流出を続けて止め処がない。金持ちどもは「もうひとつの世界」への入植権を求めて「リーフ」に投資することしか眼中にないからだ。

実際には、カサンドラが能力のない女性だったということはない。NPOで積極的に活動してきた彼女は、地球を何とかしようという意欲も十分だった。大統領選挙のとき、資金で劣勢に立ったこともあったが、これは当時、早世したシカゴの著名なアーティストが遺産をすべて寄付してくれたことで乗り切った。

大統領室の壁の時計が、まもなく午後六時を指そうとしていた。カサンドラは、部屋に集まった14人の参謀たちの顔を見回した。自分が決断しえる選択肢のあまりの少なさを思いながら、カサンドラはメガネ型デバイスの一部に視覚を集中する。

やがて、そこに、アリエクスが現れた。メガネ型デバイスの耳骨式音響システムから、クリアな英語が聞こえる。

――世界中の皆さん。こんにちは。こんばんは。そしておはよう。

さて、すでに「49人委員会」は人類絶滅の危機をあらかじめ回避するために、火星に新しい世界を建設するプロジェクトを進めている。火星コロニーのシミュレーションとして、「もうひとつの世界」を地球上につくりだすことが必要になり、それは今南極に建設中だ。この南極コロニーは、人類史上最大の建築になるだろう。そこで、その資金調達を円滑にするために、新貨幣「リーフ」が創出された。しかしこの新貨幣創出は思いがけぬ副作用を生んでしまった。それはこの全世界的経済の停滞だ……。

「『思いがけぬ副作用』?」カサンドラの横にいた報道官のロビンが小声で言った。「アリエクスは十分にわかっていたはずだ。我々はただひとつの情報を見誤っていたためにラッフルズで合意してしまった。世界中の大資本家たちが、ひとり残らずアリエクスに籠絡(ろうらく)されていた事実を。そうでしょう?」カサンドラは答えなかった。アリエクスの口が再び開く。

……事態は確実に悪くなりつつある。食料生産量や大気圏のオゾン層の厚さなど人類の存続に

必要なものの数値はすべて下がり続け、放射能、環境ホルモン、二酸化炭素、そして暴力など、地球上のあらゆる命を奪う数値はどれも上がり続けている。

新しい世界のシミュレーションである南極コロニー建設は、こうした危機を乗り越えるために構想されたものだ。シミュレーションは、いわば「この世界の治療薬」を開発する役割も担い、つまりはこの世界の安定的成長を促し保証もするはずだった。実際、ラッフルズ合意まではその効果があった。だが今この世界は、新たな治療を切実に必要としている。

今日、「49人委員会」は、世界の危機に対して、ふたつ目の治療策を発表する。「新しい世界」のモデルとして、もうひとつのコロニーを地球上に建設する。エベレストの山頂に。

エベレスト・コロニーは、この世界とは異なる社会構造を持つことになろう。すなわちそれは、成員数が一定に保たれる完全平衡型世界になる。地球の人口は有史以来増加してきた。南極コロニーもそれに習い、成長型社会を想定している。エベレスト・コロニーは、これとは違うシステムを採用することで、この世界の、より正確な意味での外部になる。

もうひとつのコロニーの敷地がエベレストになる理由は、空気が薄いなどの環境が火星に似ていること、ロケット発射時の抵抗引力や空気摩擦がすくないことなどによる。

最初の話題に戻ろう。新貨幣「リーフ」の発行は経済の停滞を招いた。今、エベレスト・コロニーの建設という新たな天文学的巨大プロジェクトを始めることは、今一度、飛躍的な生産を喚起し、雇用機会の激増は「失業」という言葉を忘れさせることになるだろう。「リーフ」

は引き続き南極コロニーの建設のために用いられる。ただしその発行権は、49人委員会及び中国政府から、東アメリカ政府に移管される。エベレスト・コロニー建設に際して、特に新貨幣は発行されない。

この措置によって、世界の経済は劇的に好転する。そしてまた、火星移住計画はより大きな理想と現実性を持つことになるだろう。

人類の明るい未来と、世界中の皆さんの幸福を祈ります——。

アリエクスはそれだけ言うと、お辞儀をし、席を立った。世界中が待ちかねたニュースは、これで終わりらしい。

「やれやれ」ロビンが言った。「やけに大げさなニュースだったな。それでも、世界中のひとびとはこのニュースを喜んで受け入れるのだろうか？」

副大統領のジャクソンは窓辺まで歩いていき、外の様子を見ながら言った。「受け入れるさ。もうすでに、嬉しそうにこぶしを振り上げているものまでいる。確かにこれで景気はぐっと回復するだろう。我々東アメリカもリーフを得て、この世界の中心に返り咲ける。『49人委員会』の桎梏（しっこく）からわずかばかり解放されるだろうよ」

「本当にそう考えている？」カサンドラがメガネ型デバイスを乱暴に外す。14人の部下たちがいっせいに大統領を見た。「我々は、いえこの世界は、今度こそあのアリエクスに首根っこを捕まえられた。今『リーフ』のほとんどはアリエクスが持っているに違いない。我々はリーフの発行権を与えられたけれど、今さら大量発行すれば、我々自身の首を締める。『リーフ』の価値が下がれば、すでに進んでいる南極コロニー建設の債務を履行（りこう）できるわけもない。アリエクスは、自分は世界の債権を所有したと宣言したようなものよ」

「……そうですね」弱冠25歳の女性補佐官、ダイアンがここで初めて口を開いた。彼女は実務経験は乏しいが、カサンドラがその冷徹な洞察力を買い、側近に招き入れた。「景気は回復するのでしょうが、それも結局、アリエクスの債権価値を増やすだけ」

「アリエクスはこの期に及んで何を求めているんですかね?」

ロビンの問いに誰かが答えるだろうとカサンドラは思ったが、誰も口を開かない。大統領執務室に沈黙が訪れた。カサンドラはダイアンを見る。この場にいる最年少者のダイアンは発言を自制している様子だが、カサンドラに見据えられてようやく再び口を開いた。

「なぜ、アリエクスは今になってエベレスト・コロニーなどという別の構想を発表したのか。別の言いかたをすれば、最近までエベレストにそれをつくることを思いついていなかったのか。あの男が、行き当たりばったりの計画をするはずがない。であれば、最初から、エベレスト・コロニーは計画されていたと考えるしかない。たぶん、地下部分の建設などはもう密かに進んでいるでしょう。つまり、南極コロニーの建設も、『最後の5年』も、そして『ラッフルズ合意』も、アリエクスの頭のなかではエベレスト・コロニー建設の前段階として予定されていたに違いない。ではなぜ、この順番にしたのか?」

ダイアンはここでようやくメガネ型デバイスを外し、一息ついた。カサンドラは無言でその先を促した。

「アリエクスは計画の遂行のために、世界中から金を吸い上げることを考えた。手始めに大資本家たちに実験コロニーへの入植権を競売し、天文学的な値段にまで吊り上げた。それにつられて、結果あらゆる投機が『リーフ』に吸い取られた。この筋書きで、おそらくは間違いない。しかし、ここで私には疑問が生じます。そうしてつくりあげた『もうひとつの世界』に、金持ちばかりを入植させたいと、アリエクスがはたして思うかどうか？　私がアリエクスなら、金持ちではなく、私の目で選び抜いたものを入植させ、理想の世界をつくり出そうとすると思う。そのためにはどうするか？　無能な金持ちどもは南極コロニーに押し込めて、巻き上げた金で真の理想の世界を別につくり出せばいいと考えるでしょう。つまりエベレスト・コロニーこそが、アリエクスの理想の世界になる。きっとそこには、アリエクスに選び抜かれた人間たちが集められる。成員数を一定にする、という社会構造が、その意図を明らかにしている」

「突き返してやればいい」ロビンがいつの間にかカサンドラの近くまで歩み寄っている。メガネ型デバイスはつけたままだ。「南極コロニー建設の主導権なんていらないと、今すぐ発表してやればいい。アリエクスの鼻を明かすことができる」

カサンドラが首を振った。

「その結果、経済はさらに悪化し、デモと暴動が続発、さらには東アメリカが世界で孤立を深めるとしても？　ロビン、我々はアリエクスの提案を受け入れるしかないのよ。ただ、私たちにも私たちの意思で出来ることが、ひとつだけある」

「なんです？」ロビンが気色ばんだ。ダイアンはすでにうなずいている。カサンドラは答える。

「それは、南極コロニーを私たちの理想の世界にすること」

カサンドラは考えた。——やってやろう。こっちの世界にも、ダイアンという頭脳がいるのだから。

5

白く光る雪の大地に、時折轟音が響きわたる。そのたびに、ペンギンの群れが一斉に動きを止め、直後慌てて走り回る。

２０４０年、南極大陸。

クレーン・ロボットが、一辺12メートルの正五角形からなる正十二面体を建設している。この正十二面体は、内接する円を想定した場合、その直径が２６・６４メートルになる大きさだ。正十二面体はすでに千個近くつくられ、積み重ねつなげられている。正五角形がつくりだす文様は亀の甲羅のようだ。それでこの建物を、「爬虫類」と呼ぶものもいる。

「爬虫類」は、その正式な名を「地球外居住計画に基づく住空間実験建設」という。遅れて建設が発表されたもうひとつの施設はこの長たらしい名前の後に「エベレスト・モデル」がつくのが正式名だ。しかし要は両方とも「火星コロニー」のモデル施設だから、ひとは普通これらを南極コロニー、エベレスト・コロニーと呼び分ける。

「爬虫類」の完成はまだ遠い。しかし南極コロニー政府は、２０４０年5月1日、「もはや入植を開始する環境は整った」と発表した。なぜならこのコロニーは、もともと成長型世界として設計されている。第一期工事完成の後にも、入植者の増加などの必要に応じて果てしなく増築が可能で、同時に不要な部分は容易に取り壊すことができる。正十二面体のユニットが繋がるようにできているのはそのためだ。

暫定政府によれば、すでに入植を許可され別の場所で待機してきた1万３６０人がコロニー内にその生活の場を移す。15カ月以内に入植者の数は2万人に達しているだろう。

世界中のひとびとが、その人口に自分と自分の家族がカウントされる奇跡を、今なお夢見ている。「49人委員会」が当初発表していた南極コロニーの初期入居人数は2の12乗、すなわち４０９６人に過ぎなかった。その人数で火星に行き、あとは生殖と追加移民による増加に対応した成長型社会ができるはずだった。元東アメリカ大統領のカサンドラは南極コロニー統治を任されるとすぐに初期入居者人数を倍にすると発表した。その後も二回にわたり倍増計画を発表し、結果初期入居者数は9倍にまで増えた。さらには火星移行後の追加移民の増加まで検討すると世界に告げた。いまさら、そんな要求にこたえる設計変更ができるのだろうか？　しかし比較的容易にそれは出来た。まるで、最初からその変更が見込まれていたと思えるほどだ。

２０３６年に南極政府樹立宣言をし、その代表に就いていたカサンドラは、声明を出した。

「南極コロニーでの実験が成功すれば、コロニーの住民は施設とともに火星に旅立ちます。その際、施設の一部はそのまま南極に残されます。地球に残されたひとびとは、その残された施設から、再び南極コロニーを成長させることができるでしょう。火星移住実現後、できるだけ多くのひとたちが、南極コロニーで暮らせるように計画は進行します。そしてこの計画が人類全体に貢献できるように、私は願っています」

カサンドラ自身は、火星移住実現の後もこの地球にとどまる決意をしていた。つまり自分の役目はあくまでも南極コロニーという実験社会の統治であり、その実験が終われば再び皆とともにこの世界の再建に立ち向かうと表明していたのだ。自らを注意深く「選民」から除外しようという態度は、ひとびとの共感を得た。

また、コロニーへの入植権が天文学的な高値で売買されることに変わりはなかったが、カサンドラはここに「未来創出基金」という名の制度を導入した。世界のために働きたいという強い意欲を持つ若者たちは、暫定政府の援助のもと、新世界建設に寄与する知識や技術などを学ぶことができる。さらにその後段階的な試験をパスするたびに、入植権購入の資金の一部が貸与される。試験をすべてパスせずとも、資金を元手にNGOを興すなどして人類への大きな寄与が認められれば、やはり入植権が買える。

南極コロニーが次々に新しい機軸を発表していたのに比べると、エベレスト・コロニーからはほとんど情報が洩れ出てこない。その入植者がどのようにして選ばれるのかも、正式な発表はなかった。噂では、「49人委員会」と特別な関係を取り結ぶことが第一条件だとか、才能あるものがある日突然さらわれるようにして連れて行かれる、などと囁かれた。いずれにせよ、秘密裏で選ばれる選民というイメージが強い。ひとはやがてエベレストを自分とは何の関係もない世界と考えるようになった。

沈黙を守るエベレスト・コロニーとは逆に、南極暫定政府は旺盛に将来のヴィジョンを語り続けた。彼らは、「今後12年以内に火星に居住空間の建設を始める」と宣言した。同政府のダイアン報道官は言った。

「最初の正十二面体が南極大陸上に完成した七年前から、詳細なデータの収集と解析が進んでいます。まもなく実際に居住を始めることで、

内部環境の最終的なデータが得られるでしょう。外部環境、すなわち火星についてのデータはいまだ不足しているところもありますが、それも向こう5年のあいだに調査は進み、そのつどコロニー設計に反映させていくことが可能です。火星移住などという途方もない計画が、予想を上回る速度で進んでいるのは、南極コロニーがフレキシブルな成長型モデルを選択したことによります。南極コロニーに対して、全人類が惜しみない支持と支援を与えてくれることを願います……」

白い大地のうえで成長する『爬虫類』の姿、そしてそれがもたらす希望についての暫定政府の自信溢れる声明。それらはここ数日、インターネットや衛星放送、そして新聞を通して世界中に流され続けている。

南極コロニー暫定政府を賞賛する声が聞こえるようになった。それはインターネット上のサイトにも溢れている。世界的に人気のあるＳＮＳの『Aspects of the World』でも、そうした意見を多数読むことができる。そこにはたとえば次のような書き込みがある。

成長型世界を選択した南極コロニーの理念は正しい。より多くの人間を救うだけではなく、希望をつくりだすこともできるからだ。それに対して、エベレスト・コロニーは狂気に憑かれている。人類を救うのに、成員数が増えない新世界がなんの役に立つのか？　我々はもはや、南極だけを「もうひとつの世界プロジェクト」として推し進めればいい。エベレストのほうは中止にするか、そうでなければただ景気回復のためとして、テーマパーク建設にでも目的変更をすべきだろう。（イスラエル、女性、21歳）

「世論を見る限り、あるのは南極への賞賛ばかりです」

＊

会議室のテーブル面に組み込まれたモニターを見ながら、アルビーが言った。社会学者であるアルビー・シモニアンは、あらゆる人文系学問に精通した博覧強記の男だ。

「0」の字を描く巨大なテーブルの周りには、アルビーを含め49人の男女が座っている。皆が白い麻のゆったりとした感じの服を着ている。部屋は壁も床も天井も真っ白で、その全面が発光して照明にもなっている。あらゆる方向から光が来るので、どこにも影がない。その影のない部屋のなかで、テーブルだけが黒いが、これもただのテーブルではない。上面は全て情報モニターにもなるし、「0」の字の中心にホログラフを投影することもできる。

エベレスト山頂に姿を現した巨大な円錐状の鉄骨構造物。その基礎部分に、会議室はあった。

「アリエクス、きみの見込んだように、カサンドラ・ワシントン女史はたいへん有能だな」会議室の円卓の隅で、今度はタキが口を開いた。「世界の期待以上の活躍をしている。あるいはきみの思う壺の、と言い換えてもいいが」

「しかし」アルビーが再び口を開く。「この状況に危険は無いでしょうか？　南極コロニーへの支持を少しは妨げないと、集まるべき資源も、あちらに流れてしまいかねません」

「Gosh!」タキがわざとらしいアメリカ英語で言う。「アルビー、成長型世界が大衆に、彼らにも参加の機会があるかもしれないという夢を振りまいているからこそ、このエベレスト・コロニーへの大衆の悪意は、嫌悪の域を出ずにいるんだろ？

彼らが南極コロニーに失望するときこそ、彼らの憎悪は一気に沸騰しこのエベレストに向かう。もちろんすでに、ここはそこらのテロリストたちの攻撃に損害を受けるほど脆弱ではない。だが人類が結束して、そんな世界を認めるくらいならと、最終戦争を仕掛けてきたらどうなる？　ここが90%以上完成したあとならそれもかまわないが、今それをされたら、ここも一蓮托生だ」

　アルビーが、適温のはずのこの部屋で額に汗をにじませながら、ようやく口を開いた。

「しかし大衆の動きというものは、時に予想外の流れを生み出すことがある。私はそれを、感情のどこかで恐れているのです」

「アルビー、この会議室は……」私は言った。96の目が私を見た。「感情を吐露するための場所ではない」

「アルビーはわかっているさ」タキが助け舟を出す。「彼は優秀だ。そして社会学者が大衆の感情を恐れるのは、ある意味で正しい」

　私はタキの目を見、それから会議室を見まわした。タキを除いて、ほかの多くの連中は、アリエクスには感情などない、と思っているかもしれない。しかし、とふと私は考えた。

　そもそもひとには、なぜ感情があるのだろうか？　なぜ、そんなものがこの世界に存在するのだろう？

＊

「シン、今日はどこに行く？」

　ひとりの少年が訊き、周りにいた数人の子らの視線がいっせいにシンと呼ばれた少女の背に注がれた。

　少女は他のどの子よりも体が小さく、歳も一番下の11歳だ。それなのに、誰もが少女の答えを待っている。

高知の海辺で暮らすこの少女にも、たくさんの友だちができた。細い顔に鼻筋が通り、薄い唇がピンク色に光る。白い肌に散らばるそばかす。そんな少女が、危険といわれている場所も平気で歩く。ホームレスやストリート・ギャングにも知り合いがいる。子らが少女を尊敬のまなざしで見るのも当然だ。

「今日は、大橋の向こうまで行く。昔のバス・ターミナルの辺りを歩きたいの」

少女がそう言うと、周りにいた子どもたちは皆目を丸くした。

「いくらなんでも、あそこはまずいよ?」

少女より3歳上の少年が言った。少女と同じ歳だが、体の大きな少年が相槌を打つ。

少女は後ろをついてくる子どもたちの目を見回した。

「もう何度も言ったことだけど、私は、みんなと歩くのが好きよ。でも、私は、私の行きたいところに行く」

「……わかってるさ」最年長の少年が言った。

「帰りたいやつは帰る。それでシンは怒ったり、仲間はずれにしたりはしないんだから」

シンはうなずき、また歩き始める。

橋の右手に、砂浜に溶けていくような河口と、白い波を運ぶ青い海があった。少女は海を見つめながら、橋を渡り終えた。

さらに少女たちは歩いた。路地を曲がり、裏通りと表通りを縫うように歩いた。

「ちょっと待って」

突然、ひとりの少年が声を——叫びたいのを無理やり押さえ込んだような小声を——出した。

「今、このなかから、何か聞こえた。たぶん、悲鳴だと思う」

古い食糧倉庫のような建物で、鉄板でできた大きな扉は一面さび付き、ところどころに小さな穴が開いている。耳を澄ませると、確かに呻き声のような音が聞こえる。

シンはしゃがみこんで、扉に開いた穴に目を近づけた。それを見て、皆もそれぞれの穴を選びそのなかを覗いた。

ひとりの女が、梁に引っ掛けられたロープで、吊り下げられている。散々殴られたようで、服は布切れと化し、半裸に近い。醜く太った尻、垂れ下がった大きな乳房。

三人の男がそれを囲んでいる。ふたりは椅子に座っていて、殴るのは立っている男の役回りのようだ。手に光るものをはめている。座っている男のうちひとりは、右手に銃を持ち、それを時々左手で撫でていた。

「どうしよう？」最初に悲鳴に気づいた少年が、小さな声を出した。「シン、どうしたらいい？」

その瞬間、もうひとりの男が立ち上がり、大きなナイフを取り出すと、それで女の首をひと掻きした。血が、花火のように吹き上がった。女は激しく痙攣し、次の瞬間にはそれをやめた。

「逃げよう」体の大きな少年が言った。

「そうだ、逃げよう」子らは口々にそういい、扉からからだを引き離し、すでに走り出す用意に入っている。しかしシンだけはまだ動き出しそうにない。まるで、穴のなかに差し込んだ視線が、抜けなくなってしまったとでもいうように。

「シン、逃げよう」年かさの少年の声は震えている。

「皆で逃げて。私にはかまわずに」

「かまわずになんて、そんな……」

「早く逃げて！」

「でも……いったい、な……？」

少年がちょっと大きな声を上げ、それに気がついたのか、銃を持った男が立ち上がった。ゆっくりと、扉のほうに近づいてくる。

少年はついにその場から走り出した。皆もそのあとを追った。

拳銃が、もうすぐそこに見えている。少年が言いかけた問いを少女は心の中で反芻する。

いったい、なぜ？　どうして私はここに居続ける？

男は鉄扉を開け、そこにしゃがみこんでいる少女の前に立った。

II 戦争という名の起源

1

♪……ひとは僕を殺したり出来ない／僕は神の兵隊によって3日後に銃殺されるから……♪

「なんなの、それ？」背後を通りかかったジェス・ピアソンが、マルセロ・カテナに言った。マルセロのコンピューターから、ネット配信の音楽が小さな音量で流れている。

「この曲？　今、外の世界で流行している歌だよ。2049年の最大ヒットらしい」

「それにしては、ずいぶんと陰気な詩」

そうかな、とマルセロは考えたが口には出さなかった。マルセロとジェスは〈ゴッド・リング〉にいた。それはエベレスト・コロニーの遥か頭上に浮かぶ、宇宙ステーションの名だ。コロニーの住人は、皆この宇宙ステーションでの生活を何度か経験する。それでいつの間にか、地球上のかつての世界より、この宇宙のほうが身近に感じられてくる。「しかしだからこそ流行っているんだろう」マルセロは言った。ジェスもマルセロも、窓から見える遥かな宇宙空間を眺めている。地上ではコロニーが、間もなく完成する。コロニー内の住居部分のデザインは、このゴッド・リングと同仕様になるらしい。「しかもこの歌のヒットのせいで、世界中でまた死者が増えているらしい」ゴッド・リング内の床は黒、壁・天井はともに白く、デスクは透明の分厚い高硬度合成樹脂。この広大な宇宙のなかで、色を持つのはひとの肌と髪、そして地球の姿だけだ。

「どういうこと？」ジェスは薄いグレーに染められた麻のドレスを着ている。

「歌詞から予想するに、自殺を呼びかけられていると感じるひとがいるんだろう。この歌手、ベアトリス・ラロース自身も自殺したというから」

「この歌詞にそんな意味が？」

「まさか。だいたいこれは、この歌手のオリジナルじゃない。20世紀始めに『肉体の悪魔』という小説を書き、二十歳の若さで夭折した作家ラディゲの言葉だよ。ラディゲは死の間際に言った。『僕は神の兵隊に、三日後に銃殺される』」

「ふうん」とジェスは鼻歌を歌うような感じで言った。「その『肉体の悪魔』って、どういう小説？」

「戦場に夫を送った新妻と、近くに住む少年との情事を描いたもの。内容が反道徳的ということで、センセーショナルな反響を呼んだけれど、文体はむしろ反センセーショナルに保守的だ。その厳粛ともいえる文体で、戦時という非日常の時間を、『情事の時間』という非日常にすり替えて描いた」

「そう」再びジェスは鼻歌でも歌うように言った。そして不意に黙った。インドに残してきた家族のことを考えているのだろうと、マルセロは推察した。すり替えられた時間の場所を。マルセロにはそんな家族はいなかったが、友人たちのことを思うことはよくあった。あの悲惨な世界に置き去りにしてきた友人たち……

「おかあさん、おとうさん」気まずい沈黙を破るように、かわいらしい声がした。マルセロとジェスは同時に振り返る。5歳になる娘、シーターだ。

「火星を見つめていたら曲ができたの。聴いてもらえない？」

「それはすごい、ぜひ聴かせて」マルセロは近くに置いてある子ども用の電子ピアノに目をやった。

しかしシーターは首を横に振った。

「だめ。本物のピアノのところまで一緒に来て」

ジェスは明るい笑顔を取り戻して立ち上がった。

マルセロもそれに続いた。そして再びラディゲのことを思った。『肉体の悪魔』という物語を世に送り出してラディゲは死んだ。すり替えた非日常の時間の終わりとともに、彼は「神の兵隊によって銃殺された」。

♪……僕は誰も殺したり出来ない／ひとは神の兵隊によって3日前に銃殺されたのだから……♪

＊

ベアトリス・ラロースの歌がお気に入りだという男が、バンコクにもいた。チャオ・プラヤー川の湿気が、行き交うひとたちの汗のしずくに変わる都市。郊外の巨大な仏教寺院を買い取って自邸にし、元アムステルダムの麻薬王クラーセン・アイクは住んでいる。

「自殺・心中介助業」などという業種がネット上で公然と広告を打つ時代だ。彼らは金や食料や他の価値あるものを受け取る変わりに、近日中に依頼者を、恐怖も苦痛もなく死なせてやるという。こうした業者たちが近ごろよく使う手段が、麻薬だ。

アジア全域に「商品」を届けることができるという『The Inviting Cake Ltd.（心誘うケーキ社）』も、そうした麻薬を使った「自殺食」業者だ。彼らはこんなWEB広告をつくっている。

「この世界にまだこんなにおいしいケーキがあったのか！　あなたの家族は驚かれることでしょう。その夜、ご家族はあなたに、そして神に感謝して眠ります。そしてそのまま、安らかに神のもとに召されます」　そこに混入されている薬は「ジュリエッツ・セカンド・ドリーム」という。これを世に送り出したのが、クラーセンだ。

　彼はまだアムステルダムに在住していた2037年に「ジュリエッツ・ファースト・ドリーム」という麻薬を開発して売り出した。「ファースト」は注射器でやるタイプの麻薬だった。鼻から摂取すると効き目は薄い。口に入れると強い酸味がする。

「ファースト」で、ひとは強烈な至福感の後に、安息な睡眠を得ることができた。そのまま死に至らしめる可能性もある、危険な薬だった。クラーセンは東アジアに持っていたルートを利用して原料を輸入し、「ファースト」を安価に、そして大量につくることに成功した。爆発的に売れた。

　だが、やがて世界の交通事情は悪化した。それでクラーセンは2047年に、思い切ってバンコクに移住した。

　その頃から、「自殺介助業」の存在がちらほらと噂されるようになった。初期の自殺介助業者は、実際に殺し屋が出向いて拳銃で射殺するなど荒っぽい手口を使った。それでもある程度の稼ぎを得ているようだった。

　クラーセンはこれを知って考えた。――俺ならずっとうまくやれる。

「ファースト」の致死性を高めるのは簡単だった。摂取方法が問題だった。注射器を使わずとも、口に入れれば同じ効果が出るようにする必要がある。自殺希望者はジャンキーではない。研究の上それにも成功したが、強い酸味を消すことができなかった。無理心中には使いにくい。

　この問題を解決するヒントを与えてくれたのは、クラーセンの家に同居する、若い愛人たちだ。

あるとき、少女たちはフルーツを食べていた。少女たちは肌にわずかの汗を浮かべている。クラーセンは自邸に最新の設備を配備してはいたが、冷房はいつも最小限に抑えていた。汗をかく少女たちを見たかったからだ。ひとりの少女がテーブルの上のプラムを見て顔をしかめ、こめかみに浮き出た汗を指で拭う。他の少女がそのわけを聞くと、彼女は酸味が苦手なのだと答えた。するとまた別の少女が、プラムの酸味は甘いお酒につけておくと、生クリームにとってもあう味になるのよ、と教えた。クラーセンはそれを傍で聞いていて、「それだ」と思いついた。

かくして「ジュリエッツ・セカンド・ドリーム」の試作品は完成し、クラーセンは早速それを混ぜ込んだケーキを作らせた。そしてこのケーキの効果を、自らの若い愛人たちの3人を使って試した。薬の混入量の違うケーキを、少女たちに食べさせたのだ。3人は違和感を訴えることもなくそれを平らげ、直に恍惚とした表情になった。クラーセンは彼女たちを寝室に連れて行き、巨大なベッドの上でセックスを始めた。少女たちは大量の汗をかきながら、何度もオルガスムスを得ていた。この少女たちが数時間後には安らかな寝顔で冷たい死の眠りにつくのだと考えて、クラーセンも常の倍は興奮した。

結果的に、ひとりの少女が死を免れて20数時間後に深い眠りから目を覚ました。言わずとも、薬の混入量が最も少ないケーキを食べた少女だった。クラーセンは数日後、再びこの少女にケーキを食べさせ、結局死に至らしめた。タイ人とフランス人の混血で、まっすぐな鼻の稜線と栗色の髪が飛び切り美しい13歳の少女。クラーセンの最高のお気に入りだった。

♪……僕は誰も殺したり出来ない

かつて仏僧が経を唱えただろう空間で、そうクラーセンは口ずさみながら、少女の死に顔を写真に撮った。

*

ソウルで、ある男が、WEBサイトで「ケーキを注文する」のボタンをタッチした。「12センチ直径」のホール・タイプをひとつ。送料込みで、499ドル。

男の名はラッセル・ウォーカー。かつてニューヨークで、タイムズ・スクエアの人ごみのなか、街頭の大型モニターで、妻のミーファ、娘のサラとともに、あのニュースの続編を見ていた男。

ラッセルは東アメリカでの生活をあきらめ、ミーファの親族を頼って、2042年に統一朝鮮共和国（Republic of United Korea）に来ていた。サラが7歳の時だ。移住する以前、ニューヨークの寒波は毎年ひどくなった。凍死者が増え続けていた。貧しいものにとって、それは何よりも深刻な問題だった。コロニー入植のチャンスが、統一朝鮮の住民になったほうが大きそうだという噂が流れたのも、移住を後押しした。南極コロニーは特に、出身国籍、民族、地域ができるだけ均等になるように入植者を決めると言ってきたから、というのがその噂の根拠だ。宝くじに当たるよりも難しいとはわかっていても、サラをコロニーに入れる夢は捨てきれなかった。ソウルに移り住んでからも、ラッセルとミーファは、まだ一生懸命働くことをやめなかった。労働の対価として、紙くずに果てしなく近い紙幣を得、それでサラのための食糧を買った。

一度は世界で有数の先進都市となったソウルにも、東アジア特有の「管理者不明」の土地がそこかしこに見られるようになっていた。そんな場所を見つけては、ラッセルとミーファはやせた土を耕し、穀物や野菜を育てた。そして働き詰めで疲れ果てた肉体に鞭打ち、勉強もした。得られる知識をすべてサラに注ぎ込むために。

15年前のあのニュースの続編のあと、しばらくすると南極とエベレストの二つのコロニーがその建設過程をインターネットで配信し始めた。南極コロニーは積極的に、エベレスト・コロニーはごくまれに。テロや暴動のニュースばかりのなかで、コロニー建設の情報は確かに明るかった。景気も上向いた。食料も、その他の物資も、よく流通した。しかしそれはさほど長続きしなかった。景気はやがて頭打ちになった。1年が過ぎ、5年が過ぎ、ラッセルはまた希望を失い始め、ミーファの表情から笑顔が消えた。ところがサラは違った。痩せっぽちのチビだったサラは、いつもどこかうつろな目をしていたが、それがコロニーからの発表がある日になると、コンピューターの前に座り、モニターにかじりつくようにした。文字配信のすべてを声に出して読み、音声配信をすべて復唱した。読めない文字や理解できない内容があると質問を繰り返し、それがきっかけで勉強もするようになった。ソウルに来る前も、来た後も、サラのその様子は変わらなかった。コロニーはやはり希望だと、あの頃サラの声を聞きながら、ラッセルはまた信じるようになっていた。

世界中の多くのひとたちが、多かれ少なかれラッセルと同じ気持ちだった。だからこそ、貴重な資源が大量にコロニーに流れたと報じられても、大声で抗議するものは少なかった。

しかしそれも、2049年11月に、「人類安全保障会議」が発した『アナウンスメント』で、すべて変わった。

火星移住に備えて建設されているエベレスト・コロニーには、間もなく合計で9712人

の入植が完了する。入植はこれで締め切る。今後コロニー内で生まれるだろう５１２人を加えて、１万２２４人でコロニーの人口は永遠の平衡を始める。この人口は、平衡型世界の人間の数として、最も合理的かつ理想的なものである。今後資源の交換を若干量行った後、来年の４月末日をもって、エベレスト・コロニーは永遠にその門を閉じる。あとは、このコロニーが、火星へと移住するプロセスのみが残される。一方南極コロニーではまだ入植者を受け入れる旨を表明しているが、これ以上の膨張は社会構築上、甚だしく危険になる可能性があることを、49人委員会が指摘している。この危険性について検討するため、南極コロニーも、ここでいったんは門を閉じるだろう。……世界に幸運を。

宣言は、これをネット上で、文字で配信しただけだった。サラはこの10年近くずっとそうしてきたように、コンピューターの前に座り、それを声に出して読んだ。サラも14歳になり、痩せてはいたが、少女らしい美しさも出てきた。昔とは違って、落ち着いた声でニュースを読んだ。読み終えると、しばらく黙り、それから静かに、とても静かに、泣いた。

すぐに世界中で、反コロニーの世論が高まった。今までエベレストと南極に流れた金と資源を返せ、49人の委員を裁判にかけろ、アリエクスを銃殺に処せ。ＷＥＢ上でも、街角でも、ひとはそう声高に主張した。大規模なデモがいたるところで起き、それは暴動も巻き起こした。だが何があろうが、それでコロニーがどうなるはずもなかった。防空施設は宇宙規模で完璧に整い、核ミサイル配備も済んでいた。だからこそこの発表をしたのだろう。ひとびとが直接抗議しようにも、南極もエベレストも、デモ隊を組んで出かけていけるような場所ではない。

ラッセルは全身から力という力が永遠に失われていくように感じたのを覚えている。コロニーで特権階級だけが生き延び、他のものはそれをうらやみながら死んでいく世界に、なぜサラを生み出してしまったのか。

『アナウンスメント』から4カ月ほどたったある日、サラは、オレンジをひとつ大事そうに抱えて、家に帰ってきた。5つ年下の遊び友達で、英語を教えてあげてもいたチェリンという名の少女からもらったのだという。「チェリンはとても優しいの。パパとママと一緒に食べて、って。それにチェリンはとっても美人よ。パパはまだ会ったことがないでしょう、こんど会わせてあげる！」そういうサラの顔には、久々に見せる無邪気な明るさがあった。ところが、オレンジを切り、それを食べかけたところで、ドアの呼び鈴が鳴った。チェリンの母親が血相を変えて立っていた。「あなたの子は、私たちのオレンジを盗った！ それが今の時代で、どんなに大変なことなのか、あなたはわかっているの⁉」母親に手を繋がれたチェリンは、膝から崩れ落ちそうなほどに力なく、ずっと下を向いていた。サラは何も言わなかった。泣きもしなかった。

その晩、ラッセルはサラの表情を見て驚いた。まだ少女のはずのサラの顔が一気に老け込み、まるで半世紀も苦難の人生を辿り来たかのようだった。

そのときだ。『The Inviting Cake Ltd.』の広告ページで、高い鼻筋がひときわ美しい、栗色の髪の少女が眠る姿を見たのは。

すべてを忘れるように柔らかく閉じられた目。その忘却を味わうかのような口元。永遠の幼さを表す薄いそばかす。苦しかった過去も絶望に満ちた未来も、その写真を見ているとすべて消えた。

　気がつくと、ラッセルの右手はすでに『The Inviting Cake』の注文ボタンをタッチしていた。注文の2日後に、ケーキは届いた。ミーファが歓声を上げた。サラも微笑んだが、ラッセルの顔を見なかった。「たまにはこんな贅沢もいいじゃないか」と言いながら、ラッセルはケーキを3等分した。ミーファはサラの12歳の誕生日の時に食べたケーキのことを話しながら、サラは無言で、ケーキを平らげた。ミーファとサラが死の眠りにつくのをラッセルは見届けた。その寝息が小さくなり、やがて消えていくのを確認しながら、ラッセルはサラの寝顔に何度も何度もキスをした。そしてミーファの死に顔にも。それからラッセル自身が、ケーキを食べた。小さな家のなかに、つけ放しになったインターネット・ラジオから、かすかに音楽が流れ出ている。


♪ひとはきみを殺したり出来ない／きみは神の兵隊によって3日後に銃殺されるのだから――

2

　空まで届く白い壁のような山脈。ひときわ急角度で空に向かうエベレスト。そしてその山頂から白い雲を突き抜け宙にむけて伸びる巨大な塔。塔はその表面の色や輝きを、刻々と変えている。

　カトマンズの東、ナガルコットの丘は、ヒマラヤ山脈が一望できる場所として知られている。そのナガルコットの丘に2050年5月、ちょっとしたひとだかりができていた。ひとびとは、その奇妙な塔を見に、ここに来ている。

　巨大な円筒は上のほうで蕾（つぼみ）のように窄（すぼ）んだ形に

なっている。この地球上にあるはずがない物体、人間がつくりえるわけがない造形、そのもの自体が意図を持っているかのような建築。自然の神秘としか思えないような雄大な風景の一角を、人間が作り出した奇妙な物体が占めている。その色が、光と風景を映し出して変化を続ける。さらにその表面がいつもざわざわと揺れている。

ひとだかりのなかに、マイクを持ち、TVカメラの前に立つひとりの若い女性がいた。シン・ユキムラ。シンは「The Journalists Network」、通称JNの一員だった。まだ21歳。それでも4年近いキャリアがあった。マスコミが軒並み解体してしまったなかで、優秀かつ向こう見ずなジャーナリストたちが、資本に頼らず自分たちのネットワークだけで真実を探り、それをひとびとに知らせようとしてつくりあげた集団だ。シンは若かったが、意欲は並みはずれて高く、仲間内からの評価も高い。

「OK、シン、それじゃあ始めよう」カメラを構えた男の合図で、シンのレポートが始まった。ナガルコットにやってきたJNのクルーは、この男とシン、それにコンピューターを操作している女性エンジニアの3人だ。

「ご存知でしょうか、エベレストの山頂に人類が初めて立ってから、まだ100年も過ぎていないことを？　ひとを容易には寄せ付けないヒマラヤの風景には、敬虔な気持ちを呼び起こす力が今もあります」シンはそういい、カメラはヒマラヤの風景からエベレスト山頂までをパンした。

「あそこに見えるエベレスト・コロニーは」シンの声に力が入り、カメラの望遠レンズが延びる。「そのような敬虔なインスピレーションから生まれた建築ではありません。ただ合理性の追求のみが――一部の人間にとっての合理性が、あの建築をつくり出した。高さ1200メートル、最大直径200メートルという、あの巨大な筒を」

　そこまで話して、シンはあることを思い出していた。それは"Another Reality"とタイトルされたアプリで、あのエベレスト・コロニーのなかに入るためにさまざまな難関をクリアしていくゲームだ。ゲームに興じるひとたちのネット上のコミュニティも見てみた。難攻不落のゲームのようで、コロニーに入り込んだゲーマーはまだいないらしい。

　シンはちょっと早口で、しかしあくまで冷静にしゃべり続けた。

「アリエクスが火星移住準備コロニーの建設地としてエベレストの地を選んだ理由のひとつは、世界からの攻撃や侵入を防ぐためだと考えられます。つまりアリエクスは自分たち以外の誰にも、彼の世界に近づいて欲しくないのです」

　ゲーマー・コミュニティでは、多くのものたちがこのゲームがあまりに攻略困難であることに不平を言い募っていた。しかしKと名乗るひとりのゲーマーがこう書きこんで、雰囲気が少し変わった。——カフカの「城」に入れなかったからと言って文句を言うやつはいないだろ？　エベレスト・コロニーは「城」なんだよ——。それに対するコメントのひとつをシンは覚えている。——カフカなんて読んだことないよ。でもあれかな、2次元の女の子に挿入しても、実は何も入れてないというのと同じかな？——

「そしてあの地に」とシンは続ける。「工事上のあらゆる困難を乗り越えて超超高層型建築を建てたのは、その屋上が宇宙への出入り口として最も適しているからに他なりません。海抜一万メートルを超える地点からの引力圏脱出は、低地からのそれよりもずっとたやすいのです。ロケットエンジンは小型化でき、燃料も節約できます。大気との摩擦も少ないので、シャトル・ロケットの構造を簡素化できるでしょう。エベレスト・コロニーは、地球上の入植地であると同時に、シャトル発着場でもあります。彼らが……人類が、と言えないのが残念ですが……火星への移住を始めるための宇宙基地なのです」

ナガルコットの丘からエベレストを見るとき、空に突き出た塔状のコロニーの、さらにずっと頭上に、白いリングが浮かんで見える。天気のいいときなら、中国、イランあたりからでも小さく見えるだろう。だがその内部は決して見えない。ゲームですらそうであったように。

「塔の外皮が空の色を映し出しながら、わずかにざわめくようなのが、カメラを通して皆さんにも見えるでしょう。太陽電池で外壁を覆い尽くされ、その外壁にはさらに風力発電のミルが取り付いているのです。きらきらと光る無数の点は望遠鏡で見ると球形で、互いに結びついてエネルギーネットワークを形成しているといわれています。こちらからその内部が伺い知れないのと同様、彼らも外を見る窓をほとんど持たないようです。そして……」カメラはエベレストの遥か上方の空へと向かう。「この空に浮かぶリング、あれもエベレスト・コロニーの『一部』です。あのリングは『ゴッド・リング』とも呼ばれています。しかしそれはもちろん神の指にあわせてつくられたのではありません。『ゴッド・リング』は、エベレスト・コロニーと同時に『49人委員会』が建設した、宇宙ステーションなのです。……サマンサ、CGを流して」

サマンサと呼ばれた女性エンジニアは、コンピューターをすばやく操作し、CGに切り替えた。CGを見ながらシンはまたゲームとゲーマーのことを思い返した。現実はただひとつだけだ。それに目を向けないから、あのバカみたいなエベレスト・コロニーが出来上がったのだ。人類のために建設されたと言いながら、ひとがその内部を想像することすらできない、もうひとつの世界が。そう思うあいだにも、画面には、地球、火星を含む宇宙の模式図が次々に現れる。

　地球のなかにエベレスト・コロニーが誇張した大きさで描かれており、そこから程近いところに、〈ゴッド・リング〉もある。CG上で、エベレスト・コロニーの屋上から発射されたロケットが、〈ゴッド・リング〉に向けて飛んでいく。

「エベレスト・コロニーの屋上から発射されたシャトルは、まず『ゴッド・リング』へと向かう」シンの声がCGの説明を続けた。「シャトルは『ゴッド・リング』とエベレスト・コロニーの往復に使われるだけです。このステーションと火星間にはシャトルとは別の、宇宙バス、宇宙トラックが運行すると、人類安全保障会議は説明しています」

〈ゴッド・リング〉は、昼には白い雲のように見え、夜にはちょっと大きめの星のように光る。見た目のとおり、それは地球の延長であると同時に、宇宙の一部なのだ。

「あのリングをくぐることによって」カメラが超望遠で、〈ゴッド・リング〉を捉えている。「彼らは火星に新しい世界を持つことができます。崩壊の危機にあるこの地球上の世界から離脱して、彼らは宇宙のかなたの完璧な世界に移り住むことができる。だからあの『ゴッド・リング』は、彼らにとっては門としての意味を持っています。私を含めて世界中のひとびとが、あれを、肉眼で、天体望遠鏡で、そして映像で見て、この宇宙への『門』をくぐり新世界に入る人類を夢想するでしょう。しかしその人類とは、私でも、あなたでもない。その20%が餓死の危機に直面し、他の40%が慢性的な空腹を我慢しているこの人類とは何の関係もない、彼らなのです。……以上、JNのシン・ユキムラがお送りしました」

カメラはシンの上半身をパンし、その後再びヒマラヤの風景を写し、撮影を終えた。シンは振り返り、またエベレストの山頂に突き出た巨大な塔を見る。その塔と自分とのあいだにある150キロの、いやそれ以上のはてしない距離に苛立った。ここから見る限り、あれは確かにゲームのなかの難攻不落の城と同じだ。あるいは「2次元の異性」とたいした変わりはない。決して触れることができないイメージにすぎない。そう考えて、シンはカフカにすら腹が立った。——「城」がなんのメタファーであれ、その城壁を叩き壊そうと試みるくらいすればいいだろうに——。

サマンサがシンの襟元に付けてあったマイクを外しにシンに近づく。

「ありがとう、サム。……ねえ、やはりもっとコロニーの近くにまで行くべきだと思わない？　私はあれを可能な限り詳細に見たい」

「……シン」サマンサはシンのマイクに手をかけたまま言う。「あなたは幼いころ、アリエクスと会った記憶があると、確か言っていたわよね。はっきりと覚えているの？」

「いいえ。自分では覚えていると思っているけど、それはただの思い込みだと、そう言ったのよ」

「シンがアリエクスと会ったことがあるって？」

カメラをバッグに押し込みながら、撮影クルーのジョージが声を張り上げる。「僕は知らなかったぞ！」ナガルコットの丘にいた何人かが3人を振り返った。

「ジョージ、これは有名な話よ。すくなくともJ

Nのなかでは」サマンサが言った。

「有名かどうかは知らないけれど」シンは冷静に説明した。「私の叔母のユイ・ユキムラは、飛行機のキャビン・アテンダントをしていた。そこにたまたま乗り合わせたアリエクスから、機転が利くのを認められて、しばらく仕事の手伝いをした」

「アリエクスの仕事を?」ジョージはさらに色めきたった。「火星移住計画に、きみの叔母さんも加わっていたと?」

「早とちりのジョージが」サマンサは両掌を天に向けた。「また出たよ」

シンはうんざりとした顔を隠そうともしない。

「叔母がアリエクスと知り合ったのはThe Eventよりも前で、死んだのは火星移住計画の発表前。この計画とは関係ない」

ジョージは頭を掻き、それからいいアイデアを思いついたとでもいうような表情で言った。

「きみはその頃の、叔母さんやアリエクスの写真を今も持っている?」

「持ってるよ」シンはそう答え、ポケットの中から一枚のメモリー・カードを差し出した。「よく訊かれる質問だから、持ち歩くようにしているの。サムのコンピューターで、見られる」

サマンサがジョージとシンの表情を交互に見てそのカードを受け取り、コンピューターのスロットに差し込んだ。ジョージがそれを覗き込んだ。

モニターに、写真が映し出された。マンションの一室。中国のそれと一目でわかる調度品が置かれている。椅子に腰掛けたアリエクスとユイが、何かを話し込んでいる。

「シン、きみの叔母さんはすばらしい美人じゃないか!」ジョージがまた大声で言った。サマンサは顔をしかめ、シンは赤面した。「それにこんなおだやかな表情のアリエクスの写真を見るのは初めてだ」

「さて」サマンサがジョージの話を遮ろうという意思も露に言った。「私が聞きたかったのは、シン、あのエベレストの近くにまで行きたいというのが、あなたのジャーナリストとしての意思なのか、それとも個人的感情なのかということなのだけれど。どう?」

「私はアリエクスにどんな感情も抱いていない。世間一般が感じている程度の憎悪以外には」

シンはサマンサの問いに即座にそう答えた。サマンサはうなずいた。

「チベットのニューティンリーまで飛びますか。あそこからなら、接近制限区域ぎりぎりまで行けるだろうから」

＊

大きな窓はヒマラヤに向いているはずだが、山々は暗く、その姿は見えない。その代わりにガラスに映る、サマンサと自分の姿をシンは見ている。まだ20代前半のふたりは、このバーで場違いなほどに美しかったが、それでも細すぎて疲れていて、実際よりも10歳上に見間違うものがいてもおかしくはない。

「ねえシン、私の話を聞いてる?」

サマンサが口を尖らせている。それでシンはようやくわれに戻った。

「ごめん、ちょっと考え事をしていたの」

ニューティンリーのホテル最上階にあるバー。ホテルの名は「ボトム・オブ・ザ・ワールド」。ニューティンリーの標高は4800メートルで、エベレスト登山のノーマル・ルートの入り口近くにある。雲よりも高く位置するその土地のホテルが「ボトム」などと自称するのは、エベレスト・コロニーを意識しての自虐趣味だろう。20世紀から欧米や日本の登山者で賑わってきたとはいえ、チベットの寒村のひとつに過ぎなかったニューティンリーは、今や大都市と言って間違いない容貌を呈している。

シンは周りの客を見渡した。誰もが彼女たちより肉付きがいい。

「まったくこの街には驚かされるわね」サマンサは言った。「ここはエベレスト・コロニーのために働いた技術者や労働者たちのためだけに発展した街でしょう？　それでこれだけの都市が出来上がってしまうのだから」

エベレスト・コロニーはその建設のために、延べ一億を超える人数の技術者・労働者を必要とした。それは孫請けや間接労働者を除いての数で、それも含めた総延べ労働者を数えれば、地球の人口の数倍にもなった。The Event 以前の世界では、一億ドルの建物をつくるのに必要な労働者の数は、孫請けまで含めて一万人であるといわれていた。エベレスト・コロニーの工事が、いかに常識はずれのプロジェクトだったかがわかる。

直接の延べ一億の労働力を得るために、「49人委員会」は魅力的な対価を払う必要があった。だが経済が極度に不安定な世界で、紙幣はあまりあてにならない。そこで「49人委員会」は、エベレスト・コロニー建設に協力したあらゆる技術者と労働者に対し、コロニーへの入植こそ認めないが、食料と資源の提供などを２０７５年まで保証すると、そう約束したのだ。そして彼らのための町として、ニューティンリーを指定した。武器も提供して、町の自衛の方法を教えた。

ニューティンリーに今、よそからやってくるのはＪＮのような報道関係者か、いまだに富を蓄えている特権階級だけだ。その彼らとて、最大21日間の滞在しか許されない。

今シンとサマンサがいるバーにも、そんなよそからの逗留者がおそらく10人以上はいた。隣のテーブルでひとり酒を飲んでいる黒く長い髪の男は、今やその存在も珍しくなったアーティストの類なのか、洒落た白い麻の服を着ている。この男ほどではないにしても、他の客の服もそれなりにこぎれいだ。ジャーナリストはシンたち、ふたりだけなのだろう、彼女たちの着ているものが、このバーでは一番貧しかった。

サマンサは瓶に残っていたビールを飲み干した。

「シン、あなたももっと飲むでしょ？　私たちが決して行くことはない火星の新世界なんかどうにでもなれ。エベレストを罵りながら、今夜は飲みましょう」

サマンサは椅子を降り、シンのビール瓶も持ってカウンターへと向かう。シンはタバコを取り出して口にくわえ、火をつけた。

コトン。音がして、シンの目の前のテーブルにグラスが置かれた。サマンサが帰ってきたのかと思って顔を上げたが、そこにいたのは男だった。髭を生やし、ウエーブのかかった長い髪の中年男。シンはそれが、ついさっきまで隣のテーブルにいたアーティスト風の男であることにすぐに気がついた。おやおや、早速やってきたのか、ナンパ男が。そう思ってシンはうんざりした。シンは自分が美人であることを自覚していたし、だから男に声をかけられることにも慣れていた。

「失礼」と男は言った。東洋系、おそらくは日本人だとシンは見当をつけた。ナンパ野郎にしては眼光が鋭い。

「申し訳ないが、あなたたちの会話がさっきから少し聞こえていた」男はそう続けた。「あなたたちはＪＮのジャーナリストで」男はシンの胸元の

IDを見た。「そして、エベレスト・コロニーのことを詳しく知りたいと思っている。僕はその願いに、かなり応えられると思うんだが、どうだろう?」

この男はニューティンリーの多数の住人同様、エベレスト・コロニーの建設にかかわった技術者かもしれないと、咄嗟にシンは考えた。そうであれば、確かに多少の情報を持ち合わせているだろう。しかしその類の情報にはあまり価値がないことを、シンは既に知っていた。彼らの仕事は見事に細分化されていて、それをどうつなぎ合わせても全体像は見えないようになっている。

この、麻の服を着た男も、そうした細かい話を聞かせたいのか。それをネタに私を口説こうとでも? シンは男の顔を見た。男の口元は微笑んでいたが、目は鋭かった。酔いの色もなかった。シンの目をまっすぐに見て、シンが睨み返しても微動だにしなかった。カウンターのサマンサに目をやった。何人かの客が順番を待ち、バーテンダーがのろのろと動いている。サマンサが自分の注文分を受け取れるのはまだしばらく先のようだった。男に視線を戻した。この間も男の目はまっすぐにシンを見て動いていなかった。この男は本当のことを言っている。シンはそう直感した。表情を引き締めて向き直すと、男の口が開く。

「僕の名はタキ。エベレスト・コロニーを設計した建築家。『49人委員会』のひとりでもあった」

シンはタバコを灰皿で揉み消した。男は消えていく煙を不思議なものでも見るような眼で追い、そしてまた視線をシンに戻した。

「きみの名は、シン・ユキムラ。その胸のIDカードに書いてある。僕が推測するに、きみはユイ・ユキムラの……親戚なのだろう。顔が、双子みたいにそっくりだ。……さて、シン。僕の話を聞きたいかね？」

シンは思わず、立ちあがっていた。

＊

ウエーブのかかった長髪、短く切りそろえた髭、そして常に表情に浮かべている皮肉っぽい笑み。エベレスト・コロニーを設計した建築家のことをシンは取材の過程で当然調べていたが、見たことがあるのは20年以上前に撮られたポートレイトだけで、目の前に今いる男がそれだという確証はまるで持てない。

「ミスター・タキ、あなたが……」

「ミスターは要らない。これはニック・ネームで、ファミリー・ネームじゃないし、ファースト・ネームとも微妙に違う。まぁ、たぶん僕の本名くらい知っているとは思うが」

シンは『ボトム・オブ・ザ・ワールド・ホテル』のなかにある、タキの部屋にやってきていた。サマンサには、携帯端末にメッセージを送った。「急な取材を思いついたから」。サマンサには申し訳なかったが、タキはシンにだけ話したいと言って譲らなかった。信頼できるものだけに話したいのだ、と。今日初めて会ったのに、信頼がどうこうと言われる筋合いもないのだが、シンは従った。

タキの部屋は2つの寝室と広いリビングルームを持つスイートだった。インテリアの豪華さは、まるでラッフルズ合意以前のホテルのようだ。とはいえ、シンはその時代のホテルを写真の中でしか知らない。

「僕はニューティンリーにいる限り、特権階級でいられる」タキはシンの様子を見て、そう説明した。

シンはポケットポーチを探り、取材に使うビデオ・ボイス・レコーダーを取り出した。

「おっと、それは勘弁してくれないか。僕は顔も声も、公開したくないんだよ。僕がコロニーについて語るのは、これが最初で最後だ。このインタビューを終えたら、僕はティンリーを出てどこかに消える。きみにも誰にも追われたくない。だから、20世紀風の、ペンと紙による取材にしてくれ。それはエベレスト式の、省エネスタイルには反するが」

「エベレスト式省エネスタイル？」シンは思わず聞き返した。「あのばかげた『城』が、そのなかではエコロジカル社会になっているとでも？」

「『城』？　そんなふうに見えるかな？」タキは少しばかり不満げな表情を見せる。「まぁ、それはいいとしよう。しかしエコロジーに関しては、その通りだ。コロニーは完全閉鎖世界だから、外部からのエネルギー供給は太陽光と風だけだ。だから、動力や電力の消費が最小限に抑えられる。だあの超高層建築にエレベーターはわずか4基しかなくて……、それはともかく、電子機器による取材はやめてくれ。紙とペンは私があげるから」

シンはレコーダーをポーチに戻し、紙とペンをタキから受け取った。触覚ですぐにそうと分かる、上質な紙と、高級なペンだった。

「それではミスター……失礼、タキ。まず、あなたが、『49人委員会』の一員で、あのエベレスト・コロニーの建築の設計者だという、証拠を見せてほしい」

ハハハ、とタキは実におかしそうに笑った。

「あいにく、『49人委員会』は、IDカードを発行していないからな。話を聞いてもらって、判断すればいい。少し聞いていれば、きみならわかるだろうさ」

「それでは、あなたの話がすべて本当だという前提で、質問をします。まず……」

ハハ、と再びタキが笑い声をたてた。「きみは本当にユイ・ユキムラにそっくりだ。きみを見ていると、20年以上前にタイムスリップしているような気がしてくるよ。きみは、ユイの……」

そこまで言ってタキはシンの返事を待った。

「姪です」

「……うん、そうか。ユイは本当に気の毒だった。アリエクスはあのことを、心底悔やんでいたよ」

「悔やむ？　あのアリエクスが？」

シンは思わずタキをにらみつけた。タキは目を丸くして肩をすくめた。

「アリエクスには感情がないと、世のひとたちは考えているようだ。だが僕が知る限り、アリエクスはアーティストよりも豊かな感情の持ち主だ。ただ、アーティストのような表現方法を持たぬだけだ。普通の人間なら、アーティストと同じ方法を持たずとも、泣きたいなら泣けばいいと考えるだろう。だが彼は違う。最高の方法を持たないなら、それをすべきではないと考えるのが彼なのだ。だから彼は感情を表さない。しかし確かに、彼はユイの死を悔やんでいた。自分の責任だと考えて自分を責めた。それは本当だよ。だからこそ、上海のユキムラ家に対する援助を続けた。それは確か今も、続いているはずだと思うが？」

「さぁ。私は知りません。叔母が死んでからすぐ、私は母に連れられて日本に行きましたから」

タキは少し考える様子を見せてから、なるほど、とうなずいた。

「……それでは質問に戻ります。まず最初に、『49人委員会』の一員で、かつその建築の設計者という、いわばコロニーの中心人物ともいえるあなたが、なぜコロニーを出てここにいるのか、それを伺いたい」

「僕は建築家だ。設計した建物が竣工すれば、そのなかから出てくるのが習性だよ」タキは軽くウインクした。コロニーという恵まれた世界で生きてきたからなのだろう、肌つやがよく、表情も屈託がなかった。

「本当にそれがあそこを出てきた理由？」

「そうだよ。修道院を設計したからといって、修道士になる建築家はいないだろう？　でも、もうひとつ理由はある。コロニーの設計を始めたとき……つまり「The Event」の10カ月ほど前……僕は38歳だった。今は61歳。エベレストのルールでは、あと3年で死ぬことになる。あそこでは、男は64歳で死ぬことになっているからね。女性はもっと早い。39歳が、コロニー内の女性の最高齢だ。あの世界では『設定寿命』を迎えることを、〈完了〉と呼ぶんだが」

シンは思わずペンの動きを止めた。目を見開きタキの顔を見た。口を開きかけたが、言葉が出てこなかった。〈完了〉？「設定寿命」で死ぬ？それがエベレスト・コロニーのルール？誰もが羨望する理想の世界をアリエクスはつくったのだと、世界中のひとびとは思っている。その理想的な世界を、一万人の選ばれた人間だけで独占したことに、ひとびとは怒っている。その理想的な世界、見えない「城」の内部では、ひとはある歳になると必ず死ぬというのか？

言葉を失ったままのシンを見て、今度はタキが驚いた表情を見せた。

「おやおや、そんなに驚かせることだったかな。ずっとコロニーのなかにいると、その歳で死ぬことはきわめて当たり前のように思えてくるものなんだが。誤解させたかもしれないが、僕自身、その設定寿命を恐れてここに戻ってきたということではないんだよ。ただ、ちょっと、個人的に考えるところがあってね……」

「その〈完了〉とやらの話はあとでまた聞きます」シンはなんとか気を取り直して口を開いた。「その前にひとつ、今さっきあなたが口にしたことを伺います。あなたはこう言いましたよね、『エベレスト・コロニーの設計を始めたのは The Event の10カ月前だった』と？　それはいったい……」

「ああ、そのことか」タキは微笑んだ。「それはつまり……」そこでいったん言葉を切った。「シン、何か飲み物でも飲むかね？　この部屋に酒は何でもそろっている。下のバーよりも、ずっと上等なものが」

「いえ」シンはそっけなく言った。「あなたが飲みたいなら、酔わない範囲でご自由に」

「いや、僕もこのことを話してからにしよう。エベレスト・コロニー構想の発端は、そもそもは The Event の、およそ2年くらい前だ。ある展覧会のパーティで出会ったアリエクスが、私にこう言ったのだ。――タキ、きみは才能のある建築家だ、私がクライアントになるから、きみは『完全な世界』を設計してくれないか？　もっとも、そんなことができる条件が揃うことは、決してないだろうが。――アリエクスはパーティでの酒の酔いもあり、そんなことを言ったのかもしれない。だいたい、パーティでの会話など、真に受ける人間はいない。実際、その後アリエクスからは何の連絡もなかった。だが僕はその言葉がずっと気にかかっていた。アリエクスがそれを本気で言ったのだと僕にはわかっていた。だからもし自分が『完全な世界』を建築として設計するチャンスを与えられたらどうするかと、思考実験を繰り返してもいた。その頃僕はたいした仕事もなく、ヒマだったからね。しかし一方では、無論そんなことが実現することなどあるはずはないと思っていた。あの、Marga Tarmaが地球に衝突するらしいという情報を耳にするまでは」

タキはそこでいったん言葉を切った。シンは何も言わなかった。ただメモを取るだけだった。促さなくても、タキの話がもう止まらないことは、直感できた。

「京都の学生時代からの親友に、宇宙物理学の俊英がいてね。その後ノーベル物理学賞も受賞したようだから、きみも調べればその名がわかるだろう。僕が久々に京都に帰ってきた時に、教えてくれたんだ――もうすぐ地球上にとんでもないことが起こる、巨大隕石が衝突する、それは人類が経験したことのない規模のものになる――。するとその瞬間、僕にひとつの直感がひらめいた。これはひょっとしたら、アリエクスが言っていた『完全な世界』を実現するための、条件が揃うことなのではないか？　僕は直ちに、アリエクスの所在を探った。中国の通信社に電話して『アリエクスの仕事をする予定の建築家だ』と名乗ると、その建築の情報を教えるなら調べる、と言われた。僕は出まかせを言った。たしか、「アリエクスはヒマラヤに『巨大な別荘』を建てる予定」とか何とか。で、その通信社の迅速な調査によれば、アリエクスはそのときまさに東京に向かう飛行機のなかだ。僕は東京国際空港に電話した。ところが空港はそれどころではない。テロで、管制塔がやられ、封鎖されていたんだ。次に僕は日本国外務省の知り合いに電話した。北米局の女性で、僕がアメリカで開いた展覧会に来てくれた縁で知り合った。ある外国人の保護をお願いしたいと申し出ると、彼女は最初、鼻で笑った。だが、アリエクスの名を出すと態度は豹変した。彼女は……あるいは日本政府は、アリエクスに何らかの借りがあったらしい。僕はアリエクスが乗っている便名を彼女に知らせた。彼女は折り返し連絡するといっていったん電話を切った。時計を見ながら僕は待った。11分後に彼女は電話をくれた。……その便にはユイ・ユキムラというキャビン・アテンダントが乗っている。彼女がうまくやってくれる……北米局の女性は、僕にそう言ったよ。あのころはどこの国も、紛争地やテロ被災地から自国民を避難させるのに、頻繁に民間機を使っていたからな。ユイにややこしい仕事を処理してもらった経験でもあったのだろう。ユイは確かに、アリエクスのこともうまくやった。ユイのおかげで、僕はアリエクスと速やかに会うことができ、直ちに『完全な世界』の計画に着手することができた。それが、The Event の年の2月、というわけだ」

タキがそこで一息つくと、シンはすぐに訊いた。

「ＮＡＳＡの発表は確か6月だった。日本の宇宙物理学者が2月には立てていた予測を、ＮＡＳＡは6月まで知らなかった？」

「当然知っていたさ。その物理学者だってＮＡＳＡとの関係は深かった。彼は言ってたよ。予備選が終われば、発表するだろう、と。あの年はアメリカ大統領選挙の年だったからね。彼は2月のジュニア・チューズデイで予備選は事実上終わると踏んでいて、だからこそ僕にそんなことを話した。しかし3月のスーパー・チューズデイが過ぎても発表はなかった。それを6月まで遅らせたのは……」

「……アリエクス」シンは先廻りして言い、タキは笑顔でうなずいた。

「シン、きみは頭がいい。当時の政治家ごときの思惑は簡単に察しがつくだろう。本選を控えた大統領にしてみれば準備万端整えるまでは発表したくない。ＥＵや中国やロシアは、厄介な事態の責任はアメリカにとらせたい。『完全な世界』の計画進行のために最適な期間を腹のなかで見定めたアリエクスが、一言二言、各国の要人にささやけば、スケジュールは決まる」

「そもそもアリエクスはどうして『完全な世界』を発想した？　Marga Tarma 到来の予測よりもさらに先に、なぜその発想が……」

「マーヤ・デイ」タキは言った。「この女性の名を、知っているよね？」

シンはうなずいた。

「私も音楽は聞きますから。彼女は意図不明なテロに巻き込まれて、若くして死んだ」

「マーヤは若きアリエクスの最愛のひとだった。アリエクスがこの世界にきっぱりと見切りをつけたのは、マーヤが死んだときだ。それは僕も、あとから聞いた話だがね」

シンは黙った。タキはその表情を見つめた。空調の音が沈黙の代わりに部屋に居座った。タキはただ、シンの次の言葉を待った。

やがてシンは、再びゆっくりとうなずき、それから言った。「私にはひとつの危惧があります」

「危惧？」タキが眉間にしわを寄せた。

「インタビューはこの後も続けますが、それでも明朝までに終わることはありません。だから私はここで、先ほど一度はお断りした飲み物を、やはりいただくことにします。インタビューは丸三日間行います。私は一つ寝室をお借りします。あなたにはその間、このスイートから一歩も出て欲しくない。ただし誤解のないように言っておきますが、セクシュアルなハプニングは一切無しです」

タキは一瞬目をむいて驚いた表情を見せたが、それから腹を抱えて笑い出した。笑いは一分以上、やむことがなかった。シンはその間、何も言わずに待った。やがて笑いの痙攣から回復したタキは、しかしいまだ微笑を浮かべながらこう言った。

「きみの『危惧』を了解したよ。アリエクスは『ユイがもし軍人ならまちがいなく大佐以上だ』と評したが、シン、きみは未来の最高司令官の器だろう。コロニーを出て、『外部』にきた甲斐が、これでこそあったというものだ」

「外部?」思わずシンは聞き返した。

「ああ……エベレスト・コロニーで暮らすものたちは、今きみと僕がいるこの空間のことを、『外部』と呼ぶ。彼らにとって『世界』という言葉は、コロニー内部を意味するものだから」

シンは露骨に舌打ちした。タキはそれを無視して言った。

「けっこう、インタビューにはとことん答えよう。セクシュアルなハプニングも無しだ。それは僕が『外部』に出てきてから初めて経験する、大きな無念だがね」

＊

アリエクスは、The Event が引き起こした惨禍を見て火星移住計画を思いついたのではなかった。世界の悲惨な状況に直面し、そしてその未来を憂い、そこからコロニーを構想したのではなかった。Marga Tarma が恐怖を引き連れてやってくるそのずっと以前から思い描いていたのだ、理想的な、合理的な、そして完全な世界をつくることを!

シンは初めてそのことを知り、全身の力が抜けるほどに驚いていた。

京都でのアリエクスとのファースト・ミーティングのことを、タキは語った。宇宙物理学者から情報を聞いた時に得た「直観」を話すと、アリエクスは「OK、きみに設計を依頼しよう」と言ったのだそうだ。4日間、設計に必要となるデータは何かを彼らは話し合った。タキは自分のアイデアを話しながら、次第に不安になったという。そんなものが、本当に実現可能なのか？　どうやって金やひとびとの支持を集め続けるのか……するとアリエクスはタキの不安を見透かしたように言った。「きみは理想の空間のことだけを考えていればいい。現実の問題は、私の領分だ」タキを含め、49人委員会のアリエクス以外のメンバーは、それぞれの専門領域でアリエクスの疑問に答えるのが仕事で、「シナリオ」を書くのはあくまでもアリエクスただひとりだった。

Marga Tarmaにひとびとが終焉の始まりを感じて怯えていた時、アリエクスはチャンスの到来を確信していたのだ。普通の状況なら夢物語でしかない「完全な世界」構築計画を、人類史が始まって以来最大の大災害が現実化する。

地球を覆い尽くす恐怖は「もうひとつの世界」を欲望する。その企画と実行を認め、賛同し、投資する。投資は加熱して景気は上向き、恐怖は忘れ去られ、大企業のCEOも労働者も歓喜する。だが投資者は自分が何に投資しているのか、実のところ知らない。興味があるのは株価を動かすファクターだけで、実像はもとよりどうでもいい。だから投資先の虚像を操作してやるだけで容易に経済は崩壊を始める。その時、あの恐怖のイメージは甦る。――この世界はもう終わりだ、「もうひとつの世界」こそが必要だ――ひとはそう考える。そして投資。繰り返し。

アリエクスはその「シナリオ」を書いた。

不測の事態の連続だったと思っていた現代史は、アリエクスから見ればちっとも不測ではなかった。彼はすべてを測っていた。恐怖――希望――不安――恐怖……と続くサイクルを。そのサイクルが鈍ることは許されない。「もうひとつの世界」が完成するまで、加速させ続ける必要がある。ランダムに見えていた現代史の多くの事件が、シンの頭のなかできれいに一直線上に並んだ。その直線の一方の先にアリエクスの意思があり、他方の先にエベレストの山頂に聳えるコロニーの姿がある。

タキは何でも話した。そのどれもがシンを驚かせたが、一見ばらばらに見える話も実は相互に緻密に関連しあっていて、嘘ではないかと疑問をさしはさむ余地はまるでなかった。シンはむしろそれで心配になった。タキというこの男は、ここまで話してしまって許されるものなのだろうか?

これに対するタキの答えは、こうだ。エベレスト・コロニーはもはやその窓を永遠に閉じた。ならばその内部を、外部の者たちに知られて何の問題がある?

タキはまた、南極コロニーのことについても詳しかった。

最初にアリエクスが「完全な世界」としてのコロニーの検討を始めたとき、緩やかな成長型社会も選択肢のひとつにあった。社会学者、生物学者、宇宙工学者などさまざまな分野のエキスパートで構成された初期の「49人委員会」――これを後の「49人委員会」と区別するために「旧49人委員会」としよう――は、成長型社会と平衡型社会のふたつのタイプを比較検討していたのだ。

アリエクスの心の中では、かなり早いうちから、平衡型社会すなわち成員数が一定で、生産消費量も変わらない社会を選択するという決断があった。

他方、成長型社会は、継続的に地球から資源と移民とを受け入れ、それに出産による微増を加えるもの。コンピューターによるシミュレーションは、成長型社会の避けがたい欠陥を示した。それは「格差の誕生」だ。富、能力、世代間、そして入植時期による格差。この問題を調整しなければ不満は溜まり続け、やがて見当違いな憎悪へと転化する。かといって調整を続ければそのうちに社会は疲弊すると、シミュレーションは告げた。これまでの地球上の社会と同じことだ。

「旧49人委員会」のうちの11人が、かなり強硬に成長型社会の選択を主張し続けた。11人は、「多くの人類を平等に救う」という理念にこだわり、問題は今後の研究で解決するはずだと論じた。アリエクスはタキにこう言ったという。――あの11人は、死の問題を考慮できないようだ……。

しかしアリエクスはあえて成長型社会の検討をやめさせなかった。やがてアリエクスは決断した。地球上にふたつのコロニーをつくる。そのいずれもが、火星入植のための準備コロニーである。ただしひとつは平衡型社会で、アリエクス自身はこれに与する。もうひとつは成長型社会で、11人が今後それを構想し、建設と運営は途中からワシントンDCを中心とした世界に後押ししてもらう。そのための方策はすでに考えてある――。

その説明のひとつひとつがシンの心に突き刺さり、悲鳴を上げたくなるほどの痛みを与えた。The Event の前後から現在に至るまで、世界中で起きたテロや恐慌や疫病やそれに対する恐怖は、すべてアリエクスの「完全な世界」の実現のために利用されてきたのだ。

アリエクス自身が恐怖の源をつくりだすことはなかったとタキは言った。だが、恐怖を煽るようなことはしたのかとシンが問うと、「あっただろうと思う」とあっさり答えた。「でもアリエクスはそうしたことは、僕にもはっきりとは言わないんだ。『49人委員会』の、いわば暗黙の了解だ」

つまりアリエクスは人類史上最大の犯罪者ということね、とシンは問い詰めた。違う、とタキは言った。「アリエクスは確かに歴史に手を加えただろう。だが、例えばテロリストに直接資金提供するようなことはしなかった。順法精神があったわけじゃない。アリエクスに言わせれば、既存の法律が想定している『犯罪』は前時代的で効率が悪すぎるんだそうだ」

法律違反のことだけを言っているのじゃない、とシンは食い下がった。タキはこう答えた。「犯罪ではなく罪だということであれば、たぶんアリエクスはそれをいったんは認めたうえで、こう訊き返すだろう。『さて、それでは罪とはいったい何か、きみの考えを教えてくれ』完璧な理想を求めるのが罪なのか、それとも欠陥だらけの現実を肯定するのが罪なのか。答えはそう簡単じゃない」

アリエクスは、エベレスト・コロニー成立の行程表を、世界の混乱と崩壊の青写真の上に描いていた。必要とあらば、その崩壊の過程が早まるように操作してきた。シンは、なぜそうした状況を今まで見抜けなかったのかと自分を責めた。その様子を見てタキは謝った。申し訳ないシン、しかしあの頃のことをエベレストの外にいて見抜けるはずがないんだ。そういうタキの目を、シンは思い切りにらみつけた。

窓の外が明るくなる頃、タキが音を上げた。ウオッカをもう一杯だけ飲んで、そしてひと眠りしないか？　シンは不満だったが、最後には了解した。シャワーを借りていい？　タキがうなずくより早くシンは立ち上がり、浴室へと消えた。

シャワーを浴びながら、シンはひとつの疑問が自分の心のすべてを占拠しそうな予感に怯えた。ユイがアリエクスの仕事を手伝っていた時期があるのは知っていた。しかしそれは、「火星移住計画」とは関係がないものとずっと信じてきた。それは The Event の前に始まったことなのだから。

だが、タキから聞いた話と、自分がすでに知っていた話とを考えあわせれば、そう信じ続けるには無理がある。

シンはシャワーを顔面に浴びた。湯の勢いを最大にした。自分でも、自分が涙を流しているかどうか、わからなくなるほどに。

＊

ランチの時間に、タキへのインタビューは再開された。タキは、外で何か食べながら話そう、インド料理のいい店があるからと提案したが、シンはそれを許さなかった。ルーム・サービスでサンドイッチを頼み、それを食べながらシンの質問が始まった。

「タキ、今日はエベレスト・コロニー内の社会システムについて聞きたい」シンは左手にアヴォカド・サンドイッチ、右手にペンを持っている。

「おいしいわね、これ。こんな新鮮なアヴォカドなんて久しぶり。アヴォカドがここで採れるわけでもないでしょうに」

タキは自分のサンドイッチには手をつけずに、説明を始めた。

アリエクスは、「成長」という概念を捨てた。「成長」は自然の摂理のようでいて、実はそうではなく、産業革命以降の社会幻想でしかない。そうした主張は、20世紀後半にはすでに、エコロジストからなされてもきたものだ。アリエクスは、ありとあらゆる経済理論を検討した結果、「成長」こそが社会に「死」をもたらすと結論付けた。世界がその「死」を避けるためには、「成長」を拒否しなくてはならない。すなわち、平衡型世界を設計しなくてはならない。そこで考え出されたのが、その世界の住人の〈完了〉だった。

ひとは必ず死ぬ。死はつねに悲しみを呼ぶが、

「天寿を全うした」と言われるようなケースでは、悲しみも多少は和らぐ。しかし運命は気まぐれで、天寿には個人差がある。その個人差が悲しみを増幅し、悔恨を生む。ならばその個人差をなくしてしまえばいい。

「２０２５年前後には」タキはサンドイッチを持ちあげる。「人間の遺伝子の解読が7割がた完了していたことは、きみも知っているだろう?」シンはうなずき、タキは続ける。

「その後のさらなる研究でわかったのは、種の遺伝子は集合的なバランスを指向する、という絶対的真実だ。種全体の長寿に照準を合わせて遺伝子を操作すると、確かに平均寿命は延びるが、若くして病死する個体はむしろ増える。逆に、平均寿命の延長さえ諦めれば、だれもが一定期間、致命的疾患を避けて生きる可能性は高まる。これはアリエクスが発明したことじゃない。生命科学が証明した事実だ。アリエクスはその事実を援用した」

タキは説明を続ける。

こうした考え方を元に、生物学的な、あるいは心理学的な検討がなされ、導き出されたのが、男性64歳、女性39歳という「最適な天寿」だった。これは、生物としての「最適な生産力の期間」が終わる歳でもあり、また人間として魅力を放ちその魅力と引き換えに心理的な充足を得られる最後の歳でもあるという。さまざまなエキスパートと、コンピューターとが思考し計算しつくした結果が、この「最適な天寿」だ。

エベレスト・コロニーではしたがって、ひとはこの「最適な天寿」を全うした時に死ぬ。遺伝子管理に加えて、全住人が日常的に、それを気に留めることもなく健康スキャンを受けているから、「最適な天寿」を全うできないものが出る確率は限りなくゼロに近い。

タキは、その設定寿命制度への疑問は今も何もないと言う。それはあまりにも合理的なもので、反対する論理を構成するのは不可能だ、と。

タキの説明によれば、エベレスト・コロニーの全人口1万2244人の内、女性は54・9％（5613人）、男性は45・1％（4611人）いる。この構成は永遠に変わらない。

また、この1万2244人は12の可変クラスターからなる。ひとつのクラスターには852人がいて、それは0歳から39歳の女性468人と0歳から64歳の男性384人とからなる。各クラスターはそれぞれ142人の6のサブ・クラスターを持つ。

サブ・クラスターはそれぞれ36人の3組のファミリー（家族）と、34人の1組のファミリーからなる。つねにひとつの出産期「ユニット」が妊娠中で、まだ出産していない状態にある。だから第4のファミリーは2人欠けているのだ。

ファミリーは血縁で結ばれているのではない。4年に1度、別の可変クラスターに所属を変える。クラスターは常に変化する。

シンは、タキから説明のあった社会構造のうち、出産とそれに至るプロセスについて詳しく教えてほしいと言った。タキは微笑みながらうなずいた。

「ところで、シン、きみは何歳になる？」

「21歳だけど……それが何か？」

「恋は何度経験した？　つまりその、大人の恋愛という意味だが」

「2度です」シンは呆れた。「最初が16歳。相手は19歳の男性。2度目は二十歳の時。もう別れたけど。……そんなことを聞いて、眠る前に何か想像して楽しもうとでも？」

「まあ、そう怒るなって。シン、きみの答えは理想的だ。つまり、コロニー内で検討された『女性にとっての理想的な恋愛周期』に適合しているという意味でね。これも生物学や心理学のエキスパートたちがコンピューターの力を借りて導き出したものなのだが、人間の女性は15、6歳ごろから、4年ごとに新たな恋に落ちるという傾向を持っている。彼らはそれを、遺伝子理論から社会統計の結果まで持ち出して、完璧に証明してみせたよ。きみの経験則に照らしても、それは間違えていないわけだ。コロニー社会はこの女性の恋愛傾向に従うことにした。つまり、コロニー内の女性は16歳で最初の結婚をし、次の4年ごとに新しい相手とあらたな結婚をし、子どもをつくっていく」

シンは驚いた。

「4年ごとに新しい相手と？　強制的に？」

「強制じゃない。最も幸せな結婚を、受け入れるだけさ」

シンは納得しなかった。タキを責めるかのように、それはおかしな制度ではないか、ひどく非人間的なシステムだと、何度も問い返した。タキは穏やかな口調を崩さず、説明を繰り返した。これは最も理にかなった恋愛と結婚のシステムなんだよ。子どもを産み、その子どももからやがて引き離されて、子どもは家族に残り育てられる。女性は「新鮮なゲーム」を求めて、新たな男性と結ばれる。女性も男性も、このシステムのおかげで、倦怠期や退屈な日常などとは無縁の生活を送ることができる。20世紀末以降の欧米社会を生きた男女が「はしか」のように必ずかかった不倫や離婚という名の「病気」とも、これでおさらばだ。優秀な遺伝子が複雑に掛け合わされることで、優れた子どもたちが生まれ、コロニー社会にとっても有益だ。非の打ち所のないシステムだろう？

シンは首を横に何度も振った。理性では納得できない感情もあるし、それこそが豊かな恋愛を生むこともあるはずだけれど？　そう言うと、タキはうなずいた。

「私は『完全な世界』を設計することに25年間熱中してきた。それに人生のすべてをかけてきたといってもいい。それなのにこうして、『完全な世界』のなかで自分自身が死ぬことだけは拒否してここにやってきたのだから、きみの言うこともわかる。ただ、コロニーの判断は正しいとは思っている。アリエクスは、そもそも感情と理性とが分離してしまう事こそが、人間という種にもたらされた病理だと考えた。だから、『完全な世界』とは、第一義的に、感情と理性とが自然に調和した場所、ということになる。つまり、こうした制度がコロニー内で『強制されている』と見るのは間違いだ。最も合理的なシステムが、最高の理性と感情の持ち主たちに受容されている。そう許するしかない状況が、確かに存在しているんだよ」

シンは肩をすくめ、ため息をひとつついた。

「ここであなたを責めてもしかたがないのだし、話を先に進めましょう。カップルが4年ごとにパートナーを変えるのが合理的だとして……」

「ちょっと待った、シン」左手の手のひらをシンに向けてタキが話を遮った。「正確に言うと、カップルではない。婚姻は、つねに3人で行われる。だから、カップルというよりはトリプルだね」

シンはここでまた目を剝いた。3人で結婚⁉　それはいったいどういうこと⁉　大声が、タキの部屋のなかに響いた。タキはまた説明を始めた。

「コロニー内で生まれる女性は、すべて双子なのだ。とはいえこれはまだ過渡期で、コロニーの外部からやってきた初期移住者には双子の者はいなかったし、彼らがつくった赤ん坊も、4年前までは双子以外の子もいた。一卵性双生児をつくる技術がまだ完全ではなかったのだ。ただし言っておくが、赤ん坊は試験管のなかでつくられるのではなく、あくまでもナチュラル・セックスが基本だ」

シンはタキの目を鋭く見返しながら、黙ってメモを取り続けている。

「なぜ女性は双子なのか？　それは女性が、もうひとりの個人と心理的に深く繋がりあうことを、本能的に望むからだ。あらゆるデータが、女性のこの本能の存在を教えている。そして、あらゆる関係のなかで最も親密な心理上のつながりとは、一卵性双生児姉妹間の絆だ。これもまた、豊富なデータを元に、コンピューターが示している。双子は生まれたときから、その親密な絆を保ち、39歳でその寿命を全うするまで、ずっと一緒に生きていく。双子は16歳でひとりの同じ男性と最初の結婚をして、17歳で最初の子どもを生む。それから4年毎に『転機』を迎え、新しい夫と結婚する。そのときも、双子は一緒に行動する。つまり結婚は、一人の男と一組の双子のあいだで行われる。だから、カップルではなく、トリプルなのだ」

シンはここでペンを止めた。

「それはつまり、３人でセックスする、ということ？」

「それは想定外だ」タキは真顔で答えた。「ベッドはダブルサイズでしか設計していない。セックスのときは、ひとりは別の部屋にいる。３人で一緒に眠ることはできると思うが、セックスともなると、どうかな。だがそこはそれ、工夫して３Ｐをするものも、いるかもしれない。……実は僕も経験が無いのだが、３人でする、というのは、なかなかいいものなのかね？」

シンは横を向いてタキの質問を無視した。そしてしばらくしてからテーブルの上にペンを放り投げた。

「頭が痛くなってきたわ。少し休みましょう。それではタキ、2時間後にここでまた」

そう言い残すと、シンはさっさと自分のベッドルームへと消えた。

*

「入植者たちは、すべて最高の知性、身体能力、それに美を兼ね備えたものたちだ。あの世界をつくりだした側の『49人委員会』の面々は、才能はあっても『美』なんてものとはおよそ関係が薄い容姿だから、奇妙な感じがしたよ。僕も、入植者たちの間にいると、落ち着かなかった」

3日目のインタビューは、住人について聞かせてほしい、というシンの質問から始まった。タキの答えがこれだ。

ハハ、とでタキは笑ったが、シンはまるでおかしくなかった。タキは早々に笑いを引っ込め、続けた。

「アリエクスは良心についても注意深かった。最高の良心を持つ者を選んだ」

「良心?」今度はシンが食いついた。「それは才能や能力とは違う……」

「クローズドな系の内部では」とタキはシンを遮って続けた。「良心が欠如した、たったひとりによってすべてを壊されかねない。さらにアリエクスはこう主張した。——良心とはその者に遺伝子として組み込まれた才能のひとつだ。後天的なものではない。……その考えに疑義をさしはさむ連中には、アリエクスはこう応じた。『ガンディー以外の誰が、ガンディーになれたかね?』」

「アリエクスにもガンディー並みの良心があるとでも?」

「まさか」とタキは即座に言った。「アリエクスは言ってたよ。『新しい世界の住人は最高の良心の持ち主でなければならない。だが、その世界をつくるのに、良心はむしろ邪魔だ』と」

シンは黙った。次の言葉を出せずにいた。しばらくしてから、タキが勝手に話を続けた。

「良心と美以外の才能については、二つ以上の分野で、最高水準のものを持つ人間を選んだ。ただひとつの才能の持ち主だと、その子どもが凡人になる確率は256倍も大きいからだ。分野についてはおよそ次の6つに分けた。さまざまなジャンルの芸術、さまざまな分野の科学と技術、軍事、スポーツ、料理、そしてセックスだ」

「セックス」無感動な様子で、シンが問い返した。驚きの連続に疲れ果てていた。

「うん。なにせ、閉じた系、完全平衡型の社会だからね」とタキは言った。「そのなかで、喜びや冒険を見出さなければならない。そのためには料理やセックスも、特別な才能によって提供される必要がある。あそこには、IQ190を超えるマリリン・モンローがいるんだよ」

「そうですか」とシンはもはや感情も消えた声で言った。「それでは、芸術はなぜ？　それも喜びや冒険のため？」

「それ以上だよ。というより、あの世界で最も重要な、そして最初の目的だ。閉ざされた世界で、限られた年月を生きるものたちにとって、その生の意味を確認するためには、芸術は重要だ。それに人類という種の、最善の才能の保存、という意味もある」

「重要なのはわかりました。……それでは『最初の目的』というのは？」

「『完全な世界』、というのは美的概念でもあるからね。例えばモーツァルトの音楽のような」そう答えてから、タキは少し困ったような表情を見せた。まだ何かを言いたそうだった。シンは無言で続きを待った。やがて、タキは再び口を開いた。

「The Eventの9カ月前、アリエクスと私があの世界の設計について最初の打ち合わせをした直後、アリエクスが最初に会いに行ったのはシカゴに住むアーティストだったんだ。科学者でも、政治家でも、投資家でもなく。実をいうと、なぜアリエクスがそうしたのか、いまだに僕は完全には理解していない。無論、僕はその理由をアリエクスに訊いた。答えはこうだ。『リンゴの種だ』」

「……それで、あなたはその真意を問い返さなかった？」

タキは表情を少し曇らせながら、首を横に振る。

「――こう言ってわからなければ、どんなに説明を付け加えたところでおまえにはわからない――というのが、アリエクス流コミュニケーションだ。幸い僕は、アリエクスと最初に出会ったパーティの時から、彼が意図するところをその深層まで理解できた。だが唯一、『リンゴの種』だけは、今もってわからない。まぁ、やつがそう言うんだから、『リンゴの種』なんだろうさ」

「……あなた自身は、最初に何をつくろうと思ったんですか？　建築家として」

そう問うと、タキの顔はとたんに明るくなった。やっとそれを訊いてくれたかと言わんばかりだ。

「『無』だよ」とタキは言った。「僕はアリエクスに最初に言った。『敷地はエベレストの山頂だ。そこにまず巨大な円錐形を、エベレストの山頂に立てる。高さは約4000フィート、円錐形の底円の直径は約600フィート』あっけにとられた様子のアリエクスの表情を楽しみながら僕は続けた。『とはいえこの円錐空間は目に見えない。それはただの「無」だ。だがそこから世界が始まる。

つまり、最初にこれをつくるのさ』」

そう言うと、タキは自分の目の前の一点を凝視し、それから手のひらで今まで自分が凝視していた一点を包み込んだ。「手のひらに包み込まれるより先に、手のひらのなかの空間をつくるんだ」おそらくアリエクスの前でもそうしたように、タキは手のひらを解いた。「無はどこにでもつながっている。無は無限なんだ。アリエクスは瞬時に僕のコンセプトを理解したよ」

「わかりやすい言葉で言うと」とシンはそっけなく応じた。「巨大な円錐形の吹き抜けがあって、その周りに居住空間があると、そういうことですね」

「まあ、そういうことだ」とタキは言った。「24本の鉄骨が、地上から対数螺旋を描きながら1200メートルの高さにまで伸びてつくりだす、吹き抜けだ。しかしそれはただの吹き抜けではない。それはまず、主要な交通という機能も担う。あの巨大な塔には、エレベーターは4基しかない。しかも自然落下平衡システムを利用した超省エネルギータイプだ。スピードも遅い。だから大多数のものはエレベーターを利用せず、パラシュートを使うんだ。巨大な円錐状の吹き抜けの底には『ビッグ・サークル』と呼ばれる直径180メートルの屋内広場があって、網目状のその床から、常時一定量の風が吹き出ている。風を利用して、背中にパラシュートを背負った者たちが、床を離れ緩やかに上方へと向かい、別のものたちは素早く下に降りてくる。その様子は、これこそが『空』というものだったかと思わせるような、ダイナミックな風景だよ」

本当の空は、私たちのこの世界にあるものだろうに。シンはそう思ったが、言葉にはしなかった。だがタキはすぐにシンの疑問を見通した。

「『空』は外にあるときみは思うのだろう。だがそれを、僕は反転させたのさ。つまり、コロニーが世界そのものであるためには、外部に対して閉ざされなくてはならない。そして、内部に外部よりもダイナミックな空間を持つ必要がある。内部に無限の広がりを持つ必要がある。僕はその無限の広がりを、あのコロニーの内部につくることから、建築の構想を始めたんだ」

シンは窓の外を見ながら、タキの言葉を吟味した。意図することは理解できた。だが、うんざりした。空とは、地球上のすべてのものたちが見ることができる、この空だ！　だが、あの世界の住人達は、別の空を持っている。シンは怖かった。このインタビューを終えた後に、自分が感じ、考えるだろうことのすべてが怖かった。

「ユイ……失礼、シン」黙りこくったシンに向けて、タキが言う。「僕は浦島太郎みたいなものだ。『竜宮』から戻ってきたら、こっちの世界は変わり果てている。きみがいちいち、『竜宮』の話に腹が立つのは、理解できる。でも、だからこそきみに話をしておきたい」

シンはそれからしばらくの間、押し黙り、それからゆっくりとうなずいた。タキはそれから、「竜宮」の内部空間について、事細かにシンに説明した。ときにスケッチも描きながら。巨大な円錐状の吹き抜けは、アウラと呼ばれていること。その頂部には直径9メートルの窓があり、そこから光が差し込み、またそこから〈ゴッド・リング〉が見えること。コロニーの住人はそれを見上げ、いつか火星に行くという初志を確認するということ。円錐形の外側と、円筒形の外壁との間に、居住空間のほか、工場、農場、養魚場、学校や劇場など、「かつての世界」が持っていたおよそすべての機能が、最大の効率で収められていること。

日本の寺の小さな庭のような場所がいたるところにあり、閉ざされていても自然が感じられるようになっていること。The Park と呼ばれる巨大な公園もあり、そこには時折、人工的な雨が降るということ。そして〈完了〉と呼ばれる死を迎えるときには、ループルームというドーナッツ状の空間に入り、壁や天井や床すべてに映し出される記憶の映像を見ながら、充足した一生の無限の循環のなかに入り込むように、幸福な最期を迎えるということ……。

「あなたは死の空間まで設計した」シンは言った。「完璧な死の時間をデザインしたと、自分では考えている。そうでしょう?」タキがうなずくのをシンは見る。「ではなぜ自分はその死を迎えようとはしなかった? 結局それが怖くなった、つまり完璧な死などありえないということでは……」

「あれは完璧だ」タキはシンを遮って言った。「あそこで死ねるのなら、ほかのどこでいつ死ぬのよりも、安楽だろう。ただ僕には、そういう死を迎え入れるにはあまりに強い後ろめたさがあっただけだ」

シンはタキを睨み、タキはそれに負けたように話を続ける。

「……モスクワ川に落ちていく雪の意味が、どうにもわからない」

タキはシンに向けていた視線を、床に落とす。

「アリエクスと知り合う前の話だ。モスクワ建築大学に留学中に、僕は9歳上のロシア人女性と恋をして結婚し、そのままモスクワに住み始めた。僕は無精子症なのがわかっていた。それで早々に夫婦で決断し、養女をもらった。ユリアと名付けた。ユリアは美しく育った。やがて僕は自分の建築事務所を構え、そこからモスクワ川を挟んで見えるところに自宅を移した。事務所は高層階にあり、モスクワ川の川幅は広いから、夜に灯りが判別できる程度だがね。それでも長い冬などに、雪の向こうに見えるその灯りは、遅くまで仕事をする僕の心を明るくした……。ユリアが15歳の誕生日を迎えた朝、妻は自殺した。僕に責任はあっただろうし、それを感じたいと願った。でも、できなかった。そして妻の自殺の一月後に、ユリアはこう書き置きして家出した。『私を探さないで。何も探さないで。何もわかることがないままに死んで』」

「それがタキ、あなたがあの世界のなかで死なない理由だと？」

「僕は完璧な死の空間を設計した。天職を、堪能したよ。だが僕自身はそこで死ぬ権利はない。こっちの世界で、意味もわからぬ雪の風景を思いながら死ぬしかない」

タキは目と口を閉じた。シンは立ち上がり、ウオッカのボトルとグラスを持ってきてタキの前のテーブルに置き、そして言った。

「30分休憩しましょう。飲みすぎないでね」

＊

シンは時計を見て再びタキの前の椅子に座る。そしてウオッカのボトルをテーブルから取り上げ、自らの椅子の後ろに置いた。

「資源倉庫は？　世界から集中させた資源は、とてもあの塔のなかには収まりきらないのでは？」

「うん。それはエベレストの山のなかだ」

「山のなか……と言うと？」

「文字通りだよ。エベレスト山の内部3分の2以上は、もはや土や岩ではない。再処理工場、リサイクルシステムとともに、資源はあの山のなかに詰め込まれている。不要な土の一部は雪崩や雪解け水、地下水を利用して流したが、それはそれほど多くはない。土を高密度に押し固め凍結させる工法で、それが構造体にもなっているから」

「タキ……あなたはこのインタビューの最初に、コロニーはエコロジカルな流儀でやっていると言いましたね？　それなのにそれほど膨大な資源が必要？」

「……火星にもうひとつ世界をつくるんだからね。その目的を、忘れてもらっては困るよ。とはいえ、火星に行った後は、最小限の資源をリサイクルしてやっていくしかないし、そうできる技術も開発した。しかしコロニーが地球上にあるうちはそうもいかない。『外部』に対して圧倒的優位を保たなければならない。住人が間違っても『外部』に出たいと思わないような豊かさと、『外部』の者が間違っても攻撃可能と考えないような軍事的優位を」

「軍事的優位はどうやって……」そう訊きかけたところで、タキは自分の唇に人差し指を当てた。このインタビューが始まってから初めての、「喋らない」という意思表示だった。それはそうだ。軍事機密を話してしまうような男なら、コロニーは外に出ることを許したりはしなかっただろう。シンはそのことを瞬時に理解したが、それでもタキの目を思い切り睨みつけた。タキは首を横に何回か振ったが、やがて口を開く。

「軍備の詳細は話さない。それでも言えるのは、コロニーにとって、強力な軍備を構築することは、ほかの何よりも、容易だった。コロニー計画が発表されてから数年間、世界中の軍事産業が、列をなして売り込みに来ていたからね。コロニーはどこの国の敵国でもない。国連がお墨付きを出したプロジェクトなんだから、彼らは躊躇なく何でも売った。既存の兵器はもちろん、まだ実現していない軍事システムのアイデアや設計図、さらにはさまざまな国の軍事情報やその弱点に至るまで。企業だけじゃない。『わが国民の個人データをすべて売ります』という政府だって、少なくなかった。それだけの基礎データがあれば、コロニーの天才たちが完璧な防衛システムを構築するのは、あまりにも簡単だったよ。そして、アリエクス」

「アリエクスが、防衛システムを完成させた？」

シンは訊いた。

「違う」とタキ。「アリエクスは素人だ。他のすべてと同じく、軍事についても。だが、アリエクスが確かに彼の本名のAresにふさわしく、『戦争の神』だと感じることはよくあった。『戦争の神』の敵は、敵軍ではない。『平和の神』こそが、敵だ。戦争がある限り、『戦争の神』は無敵だ。敵を叩く必要すらない。敵同士を戦わせ、憎しみを煽りさえすれば、決して負けない。そして実際にそうなり、それはどんな防衛システムよりもよく機能した」

シンは黙った。よくわかっていた。この世界は確かにそうして半ば自滅への道を辿ってきた。「正義」を語るとき、ひとは必ずその敵に言及する。宗教もナショナリズムも、あるいは平等を主張する者も。高邁な言葉の裏側に敵を仮想し、そうでなければ空想家と嘲笑われる。「平和の神」はこの世界にはいない。

「どんな馬鹿でも」とタキは言葉を継ぐ。「他者どうしの争いを愚かしいと、高見から眺める気分で思うことはあるだろう。ところがひとたび自分がそこにかかわると、憎悪だけが自らの『真実』の根拠になる。残念だが、それがこちらの世界の限界だ」

「……あのコロニーにはそんな限界はあり得ないと？」とシンは訊いた。「憎悪はこれっぽっちもないなんてことが……」

「感情としての嫌悪なら、あそこにもあるよ。ただ誰も、それを別の枠組みに転嫁したりはしない。それを民族や神話や経済の格差に結びつけたりはしない。なぜなら民族も神話も格差もあそこには存在しないからだ。家族やクラスターの成員は常に交換される。総人口は1万程度だから、分裂して大戦争を起こす可能性もない。ひとは皆、自らの世界のすべてを知る理性を持っている。互いに敬いあうに十分な才能を持ち、富や幸福の偏在もない。領土や権力という概念すら、存在しないんだ。どこにそんな憎悪が生成される機会があると思う？　こちらの世界のあらゆる失敗から学んで、あのコロニーは設計された。だから、どんな矛盾もないんだよ」

タキがそう言うと、シンは黙った。何かを考えているようなのはタキにもわかったから、タキも黙った。シンの沈黙は深く長く、30分近く続いた。シンもタキも、その間姿勢すらほとんど変えなかった。タキは考えた。20数年間の歴史を思い返すのに、この沈黙の時間は長すぎるということはない。

「違う」

やがてシンはそう言う。

「何が？」とタキは訊き返した。

「わからない。今はまだ」シンは首を小さく横に振った。「でも違う。タキ、あなたが嘘をついているとは思わない。論理的誤謬を見つけたわけでもない。でも、何かが違う。あの世界が抱えている矛盾が、きっとある」

「……そうかな」とタキは言った。シンはまた黙った。しばらくその沈黙につきあった後、「さて」とタキは言い、これで全部終わったというように、両手を開いて見せる。だがシンがあわてて口を開く。

「最後にもうひとつだけ……」

「ああ、そうだね」タキは先廻りをして答える。「ユイの話だろう?」

シンはうなずいた。

「僕はユイとは、それほど多く会ったわけじゃない。大阪の空港で何度か、そして京都の私の事務所で何度か、という程度だ。それでもアリエクスが彼女を高く評価している理由はすぐにわかったよ。並はずれて賢く勇敢で、そして美しかった」

「叔母は……ユイはアリエクスのこの計画を知っていたんですか? そのうえで、アリエクスの仕事を……この、コロニーにつながる仕事を手伝っていた?」

「答えは、イエスだ。ユイは私の事務所で、『完全な世界』の設計図まで見ていたのだから。ただ、その実現過程に『外部』の……失礼、こっちの世界の崩壊も含まれていることまで知っていたかどうかは、私にはわからない」

「アリエクスは叔母を……」

「ユイを愛していた。……ユイも、アリエクスを愛していた」

シンはうなだれ、黙り込んだ。タキは何か言葉をかけたいと思ったが、どうしてもその言葉を見つけられなかった。部屋のなかを沈黙が満たし、ただ時間だけが過ぎた。タキはシンが泣いているのだろうと思った。だが、涙が零れ落ちる様子はなかった。

*

あの白い山に突き出た異様な塔が「世界」なのか。私は世界の外にいるのか。そんなばかなことがあるか! シンは腹の底に憤怒の塊を感じながらエベレストを見上げる。

3日間のインタビューを終えて、シンはタキとともにホテルから出てきていた。

タキの詳細な話を訊いたシンには、塔の内部が見えるようだった。タキが、シンにそれを見せたかったのかもしれない。スケッチまで描きながら内部空間の話をしたのは、そのためだったのだろうか。

往来の男が立ちすくんだままのシンの肩にぶつかり、それでようやくシンは見上げていた顔を下ろした。ため息をひとつつき、歩き出す。

「私は何度見ても信じられない。あんなとんでもないものが、エベレストの山頂に建っているなんて」

「……ありがとう」

「誉めているわけじゃない」

「きみの皮肉はわかっている。だがこれは建築家の性だ。『とんでもないものをつくった』と言われれば、それだけで嬉しいのさ」

ふたりは往来を横切り、細い路地へと入っていった。坂道を上がり、角を曲がり、歩を進めるたびに人影が少なくなる。

小高い坂の上で歩を止めた。新興の大都市ニューティンリーで、このあたりだけ建物はロンドンの労働者用タウンハウス風で背が低い。エベレストの山頂がよく見える。ヒマラヤの雪が、空が、そして巨大な円筒形の物体が、夕日に赤く染まっている。タキの視線は自らの造形と結ばれている。

シンもそこを見た。タキはあそこに「無」をつくろうと考えたと言った。シンは思った。そうだとすれば、人類は「無」をつくり出すために、この世界をめちゃめちゃにしたのか?

シンはもう、口から出すいかなる言葉も持っていなかった。タキにしてもそうかもしれない。だがようやく、タキは言った。

「ありがとう、シン。きみと会えて、よかった。

これでようやく、僕の仕事は終わった」

3

インド洋の上空を、一機の大陸弾道ミサイルが、南極から北に向けて飛んでいる。

コロニー間戦争が、この瞬間に始まった。2055年2月11日、エベレスト・コロニー時間で午後3時4分のことだった。

大規模な戦争が始まりを告げた時間に、しかしエベレスト・コロニー内部はいつもとまるで変わらない空気が流れていた。南極コロニーでは、兵士のみならず、すべてのものに戦時下の緊張が走っていた。

南極コロニーの総人口は、この時点で5万3248人。エベレスト・コロニー1万224人の約5倍だ。だがこの多さも、軍事的に有利に働くことはない。この戦争は一昔前のような地上戦を要求していない。長距離ミサイルの数量や性能、そして最も肝心な宇宙防空体制やコンピューター能力などで、エベレストは圧倒的な軍事的優位に立っている。

南極コロニーも宇宙ステーションを持っているし、軍事衛星も飛ばしている。だがその力はエベレストに比べれば遥かに劣る。

圧倒的な不利を承知で、どうして南極コロニーはエベレスト・コロニーへの攻撃に打って出たのだろうか？

南極から3回にわたり打ち上げられたロケットは、すでに24人の人間と資源とを火星に送り込むことに成功していた。だが火星上で24人は全員死亡。エベレストが未だ無人探査船を送るだけなのを出し抜こうと、準備不足で移殖を急いだことは明らかだった。南極には不安と不満が渦巻き始めていた。

そんな時に、南極コロニーのエネルギー危機が顕在化した。両コロニーとも、基本的なエネルギーは太陽光エネルギーでまかなう。とはいえ地上に降り注ぐ太陽光だけでは足りないから、宇宙空間にエネルギー供給基地衛星をいくつか打ち上げ、そこから電磁波によるエネルギー輸送を行っている。電磁波によるエネルギー輸送にはかなりのロスがつきものだ。エベレスト・コロニーは、このロスを抑える技術を、随時革新することに成功してきた。だが南極コロニーはその面での進歩が立ち遅れていた。加えて、人口の増加、建築の増築がこの問題を深刻化させた。カサンドラの死後2年間だけで、南極コロニーの居住者は2万人近く増え、正十二面体の建築ユニットも千以上追加された。49年のエベレスト・コロニー「完成宣言」はあらためてひとびとの悲憤を呼び、そしてその感情は南極コロニーへ大幅な追加入植の要求という形で現われた。南極政府副大統領のダイアンは冷徹にこれを無視するよう主張したが、大統領のポーはこう言ってこれを退けた。「ダイアン、我々は『できるだけ多くの人間を救いたい』というカサンドラの理念を継いだのではなかったかね?」

2054年にポーは、衛星回線を使ったテレビ電話で、アリエクスに直接交渉を試みた。カサンドラがアリエクスに対し敬意に近い畏怖を抱いていたことを知っていたポーは、率直な申し出をすればアリエクスはそれに応えてくれるに違いないと無邪気にも考えた。太陽エネルギーは無尽にある。その利用の技術供与をしたからといって、エベレストに何の損失もあるわけではない。

ポーが申し出を終えると、アリエクスはすぐに無言で回線を切ったという。その後、ポー宛に意味ありげなファイルが一度だけ送られてきたが、エンジニアが早速それを開くと、データもプログラムも役に立たないものばかりだったという。

この電話のことを事前に聞かされていなかったダイアンは、激怒した。実は、南極コロニーのシステム・エンジニアたちは、エベレスト・コロニーのコンピューター内にハッキングを試みていて、もう少しでエネルギー輸送技術に関するデータを盗み出すところまできていたのだ。だが、ポーの電話直後に急速にそのガードが固くなり、ハッキングは不可能になってしまった。

カサンドラが一度でもアリエクスから直接の指示を受けたことがあるかと、ダイアンはポーに詰め寄った。アリエクスはサインを出し、カサンドラはアリエクスに劣らない聡明な頭脳でその意図を理解した。それは、南極はエベレストの支配下にあるのではないということを「外部」に示すための、重要な方策だったのだ。今回も、エベレストのコンピューター・システムのセキュリティに一部甘いコードがあり、それはアリエクスからのサインに違いないとダイアンは考えていた。必要ならここからデータを盗み出せ。アリエクスの声がダイアンの頭脳には聞こえていた。

ダイアンはポーをなじった。ポーはダイアンの副大統領の職を解いた。

若者たちが、なおもポーを責めた。特に、貧しい出自ながら、カサンドラ初代大統領が提案した「未来創出基金」を元手にやってきた若者たちは強硬だった。――南極の理念を信じてここにやってきたのに、指導者たちは馬鹿ばかりだ――そう彼らは言った。初期入植者たちは逆に、エネルギー問題を解決するためにも、反逆する若者たちを追放せよと主張した。ポーは典型的な板ばさみ状態に陥った。そしてそのダブルバインドから抜け出すためにポーが取った政策は、最も古典的なものになった。外に敵を求める——すなわち開戦。

開戦から5日目、南極軍は、エベレスト・コロニーの軍事衛星のひとつを破壊することに成功した。南極コロニー内はそのニュースに沸き立った。しかしそのニュースを聞いたダイアンの絶望は回復不能なまでに深まった。追い込まれた弱者が戦争を始め、緒戦の戦果に沸き立ち、祝祭の開放感を味わった後、やがて実力どおりの敗戦を迎える。悲惨極まりない対価を払って。それは歴史上、繰り返されてきた事例だ。今回の場合、ことは単に敗戦という結果ではすまない。「爬虫類」は死ぬ。人類の愚を凝縮したようなここ30年の歴史を体験してもなお、ひとはなお自らの愚にだけは気がつかない。そのことを思い知ったダイアンは、自死を選んだ。

＊

「フロリダにはこれが初めて?」

フリーウエイを覆うテロ防止用の金網の上に、雲ひとつないコバルトブルーの空がある。

カーキ色の半袖の制服にバッジを身につけた初老の男——とはいえ筋肉は隆々としている——が言った。

「いえ、2度目です。前回は東アメリカ大統領にインタビューするために」

シンが答えると男は嬉しそうに微笑んだ。

「大統領の次が私か。急に偉くなったような気分だよ」

男のバッジには「MRP」という大きな文字がある。「Most Reliable Police」の略で、それはあまたある「民営警察」のひとつだという。個人とも契約するが、主な契約先は「地域」で、ＭＲＰはフロリダの富裕層……と言っても20年前の中間層よりもつましい生活をおくる層……が住む地域に雇われているのだという。

男は、元ＦＢＩ捜査官だった。フロリダに来る前は、長くテキサスにいた。２０２５年前後にも。

「早速ですが、ゴメス捜査官、当時の記憶を聞かせてください」

「ラリーと呼んでくれ……『捜査官』というのはもはや、座りが悪い。私もきみを、シンと呼んでいいかな？　私のような者でも、きみの名は知っている。コロニーについての報道では、きみは第一人者だからな」

ラリーの運転する車は随分と古い。おそらくは30年以上前の型だろう。全世界の車の生産量は、The Event 以前と比べると、千分の一近くまで落ち込んでいるのだから、しかたがない。

「それで何を思い出せばいい？」ラリーは言った。

「きみはあの老夫婦……マリオとアナ・フローレスが、ガソリン詰めポリタンクを満載した飛行機でニューヨークのセントラル・パークに突っ込んだ事件を追いかけている。30年も前の事件を。そうだったね？」

「ええ。ところで今、ガソリン詰めポリタンクを満載した飛行機、とおっしゃいましたね？　爆弾ではなかった？」

「田舎の老人だから、爆弾なんてつくりたくてもつくれなかったんだろうさ。ガソリンは普通立ち寄った空港で入れるもので、そんなふうに積んだりはしない。意図的に積み込んだ爆発物という意味で、爆弾と呼んで差し支えない」

「……それで、犯行の動機は、報じられた通りなんですか？　つまり、『これが私たちが考えたピース』と書かれた『犯行声明』しか見つからなかった？」

「ああ……そんな動機で、飛行機でニューヨークの公園に突っ込んだんだから、まったくあの老夫妻はクレイジーというしかない」

「夫妻に病歴は？」

「精神的な疾患ということなら、完全にない。身体的にも、胃潰瘍と糖尿病程度だ」

「被害者のなかに、夫妻とつながりのある人物がいたか、調べましたか？　一方的に知っている、というようなことでも。たとえば、音楽家のマーヤ・デイとか？」

「もちろん調べた」ラリーは横を向いて答えた。「きみの言うのは、老夫婦がマーヤ・デイのような有名人のストーカーだった可能性はないか、ということなのだろうが、そうした傾向を示すものはなかった。彼らは、平凡で退屈な、田舎の老夫婦に過ぎなかった」

　シンは少し黙った。車はゆっくりと流れている。ラリーが時折シンの表情を伺っている。

「シン、きみは無論、もうニューヨークで調査はしたんだろうね？」

「ええ、5年前に」シンは答えた。「当時のNY市警の担当者がそのときもまだ現職で、被害者の検視報告や、個人調書などを見せてくれた」

「なにか見つかったかい？」

「……いえ、老夫婦とのつながりを示すようなものは何も」

「……ということは、それ以外のことでは少しわかったことがあったんだね？」

　シンはそれには答えず、また少し黙った。それから思い直したように、ラリーの横顔を見つめながら言った。

「ラリー、私はあなたを……あの事件を担当した連邦捜査官を探し出すのに、5年かけました。あなたはヴェテランの捜査官で、勘も鋭い。何でもいい、思い出せることがあれば、それを教えてください」

「そうしている。そうでなければ、インターネットでの証言者探しに、自ら名乗りを上げたりはしないさ。もっとも、インターネット自体を見るのが遅れて、結果きみに時間を浪費させてしまったわけだが」

「この5年間、何を？」

「刑務所にいた」ラリーはこともなげに言った。「アトランタで、強盗や殺人犯を片っ端からぶちのめす仕事をしていたせいでな。運悪く、半殺しにしたひとりが、州知事の息子だった。かっぱらいには違いなかったのに」

金網越しに、マイアミの都心部が見えてきた。青い空に、灰色の摩天楼が伸び、うす汚れた鏡のように鈍く光を反射している。

「とにかく」ラリーは自ら話題を元に戻す。「あの事件に、報じられている以上の裏はないというのが私の感想だ」

「それではあの事件で揃わなかった証拠はなかった、と？」

「いや、それは無論ある。どんな事件でも、すべての証拠が揃うことなどない」

「あの事件について、それを教えてください」

「うん……私が最後まで探していて見つけられなかったものがひとつある。『これが私たちが考えたピース』という言葉は、なにかから破り取った紙に書いてあった。紙は、スケッチブックの紙片のように見えた。しかも相当上質な。だからそのスケッチブック本体がどこかにあるだろうと思った。ところがどれだけ探しても、それだけは見つからなかった。結局捜査会議では、犯行に向かう途中、空からでも捨ててしまったのだろう、という結論に達したがね」

「あなたもその結論に同意を？」

「……どうかな。これは確かに、この事件で揃わなかった証拠のひとつだ。しかし、それがそんなに重要かね？　ふたつのコロニーが戦争を始めている時代だぞ。ＪＮのジャーナリストなら、しかも他ならぬきみなら、そっちのほうを追いかけるべきじゃないのか？　誰もがそのことで怯え始めているんだから……」

「そうかもしれない」シンは視線をフロントグラスに向けた。渋滞が始まり、車列はのろのろと流れている。「でも、私は知りたい。老夫婦の引き起こした事件が、すべての……ばかげたコロニー計画の始まりだったのだから」

「あの事件が始まり？」ラリーはサングラスの奥の目をシンに向けて訊いた。「ああ……きみは確かに、アリエクスは The Event 以前に火星移住計画の構想を始めていたと、ＪＮのニュースでそう報じていた。だが、それがいったいどうした？」

シンは答えなかった。ラリーはサングラスの奥の目をシンに向けたままだ。前の車に追突しかけて、シンが声を上げ、ラリーはあわててブレーキを踏んだ。

灰色の摩天楼が金網の上に覆いかぶさるように見えている。それを見上げて黙り込んでしまったシンに、ラリーは言った。

「空港に、戻るかね？」

「……ええ、お願い」

「もしこの事件にきみの知りたいなにかがあるのだとしても、それは私が今言ったこととは何の関係もないかもしれんぞ？」

「ラリー、あなたはきっと自分でもそのスケッチブックのことが、ずっと気になっていたのではないの？　だからこそ、『揃わなかった証拠』の最たるものとして、それを記憶していたのでは？」

「……そうかもしれない。そういうことは、時々ある」

ラリーはハンドルを切り、フリーウエイを出た。左に二度曲がり、空港へ向かうフリーウエイの入口に入った。

「紙は、エジプト製の手漉きのものだった。厚手で、1スクエア・フィート当たり0・1オンスの重量があると、鑑識は言っていた。……私が教えられるのはこれだけだ。それでもテキサスに行くのかね？」

「あなたが私ならどうする？」シンはラリーの問いには答えなかった。「何から始める？」

「歩くよ」ラリーは言った。「何度歩くか知れない道を、何度でも」

「私も、そうする」

＊

ずっと暑い日が続いていて、それはこれからも永遠に続きそうだった。季節は変わったはずだが、それを肌で感じることができなかった。光も、風も、草木が立てる音も、毎日同じだ。

シンはもう半年近くテキサスにいたままだ。Hondo という小さな町。大げさではなく、シンはここの9千に満たない町民全員と会ったかもしれない。南部の田舎町で、美しい東洋人はよく目立った。今では誰もが、シンを見かければ挨拶するまでになっていた。

シンはスケッチブックのことを、ただそれについての記憶だけを、訊ねて歩いた。誰もそれに答えてくれるものはいなかった。Hondo のひとびとは、50年前でも、場合によっては自分が生まれる前のことでも、鮮明に覚えている。同じ日が繰り返しやってくるこの町では、1年前も100年前も変わらない。小麦畑には永遠に小麦畑の風景があり、牛は世代を交代してもその表情に違いはない。地球上のあらゆる地域が、世界の激しい変化に翻弄され疲れ果てているときに、この豊かな穀倉地帯の農村の日常は頑迷なまでに変わっていなかった。目には見えない紫外線の量だけは、急速に増えつつあるらしいが。

Hondo はスペイン語で、Deep という意味だ。その名の通り、川が作り出す深い入江　Deep Creek がある。肌を針で刺すような暑さが続くなか、大地に刻まれた皺のような入江からだけは、時折涼しい風が吹いた。シンは時折、この入江の近くまで来ては、ただその水面をじっと見つめて過ごした。

「ここが好きかね？」

ある昼下がり、シンが入江の畔に座っていると、ひとりの老人が声をかけてきた。白人で鉤鼻。デコボコの肌。四角い布を張り合わせたような、形の悪いジーンズをはいている。

「……退屈なところです」シンは独り言を呟くように、そう答えた。

「退屈は罪かね？」老人は言った。「隣に座っても？」

「どうぞ、ここはあなたの町です」シンは応じ、それから「……退屈なんてくそくらえです。でも、罪だと思ったことはありません」と続けた。

ははは、と老人は鼻で笑った。

「退屈とうまくつきあう唯一の方法は、それを愛することだ。結婚しちまうくらいにな。あんたには無理だ」

老人はシンの隣に座り、それから黙って水面を見つめた。シンもそうした。小さな波が光をはじき返している。時折、そこかしこで魚が跳ねた。

「あんたが退屈なんてしていていいのかね?」老人は言った。「あんたはあの忌々しいコロニーとやらと、戦う腹積もりだと聞いている。それなのに……」

「私に、その資格があるのかどうか……。この町に来る前から、私はそのことばかり考えていた」

「なぜ?」

「私は罪人の身内だから」

老人はポケットからくしゃくしゃになったタバコを取り出した。

「今時こんなものを吸っているのは、田舎町でもまれだ。でもあんたも吸うんだろ」

老人はシンにタバコを勧め、二人はそれに火を付けた。

「あんたも知っているように、南部では20世紀の後半まで、人種差別は普通だった。差別をもし犯罪と呼ぶなら、ここも犯罪者だらけの町だったわけだ。そんなところからも、差別は間違っていると主張する白人は現れた。カリフォルニアあたりでそう言うのとはわけが違う、家族も友人もみな白人至上主義者のここでそう言い始めるんだからな。そういう人間を傑物と呼ぶんだろう。自慢じゃないがわしの曾祖母がそうだったらしい……詳しいことは知らんが、あんたも若き傑物と呼ばれているんじゃなかったかね?」

老人は言った。シンは黙ってタバコを吸い続けた。

「わしは日本人など嫌いだった」やがて老人は再び口を開いた。「気を悪くせんでくれ。つまりわしは、日本人に会ったことなど生まれてこの方なかっただけのことだ」

シンは無言でうなずき、老人は続けた。

「日本人はともかく、ジャーナリストというのは本当に嫌いだ。例の事件……あんたが穿(ほじく)り返しているあの事件のときを思い出すと、ぞっとする。数え切れないほどのニュース屋がやってきて、わしらの生活を根掘り葉掘り聞き出し、このDeep Creekにすべての原因があるといわんばかりにまくし立てた。わしはあのフローレス夫妻を憎んだ。マリオとアナは、この町の退屈が気に入らなかったんだろう。ジャーナリストたちがわしらの生活に土足で入り込んで、やつらはさぞ満足しているに違いない――。そう考えて、やつらの墓を蹴飛ばしに行こうかと思ったときもあるくらいだ」

「実際には？」

「墓を蹴ったりは、しなかったさ」

「そのことではなく、実際にフローレス夫妻はこの町の退屈を憎んでいた？」

「いや……マリオもアナも、この町が大好きだと言っていた。でも、わしは、マリオが、自分には世界中にネット・フレンドがいると自慢げに語っているのを聞いたことがある。その言い方が気に入らなかったから、覚えているんだがね」

老人はそこでまた、はは、と小さく笑った。それからシンの手に自分の手を重ねた。大きくて乾いた手で、動かせばシンの手に傷がつきそうなほど硬かった。

「実のところ、わしはフローレス夫妻に結構かわいがられていた。だからやつらのことはよく……たぶんこの町の誰よりも知っている。マリオは、サウジアラビアに若い絵描きのネット・フレンドがいると、そう言ったことがあったよ。そいつがサン・アントニオに来るから、会いに行くんだとも言っていた。きみの探しているスケッチブックは、その絵描きのものかもしれない。確証は何もないがね。名前はアブドルアジーズ。こんな奇妙な名前を何十年も覚えているなんて、記憶というのは不思議なものだな」老人の目は入江に注がれたままだった。「もっと早く教えればよかった。申し訳ない。わしはジャーナリストが嫌いなんだ」

「……なぜ、嫌いなジャーナリストの手を握る気になったんです？」

「あんたの、いつもこうして入江を眺めている後ろ姿が、好きになった。死んだ女房もよくそうしていた」

　ありがとう、とシンは小さな小さな声を出した。

「わしの記憶が、なにかの役に立つかね？」

「世界のために役立つかは、正直わかりません」

「あんたの役に立てば、それでいい」老人はシンを見た。「世界なんて、くそったれだ」

4

クリフ・ホテル３２２号室の窓サッシは錆びつき、床のカーペットは黴ている。旧ヨルダンの首都、今は西アラビア連邦の一都市、アンマン。

　フローレス夫妻には、確かに中東に住むネット・フレンドがいた。サウジアラビア人で元アマチュア画家。２０４０年に53歳で死去。兄が２０２２年にロンドンでテロリスト・メンバーの容疑をかけられ、無実を主張したが24年に獄死したという記録がある。マーヤの事件の時、老夫妻の友人だと自ら名乗り出ることをしなかったのは、この兄の件のせいか。死んだ時に家族はいなかったが、西アラビア連邦に、幼いころに養子に出された娘がいた。娘は実の父の名を知らなかった。だが父は幼い娘をスケッチブックに描いていた。そのおかげで、スケッチブックは長い間失われずに済んだ。

シンはJNの仕事の傍らに調査していたということもあり、このスケッチブックを探し出すのに6年もかかってしまった。それでもコロニー間戦争はまだ続いていた。

アンマンにはかつて乾季があった。その季節にはまったく雨の降らない地域だったはずのアンマンでは、2060年1月に降り始めた雨が、もう3年以上、一日たりともやむことなく降り続いている。決して土砂降りにはならず、少しずつ、陰気に、小さな雨粒はこの都市を濡らし続ける。異常気象、そしてその気象の恒常化。世界中でそんな現象が起こっている。オゾン層のいたるところに開いた穴、森林の激減、河川湖沼の渇水など、さまざまな原因が複雑に絡み合ってこの異常気象の固定化が生まれているとされていたが、なかでも重大視されているのは、南極コロニーがこれまでにエベレストめがけて打ち上げた200発を超える核弾道ミサイルの影響だ。

戦争の日々は2800日を越えていたが、南極コロニーは、エベレスト・コロニーからの直接的な攻撃をただの一度も受けていない。エベレストがこの戦争に半ば無関心なのは、外から見ていてもよくわかった。いつも南極コロニーが一方的にミサイルを撃ち込もうとし、そのたびに大気圏外で迎撃ミサイルに打ち落とされた。エベレストの人工衛星を破壊しようとして成功したのも、最初の一度きりだった。つまり核弾頭は一度足りとも地表に到達してはいなかったのだが、迎撃を受けた際に核爆発を起こしたミサイルも少なくない。全世界の地表上の放射線量の値も、コロニー間戦争開戦の前よりだいぶ高くなった。

それにしても南極コロニーは、この戦争のためにどれだけの資源とエネルギーを浪費しただろうか。開戦当時は南極コロニーを「応援」していたこの世界の大衆も、今ではすっかり見限った。南極コロニーは直に滅ぶだろう。コロニーのひとつがこの世界よりも先に終末を迎えるなんて、皮肉な話だ——。

そんなことを考えているうち、シンは睡魔に襲われた。休日といえば、飛行機での移動日くらいだ。——回復しろ、私の世界！——シンは時折、心の中でそう叫ぶ自分の声を聞いた。だが実際のところ、破滅の日はゆっくりとしかし確実に近づいているのだろう。それでも、とシンは目を閉じたまま考えた。——私は歩く。すでに歩いた道を、何度でも……。

——顔を上げると風に吹き飛ばされそうになる。氷に打ち込まれたピッケルを自分がしっかりと握っていることを確かめて、また顔を上げる。頂上に黒い巨大な塔が建っている。地球の芯が溶け出して現れたかのような物体。足元を見る。下からついてきているはずのサマンサの姿がない。そうだ、確かコロニーが定めた立ち入り禁止ラインのところで、サマンサは引き返したのだ。ではなぜ自分はここまで登ってこられたのだろう？　そう思って廻りを見まわすと、いたるところに赤黒い塊が見える。あれは死体だ。銃やロケット砲の鉄くずもいたるところにある。もう一度足元を見る。するとサマンサの姿はおろか、ふもとの大地まで消えている——

部屋のドアをノックする音が聞こえて、シンの目が覚めた。また同じ夢を見た、とシンは思った。13年前、タキと別れた10日後、シンはサマンサとジョージとともにエベレストに近づいた。接近が許されるぎりぎりの範囲まで。たいして近くはなかった。死体は確かにゴロゴロとあった。シンはサマンサらとともに、あそこで引き返したのに、夢ではそうなっていない。シンは首を横に何度か振った。

「今開けるわ」シンがそう言うより早くサマンサが飛び込んできた。サマンサはシェールガス生産激減問題を取材に西アラビアに来ていた。このアンマンで落ち合い、一緒にパキスタンのラホールに行く約束をしていた。この世界の再建を目指して創立したNPO『スティル・チャンス』の活動のためだ。部屋の鍵をかけるのを忘れていた。我ながら無用心なことだとシンは苦笑した。だが、そんな苦笑も、サマンサの姿を見て引っ込んだ。髪も服も濡れていた。濡れた髪のサマンサはいつもよりいっそう痩せて見えた。息を切らしていて、ぜいぜいというその音が不吉な予感を呼んだ。このところよく咳をするサマンサの顔色は普段から土色に近かったが、このときはそればかりではなく、ひどい憔悴の色が現れていた。

サマンサは言った。

「シン、ラホールに行く前に防護服を探さないといけない」

「防護服？　またテロが？」

「テロじゃない。戦争。インド洋にいた潜水艦から核ミサイルが発射され、それがラホールに落ちた。潜水艦は旧式のU-2301らしいというから、おそらくは南米連合艦隊所属。でも実態は、南極コロニーに買われた傭兵。情報では、南極はクローズしたシステムとは別に、南米連合とのあいだに開かれた通信システムを構築していた。ミサイルは例によってエベレストに向けて発射されたのだけど、制御部分の故障でラホールに落ちたという話よ。エベレストを狙っていたのだから、かなり大きな核爆弾でしょう。テロリストのポケット核爆弾とはわけが違う」

「エベレストは迎撃ミサイルを発射しなかったの？」

「もちろん発射した。でも大陸間弾道ミサイルと違って、飛行距離の短い潜水艦搭載ミサイルが、打ち上げられて直に落ちてしまったわけだから。迎撃ミサイルが出迎えるまもなく、爆発したんでしょう」

シンは体の力が抜けていくのを感じていた。サマンサがシンを抱きしめた。しかしその腕も弱々しかった。互いに支えあうことで、ふたりともどうにか立っていられた。シンはラホールの風景を思い浮かべた。前に2回行ったことがあった。それで現地の子どもたちとも仲良くなった。今度会うときは一緒にチャパティを焼こうと誓い合った子がいた。彼も死んだかもしれない。コロニーは富を奪い独占しこの世界をその「外部」にした。そしてさらにはその「外部」を破壊しないと気が済まないのか――。

シンはサマンサの肩越しに、テーブルの上のスケッチブックを見つめた。――コロニーの起源は、歪んでいる。アリエクスですら知らないその歪みを。私はもう知っている。

＊

２０６４年9月、南極コロニーはまた核弾頭を使った一斉攻撃に出た。エベレストに向けられた弾道ミサイルはことごとく宇宙空間で破壊された。すると次に南極は、マニラ、シンガポール、そしてニューデリーに核弾頭を打ち込んだ。これらの都市は今なおエベレスト・コロニーと深く関係があると噂されていた。だがそれはただの噂だ。南極政府はそんな噂を真に受けるほど劣化したのか？　いや、さすがにそうではなかった。南極政府にとって今や最も重要なのは、南極「内部」に向けての情報なのだ。彼らは華々しい「戦果」を「内部」に知らせる必要に迫られていた。ただそれだけが、南極「内部」を統治し続けるための方策だった。はたして10月にはテヘランが、11月に入るとウラジオストックとアンカレッジが、核爆発の爆風に包まれた。

そうなると、ひとびとは一縷の望みをエベレスト・コロニーに託すようになった。一刻も早く、南極コロニーにカウンターを仕掛け、彼らが次の総攻撃を仕掛ける前に壊滅させて欲しい。ひとびとはそう願った。

ひとびとの願いに、アリエクスが反応したとは思えない。しかしとにかく、２０６４年11月30日、エベレスト・コロニーは南極コロニーへの反撃を始めた。とはいえ彼らは一発の核弾頭も使わなかった。マイクロ・ウエーブ攻撃もしなかった。それどころか、通常爆弾ミサイルの発射ボタンすら押さなかったのだから、それを反撃と呼ぶのも憚られる。彼らがしたのは、緩やかに崩壊を続けていた南極コロニーのコンピューター・システムに、最後の一撃を与えることだけだった。これによって、すでに虫の息だった南極コロニーのエネルギー・システムは、完全に死んだ。入植者のほとんどは、それに遅れること5日から15日のあいだに凍死した。エベレスト・コロニーの攻撃はそれだけしかなく、そしてそれで十分だった。エネルギー・システムの完全停止から16日目、おそらくは南極政府関係者が自爆装置のボタンを押し、これで「爬虫類」はただの鉄くずの山と化した。

エベレストは、なぜこのウイルス攻撃を、９年もの間、行使しなかったのだろう？　理由はひとつしかない、アリエクスは待っていたのだ。

開戦以来、南極コロニー内のネットワークは、完全に外部から遮断された。普通、エリア・ネットワークは、他のネットワークに開かれているときに脆弱だ。だが閉じる前に成長型ウイルスを受け取り、その後に閉じた場合は、逆になる。ウイルスが、閉ざされたネットワーク内の正常データを巻き込んで成長するからだ。外部に行き場のないウイルスは宿主破壊の準備を続ける、癌化直前の細胞のように。

南極コロニーは、エベレスト・コロニーのように、世界を閉ざす準備をしていなかった。閉ざすことの危険性を知らなかった。

むろん、南極のエンジニアも、ウイルスの駆除や、ワクチンの開発をしただろう。それでウイルスの活性化はひと先ず抑えられただろう。だがこの成長型ウイルスは、どこかに正常なデータのふりをしていすわる。そこに別のウイルス――「目覚ましウイルス」と開発者によって呼ばれていた――がやってくると、成長型ウイルスは再び活性化し、今度は目的のシステムを破壊するまで暴れまくる。

すでに、最初の成長型ウイルスは、49年のエネルギー危機の際、ポー大統領が自らは知らず受け取ってしまっていた。南極が宣戦布告をしたときに、エベレスト政府が確認した対応はただ一つだ。――やがて南極コロニーに和平工作者が現れることを待とう。

はたして、そうした者は現れた。ジュノという その若者は南極軍の通信兵という低い階級に属するらしいが、それでも工夫して南米連合経由の通信ルートをつかい、エベレストに直接コンタクトをとってきた。和平が両コロニーにもたらすだろう有益性、そしてそもそも「火星移住計画」が持っていたはずの理念を、ジュノは熱く語った。エベレスト政府は南極が近い将来資源の枯渇に直面する可能性を指摘し、和平交渉を落ち着いて進めるためにもまずはそれを改善すべきだとして、エネルギー効率の改善にかかわるソフトウエアをジュノあてにプレゼントした。ジュノはそれを南極の本来のシステムのなかに入れた。ポーの失敗の教訓は生かされなかった……というよりも、だれもそこに教訓があったことすら知らなかった。

3000日に及んだコロニー間戦争は幕を閉じた。もしエベレスト・コロニーがその豊富な核弾頭と軍事衛星を駆使した攻撃を仕掛けていれば、勝敗はずっと早く決していたかもしれない。しかしもし南極に直接ミサイルを撃ち込んでいれば、「爬虫類」のみならず、南極の氷山が一気に破砕されていただろう。想像を絶する大量の氷が溶解し、世界中の海の水位を一気に引き上げていたに違いない。エベレスト・コロニーがそうした戦術を取らなかったおかげで、戦いの日は長引き、計17の都市が核弾頭で破壊された。しかしその代わりに、千の都市が水没を逃れた。

＊

ユイのパリの友人がまだ生きていると、シンが知ったのはひと月前のことだ。パリにカテリーナという名の親友がいたことは知っていた。タキへのインタビューを終えた後、シンは一度上海に出向き、祖父から話を聞いたから。その後調べて摑んだのは、ユイが死んで7年後に、カテリーナも病死したという情報だった。パリや、後に移り住んだはずのマルセイユやニースにも行ってみたが、何も見つからなかった。シンはもうすっかり諦めていた。それが、ひと月前カテリーナのほうから突然メールが届いた。JNのWEBで、シン・ユキムラの名と写真を見たのだという。シンは訝しみつつ、返信した。——あなたは死んだと聞かされてきました。今まで、いったいどこで暮らしていたのですか？　カテリーナの答えは、こうだった。——精神病院の閉鎖病棟です。実際死んだも同然の状態で、誰もが……私自身も、私はこのまま病院のなかで死ぬのだろうと思っていましたから、既に死んだことになっていて不思議ではありません——。

最近になって症状がよくなったのは、歳をとって脳の働きが活発ではなくなったのがむしろ幸いしたのと、生まれ故郷の病院に転院して以来、弟の訪問を受けるようになったからだろうと、カテリーナはメールに記していた。シンはピレネー山脈の南、ウエスカに飛んだ。カテリーナはもともとはスペイン国籍だった。弟が農家で、今はそれを手伝いながら暮らしている……心の調子がいい時に限って。

農村の小さな家のドアを開けたとき、カテリーナは心底驚いた顔をした。——ユイ、あなたなの？　彼女は叫んだ。シンはあわててかぶりを振った。それでカテリーナは笑い出した。——あなたは……シンね？　ユイのはずがない、ユイだけが今もこんなに若いなんて不公平だもの。そういってカテリーナはシンを家のなかに迎え入れた。

朽ちていく運命がすぐそこにまで来ている農家の床だ……。家に入るなりシンは、そう感じた。黒く丸く磨り減った幅広の木、焦げたとうもろこしのような匂い。シンが歩を進めると、床はそれに応えるように鳴いた。

「あなたの写真をＷＥＢで見つけた時も、私、実はさっきと同じことを叫んだの。ほんと、私の頭のねじは一体何本抜けているのかしら」

ソファに腰掛けてから、カテリーナはそう言った。うれしそうだった。ソファは白い……薄汚れた綿布で覆われているだけで、カバーやクッションの類は何もなかった。カテリーナは痩せていて、頬骨がわずかに浮き出ている。赤茶色の髪は長く自然にカールしていて、あまりよく手入れがされているとは思えない。だがその表情はやさしく、穏やかな美しさを湛えている。

「祖父から、叔母があなたには本当にお世話になったと聞きました。今さらですけど、お礼を言います。ありがとう、カテリーナ」

カテリーナは肩をすくめ、それからしばらく考え込む様子だった。記憶を、手繰っていたのかもしれない。

シンは言った。

「いただいたメールには、ユイがパリのあなたの部屋に残したものがあるとありました。まさか、今でもそれをお持ちなんですか？」

「持っていますよ。病院も退院の日まで、きちんとそれを預かっておいてくれたから。……今から考えると、ユイはいつかこういう日がくると、そう思っていたのかもしれない」

「私があなたを訪ねてくることを？」

「ユイは自分に何かがあっても、私の家にある荷物を処分しないでと言っていた。ただ記念のために残してくれと、そう思っていたわけではないでしょう」

「上海にも家はあるのに……なぜあなたに？」

「よく知らないけれど、あの男が来る可能性を考えてのことじゃないかしら」

「……アリエクス」

シンは言い、カテリーナはうなずいた。

「すべての道はあの男に通じる、ね。……そういえば何日か前のニュースで、あの男が自ら定めたルールに従ってもうすぐ死を迎えるだろうと言っているのを見たわ。彼らがそういうシステムを持っているということも、あなたが最初に報じたのだと、弟から教わったけど、それは本当？」

「ええ。……私は悔しい」

「何が？」カテリーナは驚いた顔をした。

「アリエクスが、世界の運命を操作した上に、自分の死をもコントロールしてしまうのが。私はずっと、火星移住計画を発表するまでのアリエクスの思考を追ってきました。コロニーの存在価値はない。それを証明できると、私は直感していたから。できれば、アリエクス本人に直接会って、その証明を突きつけてやりたかった。しかしそれは無理なようです」

「……あなたはあの男と会うべきだった。私も、そう思う」

「アリエクスと会ったことが？」

「一度だけ、北京空港で、ユイと一緒にいるところにね。その直後、私はパリに、あの男はドバイに飛び、ユイはカリフォルニアの州都に向かう機上で爆死した……。私の精神が病み始めたのは、多分、あのとき」

窓の網戸越しに、小麦畑が見えた。色は一様ではなく、ところどころ黄色かったり、黒ずんだ緑だったりした。奇妙な抽象画のような風景が、風で時折揺れる。

——平和を唱えるものを信じてはいけない。カテリーナが風を眺めるような表情で、そう呟く。「アリエクスが、ユイにそう囁く(ささや)のを、私は聞いたの。『彼らこそ、世界を憎んでいるのだから』ともね」

シンは黙った。そして考えた。これで、エベレスト・コロニーの真の成立史が書けるだろう。それを世界中のひとたちに知らせることができる。アリエクスに直接突きつけることはできなかったが、それでもその意味は大きいはずだ……

いつのまにか、カテリーナが段ボール箱をひとつ持ってきた。

「入院するとき、服だけは処分させてもらった。でも、それ以外のものはすべてそのなかにある」

シンは段ボール箱を開けた。腕時計、ブレスレット、裁縫道具、雑誌、メモリー・カード、デジタル・ボイス・レコーダー。

「何が録音されているのかしらね、それ」デジタル・ボイス・レコーダーを手にしてそれを見つめているシンに、カテリーナは訊いた。「もう擦り減っているけれど、Mayaという手書きの文字がかすかに見えるでしょう? マーヤ・デイの演奏なのかしら?」

「これを再生したことはない?」

「だって、そんなインターフェイス、見たこともないもの! 充電すらできないし。そういう意味では、メモリー・カードも同じ。開きたくても、そんなスロットのついたコンピューターなんて、どこを探してもない。でも、まあいいの。それはきっとあなたへの贈り物であって、わたしはただ預かる役目だったのに違いないから。今日それが、やっとはっきりとわかった」

カテリーナはにっこりと微笑んだ。

それからふたりはしばらく黙った。部屋のなかに音を立てるものは一切なく、外の風の音さえ聞こえなかった。耳の奥に静けさが忍び込む。近くに住むという弟が来ない限り、カテリーナはこの沈黙のなかで生活している。沈黙のなかに目覚め沈黙のなかで食べるカテリーナの生活を、シンは想った。

シンはレコーダーを見た。消えかかった「Maya」の文字。ニューヨークで調査をした時、マーヤがよく使ったというスタジオも訪ねた。そこには、ユイがアリエクスの代理として倉庫に保管されていたマーヤの遺品を引き取った、というル記録が確かにあった。そしてその目録にはデジタル・ボイス・レコーダーもあった。これがそれなのかもしれない。そうだとして、ユイはこれをなぜアリエクスに渡さなかったのか？　本当に、これがいつの日かシンに渡るようにと願ったのだろうか？　そしてマーヤは、このなかにどんな音を封じ込めているのだろう？

*

自ら定めた〈完了〉の期日が、私、アリエクスにもやってきた。

私は今、２７０階の政府執務室にいて、巨大なアウラに面した窓に向かって立っている。そして今日この日の午後、私はループ・ルームに入る。

私は９・11のテロの日に生まれた。ＷＴＣが崩れ落ちる音に呼び出されたかのように、この世界にあらわれた。だがそのことは、少なくとも私にとって何の意味もない。ひとは自身の誕生と死の記憶だけは、決して持ちえないのだから。

それでも「外部」には、私の〈完了〉に、９・11以降の歴史のピリオドを見ようとする者がいるらしい。「時代の終わり」という評論用語は常に空疎（くうそ）だ。時代も歴史も、ピリオドなど打たない。私の〈完了〉は、アリエクスのピリオドを意味しない。９・11に、それ以前の歴史もそれ以降の時間も含まれていたように、ある瞬間の出来事にはその過去も未来も凝縮されて詰まっている。私の〈完了〉にも、私の未来がなだれ込んできている。

水差しからグラスに水を注ぎ、それをゆっくりと飲んだ。エベレスト・コロニーの水はおいしい。水はあらゆる生命の源である、ということを五臓で感じる。コロニーがつくり出した傑作はさまざまにあるが、この水もまた、そのうちのひとつだろう。

私は窓の向こうの巨大な円錐状の空間を見つめた。

——これだ、これが世界だ。

私は小さくそう呟く。

——これが世界？

その瞬間。心のなかの声を私は聞いた。もう何度聞いたか知れない、記憶のなかからのマーヤの声。——だとするなら、私たちがいた「世界」はどうなったの？

——私たちの世界はここにある。

私はマーヤに答える。

私がループ・ルームに入室すれば、そのニュースはすぐに世界の住民すべてが知ることになろう。しかし誰も驚かないし、騒ぎ立てもしないに違いない。この日がやってくるのはずっと前からわかっていたからだ。小さなセレモニーすら行われない。泣くものの姿もない。

ただ、マーヤの声が聞こえる。

——アレス、あなたは今日、死ぬの？

Ⅲ　新しい世界

1

私は「空」を飛んでいる。「アウラ」と呼ばれるこの世界の空を。私の名はキン。サンディの双子の姉妹。私は母シーターがこの世界に生み出した娘、この世界の子——。

「エベレスト・コロニー」と呼ばれてしまえば、ずいぶんとその印象は矮小化されてしまうだろう。でも、そんな言語上の矮小化など気にかける必要もない空間が、今確かにここにはある。私は手のひらを広げ、それをつかみとっている。

上に飛べば「街」が近づき、下に降りれば「街」は暗がりに遠ざかる。ひとびとが暮らし、仕事をし、愛し合う、私たちの世界の「街」。遠ざかればそれは暗い灰色になり、近づけば銀色に光る。上下に対数螺旋を描き延びていく24本の構造体。グラスファイバーがその鉄骨に寄り添い、別の24本の光の螺旋となって、この巨大なアウラを柔らかに照らしだす。静かな空、軽やかな空気。はるか上方から指す一筋の光で、風がときに白く輝く。

私のパラシュートは、鮮やかなオレンジ色。この色の布を通して私に届く光は、私を夕暮れのなかを飛ぶ鳥のような気持ちにさせてくれる。

下を見る。草色、白、黄色、縞模様……さまざまな「鳥」たち……パラシュートが、円錐形に広がる空間の至るところで揺れている。小さいものは低くあり、大きく見えるものはそれより高いところを飛んでいる。当たり前のそのことが、しかしすぐには把握できない。どの「鳥」も手が触れられるほど近くにいるように見えるし、幻のようにはるか下方にいるようにも見える。

あの「鳥」たちのなかに、今日コロニーのWEBページで見た書き込みをしたものがいるかもしれない。私は根拠もなくそんなことを考えた。たとえばあの縞模様の「鳥」、あるいはあの黄色い「鳥」が。

——完全は、その完全さを観測するものがいて初めて完全に至る——。書き込みはそんなふうに始まっていた。**——量子理論が示したように、宇宙はその観測者のために存在する、と解釈できる。宇宙にとって最良の観測者は物理学者かもしれないが、この新しい世界の場合は違う。世界を観測し、リプレゼンテーションするのは、芸術家だ。優れた芸術家がいてこそ、この世界は完全になる。もしもアリエクスが、白と黒の鍵盤の上を優雅に踊るキンの手を見、そこから流れ出る複雑な幾何学のような音を聞くことができたなら、深い満足が彼に訪れたに違いない——**。

複雑な幾何学のような音、新しい世界の観測、アリエクスに訪れる深い満足……。パラシュートを操りほぼ同じ高さのところを周回しながら、私はWEBページで見た言葉を反芻していた。

そのWEBは住民1万224人相互の情報交換のためのページだ。この感想を書いたのが誰なのか、わからない。署名はイニシャルでSSと記されたのみだった。おそらくは年配の男性のものに違いない。「もしもアリエクスが……」などと書くのは、この「世界」の創始の頃を知るからなのだろう。無論ここに住むものなら、誰もがアリエクスを知っている。だが、私もそうだけれど、物心がつく前にアリエクスの〈完了〉があり、だからその名は歴史としてしか知らないという住人も増えてきている。

この「SS」というひとは、きっと6日前の私の演奏を聴いたのだろう。それは私が久しぶりに開いた演奏会だった。演奏会の前日、わたしは練習を休み、一日中 The Park の「鏡花池」の畔に佇んだ。3000スクエア・フィートほどの池で、春には桜が、秋には紅葉が、鏡のような水面に映し出される。あの日は牡丹の赤や白や青色が小さな波に揺れているのをずっと見つめていた。そのせいか、翌日の演奏はいつもよりリラックスしたものになったと思うけれど、それがむしろよかったかもしれない。

私のパラシュートはゆっくりと上に向かっている。私たちの家がある階の発着バルコニーは、まだまだ遠い。

私はパラシュートを操り、上昇気流をいっぱい集めた。まわりの「街」が見る見る下に流れ始める。

パラシュートが斜め上に来るように操作し、何にも遮られぬ空を見上げた。裸の光が、私を包んでいる。

＊

16歳の誕生日の日、サンディと私はオーネットのプロポーズを受けた。

オーネットの職業は宇宙飛行士（カテゴリーは「軍人」）。サンディの職業は教師、私は音楽家（カテゴリーは「芸術家」）。しかし私は結婚すれば一年後に、もうひとつのカテゴリーの職業につくことが決まっている。そのカテゴリーとは「母親」。

　コンピューターがひとりの人間にふたつの「カテゴリー」を期待することはほとんどない。確かにこの世界の住人は誰も複数の分野で高い能力を持つ。ただ職業ともなると、ひとつのカテゴリー内の複数を担うことはあっても、カテゴリーをまたがって割り当てられるのは稀だ。その例外だった私の母のシーター同様、私もまた、才能と遺伝子と、そのどちらもこの世界には欠かせないと判断されたらしい。

　シーターとは会ったことがない。シーターも私も、ともに「芸術カテゴリー」の音楽家だ。演奏家としての仕事が一番多い私は、だいたいザ・ホールとそれに隣接したスタジオにいる。一方のシーターは自宅にコンピューター・オーケストラ・システムを置いて作曲の仕事をしているらしい。結局今まですれ違うこともなかった。特に会いたいと考えたこともない。私の家族は同じフロアに住む35人なのであって、違うクラスターの天才作曲家ではない。

　私には演奏家としての力はあるとしても、シーターとは違って作曲の才能は抜きん出ていない。私はそのことを自覚している。真に才能のあるものは自らの能力の限界をも的確に見極める。私は九歳になる頃に作曲をやめた。代わりに打ち込んだのが、ピアノ、バイオリン、フルート、ドラムス……あらゆる楽器の演奏だった。演奏することが何より好きだった。

　結婚の相手はコンピューターが決める。しかし出会いの場にコンピューターが立ち会うわけはないし、その代理人が姿を表すこともない。私たちは自然に出会うようになっているし、自然に恋に落ちる。

　過去、この世界で、結婚にいたらなかったマッチングが、一例だけあったらしい。マッチングは破棄され、新たなマッチングが示された。それで結婚は成就したという。エベレスト・コロニーは超のつく合理的世界だが、強制力が支配するファッショ社会ではない。

私たちの場合は、最初から何の問題もなかった。出会いから結婚までのテスト期間すらもどかしかった。もちろんそのあいだにも私たちはたくさん愛し合った。セックスの相性も重要なマッチング要素だ。私たちの場合それも最高だった。サンディと私はそれまで知らなかった感覚を知った。

サンディと私は交互に、一日おきにオーネットとセックスした。感覚的には、毎日しているような感じがする。サンディと私の体はどこか見えないところでつながっているのかもしれない。

＊

カテリーナが死んだという知らせが、シンの元に届いた。

76歳。平均寿命は50代を割り込むと推測されていて（正確なデータはない）、地域によっては30代前半とも概算されている。カテリーナは、The Event 以降の世界では、格別な長寿に恵まれたと言うべきなのかもしれない。

これで、生前のユイと深くつながっていた人間は、この世界にひとりもいなくなった。シンにユイの記憶はない。以前はユイを憎み、軽蔑すらしていたシンだが、今はそんな事実に胸が痛んだ。

もっとも、胸の痛みはそのせいばかりではないかもしれない。生まれつき小さい心臓が、歳を重ねるとともに働きが悪くなっていると、少し前に医者に言われた。

カテリーナから渡されたユイの遺品から、シンが初めて知ったことがいくつもある。それらの事実を、ＪＮを通して公表しようと考えてもきた。だが、やめた。それらはアリエクスの記憶に直接ぶつけるほかに、意味はなかった。

それでも他方、エベレスト・コロニーの罪について、シンは積極的に告発を続けてきた。

Marga Tarmaが地球にやってくると知ったその日に、アリエクスは世界の時間をふたつに分けた。コロニー成立と、この世界の崩壊というふたつの未来史を書き始めたのだ。ふたつの未来史は、どちらか片方がなければもう片方も成立しないものだった。タキが「49人委員会の暗黙の了解」だったというアリエクスの陰謀のひとつひとつを、シンは30年間をかけて詳細に調査し、裏付けをとり、その証拠をＪＮのＷＥＢ上で明らかにした。

タキが言ったように、それは当時の法律を犯してはいなかった。テロリストに直接金を渡すような事実は見つからなかった。アリエクスが主にしたのは〈レクチャー〉だ。The Eventが世界にもたらす未来についての。

金持ちや投資家に史上最大のチャンスの到来を、環境活動家に地球終焉のシナリオを、宗教家やカルト教祖には「死」という名の幸福を、政治家に「新しい世界地図」の行方を、そしてジャーナリストや有力ブロガーには「ひとは『終末』にこそ関心を持つ」という事実を、アリエクスは詳細に〈レクチャー〉した。すべてが容易にMarga Tarmaの恐怖に結びつき、誰もがアリエクスが垂らした餌に食らいついた。右翼は、この恐怖に乗じて「隣国が侵略してくる」と思い込み、左翼はこの恐怖が「革命のチャンスを生む」と確信した。どれも論理的には、必ずしも虚偽ではない。だが真理ではない。その違いに気がつくものはいなかった。もともと自らの稚拙な思考を他の誰かの論理によって正当化することに慣れていた平均的な頭脳の持ち主たちにとって、Marga Tarmaの恐怖のあとに聞くアリエクスの言葉の説得力は圧倒的だった。〈レクチャー〉を受けた者たちはひとり残らず、そのすぐ後に世界に混乱を生む言説をまきちらし、行動した。

〈レクチャー〉より積極的なことも、アリエクスは数多くした。欧米中露の主だった軍事産業の株を大量に空売りし続け、その株価を暴落させた。軍事産業は慌てて相手を選ばずに武器を安値で売り回った。伝染病に効果のある薬品の特許権を法外な値段で買い、それを分割して世界中の企業や投資家に売りつけた。それを買った投資家には、病気の発生と拡大の条件を〈レクチャー〉した。インターネット検索システムを提供する主な企業をすべて買い取り、どんな語を検索しても「幸福」と「死」に関わる項目が上位にあらわれるように細工した……。並べ出したらきりがない。

そしてどれひとつをとっても、違法ではなく、単独で世界を崩壊に追い込むほどの力を持つものでもなかった。だがすべてが関連するのなら、状況はまるで異なる。それらはふたつ合わされば4倍の、4つ合わされば16倍の、累乗的効果を確かに生んだ。

シンはこうしたアリエクスの企てと歴史的事実との関連を公表した。今では誰もがその真実を、JNのWEBサイトで見ることができる。

シンは世界に、崩壊や衰退の罠に自ら捕らわれることの愚かさを知ってもらいたかった。そのための調査であり、報道だ。

もうひとつの目的がある。

今、コロニーの内部から、この世界の情報がどれほど見えているかは知らない。しかしもしも、コロニーの住民がシンのWEBサイトを訪れ、真実の歴史を読み、そしてそのものに十分な良心があるのなら——タキが言ったのが本当であれば、ガンディーなみの良心を持つものがきっといるはずだ——過ちを認め、コロニーを解体し、資源を返却し、再び世界はひとつに戻るかもしれない。たとえ問題だらけの古い世界に戻るのだとしても。期待はしていない。しかし希望は捨てきれずにいる。

コロニーの内の様子は、外からは見えない。時折最頂部からゴッド・リングに向けてシャトルが飛び立つのが見えるだけで、それがなければ、内部が死に絶えていても外にいる者は気がつかないだろう。タキは、シンが透視できるほどに、その空間の詳細を語った。だが最近になってシンはもどかしさを感じる。——私にはきっと、何かが見えていない。タキは防衛システムにかかわることは、語らなかった。だとすれば、他にも語らなかったことがあっても不思議ではない。私はまだ、肝心な何かを見ていない——そう考えるたびに、シンは唇をかんだ。自らの手に爪を立てた。すると、なぜか必ず思い出した。子どもの頃、初めてひとがひとを殺すのを見たときのことを。

あのときもシンは、自らの手に爪を立て、その痛みに耐えていた。

——古い食糧倉庫のような建物。鉄板でできた大きな扉は一面さび付き、ところどころに小さな穴が開いている。しゃがみこんで、扉に開いた穴に目を近づけた。ひとりの女が、梁に引っ掛けられたロープで、吊り下げられている。醜く太った尻、垂れ下がった大きな乳房。そのいたるところから、血が、そして白い脂のような何かが、滴り落ちている。

ひとりの男が立ち上がり、大きなナイフを取り出すと、それで女の首をひと掻きした。血が、花火のように吹き上がった。女は激しく痙攣し、すぐにそれをやめた。

銃を持った男が立ち上がった。ゆっくりと、扉のほうに近づいてくる。

シンはまだ穴のなかを見ていた。拳銃はもう、すぐそこだ。

男は鉄扉を開ける。そして、そこに尻餅をついたシンの前に立つ。

——なぜ、逃げない？　男は言う。痩せぎすの、肌の汚い男だ。鼻を歪め、薄笑いを浮かべている。拳銃を、シンに向ける。——怖くて、腰が抜けたか？

——ちがう。シンは立ちあがる。——最後まで見ていたいから。

——たとえそれが自分の死であってもか？

——そう。私の死なら、なおさら。

シンは銃口を見つめた。その内側にわずかに茶色い油のようなものが光っている。あとはただ黒い穴。あの穴のなかにまで入って行きたい、その奥までを見てやりたい。

男はいつのまにか、笑いを引っ込めていた。

倉庫から、ふたりの男がかけ出てきた。すると拳銃を持った男はその銃口をすばやくふたりに向け、2回引き金を引いた。紙で机をたたいたような、軽い音がした。そんな簡単な音がしただけなのに、ふたりの男はあっけなく倒れた。

——わたしを殺すの？　シンはなおも銃口を見つめたまま、訊いた。男はそれに答える代わりに、拳銃をズボンのベルトに挟んだ。その手はかすかに震えていた。そして言った。

——とんでもねぇガキだな、まったく。どんな親から生まれたんだか？

シンの胸が、再び痛む。

2

『外部』では相変わらずいたるところで戦争が起きているらしい。私の双子の妹、サンディがそんなことを言っていた。特に最近東アジアでの戦闘が激しさを増し、朝鮮半島と日本列島の西部でかなりの数の死者が出ているという。

戦争の理由は、相も変らぬ経済格差、領土争い、そしてそれらがつくり出す「ナショナリズム」という名の歪んだ自尊心。どれも、この世界とはまるで無縁のものだ。

エベレスト・コロニーは「外部」からの情報を制限していないから、私たちはその様子を、インターネット・ニュースなどで随時知ることができる。ただ、今この世界の住人は「外部」の状況にそれほどの興味を持っていない。戦争やテロの原因は「外部」には満ちていて、この世界にはない。進化を続ける科学や芸術はこの世界に満ちていて、「外部」にはない。「外部」に関心がなくなるのも当然だ。加えて、「外部」のインターネットには噂や虚偽や煽動の言葉があふれかえっている。さながら情報のゴミ箱だ。

「外部」で幼い兵士が老人たちを虐殺したというニュースを見れば、可哀そうだとは思う。だがそれ以上に心が揺らぐことはなかった。「外部」は、インフレーション理論が説く他次元の宇宙のように、遠かった。そんなことよりも私の心を強く、大きく捉えているものがある。私のふたりの娘、クリスとシュナ。

クリシュナはヒンドゥー教の神のひとり。悪神を滅ぼした正義の者とはいえ父を殺したクリシュナの名を用いるのには反対だという意見も家族内にはあった。だが私は、私の子たちに、何より強い意志こそを期待した。

クリスとシュナは生まれてまもなく3年、健康に育った。知能検査も身体能力検査も最優秀の数値だった。だがその数値が私にとって喜びの種だったわけではない。私の双子が、この世界に生を受け、命の輝きを振りまきながら、私が生きているのと同じ時間をすごしている、そのことが誇らしく、そして心の底からの喜びだった。

＊

「転機」がやってきた。

サンディと私は家族33人と、一人一人抱き合って、その瞬間を惜しんだ。特に、ふたりの娘、クリスとシュナとは、相当長い時間、抱き合ったまま離れなかった。サンディも、私とまったく同じことをした。この世界は、むろん涙を禁じていない。だが、私たちの目から涙は零れ落ちなかった。クリシュナの目からも。私たちの目は互いの姿を見てそれを網膜に焼き付けた。瞳と瞳はひとつの視線を共有した。それがすべてだった。

私とサンディは家を出て、そしてトランジション・ホステルに入る。異なるサブ・クラスターの一員と結婚するために。そこで久しぶりに、双子の姉妹だけの時間を過ごす。

ホステルからの外出は自由だが、サンディと私は、11日間ほとんど部屋のなかで過ごした。幼い頃からの思い出、オーネットとの夫婦生活、そしてこれほど一緒に暮らしてきたのにお互い知らなかったことなどを、時に笑い転げながら、あるいはちょっとしんみりとして、話し合った。ふたりの心は満ち足りていた。それでも、一心同体の感覚が強まるにつれ、私たちふたりを丸ごと受け止めてくれる誰かがほしくなってくる。

そしてその思いが強まる頃、サンディと私たちはシャカと出会う。新しい夫になるひとと。

シャカは「転機」の29日目、ホステルにやってきた。胸に青い薔薇を抱えて。薄い褐色の肌、黒く大きな瞳、意志の強さが現れた鼻筋、優しそうな口もと。シャカは私たちの顔を見ると、はにかむように微笑んだ。そして私たちをデートに誘った。「もしよかったら」シャカは人差し指で自分の頬を掻きながら言った。「映画でも見に行かないか?……その、きみたちが、どんな映画を好きなのか知らないんだけれど……」

シャカの職業カテゴリーは科学者。特にシステム工学のエキスパート。28歳。私たちより8つ歳上だ。

サンディと私には、不安がまるでないわけではなかった。私たちは前夫オーネットを愛していたし、娘たちのこと、家族のことも気がかりだった。しかしそんなことはすべて杞憂だった。29日にわたる段階的なトランジションが私たちの気持ちを変えていたし、シャカとの出会いは予想していた以上に新鮮で心が浮き立った。90%の期待を10%の不安が刺激して、むしろわくわくした。体の芯が熱く震えるようだった。生きていくということは、きっと変化を求め続けること、もっと言えば、新しく生まれ変わるのを望み続けることだ。恋はひとの存在自体を更新する。

サンディと私はシャカに身も心も委ねた。シャカも同じ様子だった。私たちはたくさんの話をし、何度も身体を求め合った。サンディと私にしてみればこれまで何度もしてきた話でも、シャカの反応が楽しくて、古い思い出にもう一度輝きが戻るような気がした。セックスの時には私たちはまるで処女のようだった、未知の刺激に驚かされ続けたから。

*

「久しぶりね、キン。私たちの家族にようこそ！」

そう言ったのは私の旧知の、そして年上の友人、ベアトだった。

出会いから30日目に私たちは正式に結婚した。サンディと私はホステルを出て、生活の場をシャカが属している家族の家へと移した。ベアトは、その家族の一員だった。

家族のなかに、もうひとり見覚えのある顔があった。いや、正確にはそれは知り合いの顔ではなく、ただベアトにそっくりな顔というに過ぎない。ベアトが紹介してくれる。

「サンディ、キン。こちらは私の双子の妹、トリーチェ。よろしくね」

トリーチェは私たちを見て、妖艶に微笑んだ。

「トリーチェ、あなたの職業は何？」

私の隣でサンディが口を開く。

「私の職業は『恋人』。ずいぶんたくさんのひとと『恋』をしてきたわ。たぶん、あなたたちの何十倍も」

サンディの大きな目がひときわ開いて輝いた。サンディは「恋人」を職業とする女性にあったことがないのだ。私にしても同じだった。知識はもちろんあった。「恋人」はなによりまず性の冒険の対象。結婚だけで満足する男女がほとんどだけれど、なかにはそうした冒険への欲求を抑えられないものもいる。この世界はそうした冒険を抑制しない。「恋人」は男性にテクニックを教え、女性に楽しみかたを伝える。生の根源的な喜びを与え、死への不安の深淵を、悟りの泉に変える能力を持つ。つまり「恋人」は体と心の両方をケアすることができ、だから「医者」という職業カテゴリーに属している。

「私はシャカの『恋人』をしていたこともあるのよ」トリーチェは無邪気な笑顔を見せてそう言った。シャカの顔がほんの少し赤くなった。私は少し戸惑う。「恋人」という職業について知識はあるとはいえ、その仕事が実際にどんなルールでなされているのか、私は知らない。どこでどんなふうに会い、どんな会話をするのかを。

再び隣のサンディを見ると、戸惑いの色などまるでなく、興味津々、いやサンディ自身がトリーチェの魅力に引き込まれているのがすぐにわかった。

「『恋人』は男性だけを相手にするの？」サンディは目を輝かせて聞いた。「男性で『恋人』を職業にしているひとはいないでしょう？　ちょっと不公平な気が……」

「私たちは相手の性別にこだわらないわ」トリーチェがサンディの言葉を遮って言う。「『恋人』は男性に愉楽を与えるひとであると同時に、女性の性の開拓者でもあるのよ。性に垣根はあるようで無く、差異は無いようである。ともあれ、快楽のかなたにある精神の本質は、女も男も変わらない」

「ワオ！」サンディは興奮した面持ちだ。「でも」声のトーンがちょっと落ちる。「実際には、ひとはどうやって『恋人』の恋人になれるの？　たとえばあなたの恋人になるには……」

「いろいろな方法があるけれど……たとえば、あなたなら」トリーチェの笑顔は女神のようにやさしい。「『私の「恋人」になって』とそう言えばいい。さぁ、言ってみて」

サンディは恥ずかしそうにあたりを見回した。ベアトもシャカも、微笑んでいる。私も微笑んだ。

サンディが冒険をしてみたいと思うこと、それもまたすばらしいことだと思うから。

サンディは言った。

「トリーチェ、私の『恋人』になって」

＊

サンディが、この家族のすばらしさを口にしたのがきっかけで、私たちの結婚があと2週間で6カ月を迎える、という話題になった。するとシャカは、実はもう記念日にレストランを予約してある、と言う。シャカはサンディの顔を見た。トリーチェも誘えばいい、祝福してくれる友人がいるのはいいものだから。シャカはそう言い、私も「そうすれば」と同意した。

サンディはシャカの提案を喜んで受け入れるかと思ったが、予想に反して、力なく首を横に振った。

「トリーチェは来週、ループ・ルームに入る。ベアトと一緒に」

そういってサンディは悲しげに微笑んだ。私は不意を突かれた感じで少しうろたえた。私たちよりだいぶ年上なのは知っていたが、見た目には若く、〈完了〉などまだ先のことだろうと、なんとなく思っていた。私の胸の底あたりで何かが動くような感じがした。

「ベアトもトリーチェも、〈完了〉をおそれているわけでは、もちろんないのよ」サンディはシャカを見つめている。「トリーチェはこう言っていた。『死は「生きる」というシステムの一部』だって」

私たちの世界は、死を遅らせることを目指すのをやめた。遅らせてもそれは必ずやって来る。本質的な解決にはならない。一部の者が意味のない長寿を得るのではなく、だれもが一定の寿命まで充足した時間を得るほうがずっといい。私たちは平等に、美しく個性的な生を生きることができる。その充足を堪能する前に、病気や事故で死ぬ可能性はない。

それに死を避けることはできなくても、死の直前の時間をデザインすることはできる。ひとは死んだときには経験する主体を失っているが、死の直前の時間は濃密に経験するのだから。

「だからこそ」私は言った。「死の直前の時間をすばらしいものにすることが、重要になるのね」

「だからこそ」サンディが私の口調そのままで言った。まねているわけではない。私たちは双子なのだ。ベアトリーチェと同様、いつか一緒に死を迎える双子。「死の時期を明確にしておく必要があるのね」

シャカは私たちの顔を交互に見ながらうなずいた。

「死の気まぐれな訪れ、不確定性が、死の問題を複雑にしてきた。死はあまりにも重大な問題なのに、その上複雑では対処のしようがないはずなのに」

かつての世界では、死の前にベッドから離れられない数年間を過ごしたり、脳の老化で家族の顔すら判然としなくなったりする事態が、多くのひとに訪れたのだという。医学者たちは、病気との闘いに打ち勝つと称して、実際にはそんな状況をつくりだしていたのだ。

シャカが言った。

「日を早めて今週中に、ベアトリーチェ、そして僕らの五人で、記念の食事をしようじゃないか。僕たちの結婚と、彼女たちの人生を、ともに祝福したいからね」

サンディの微笑みは、シャカの言葉でようやく心からのそれになったようだ。それを感じて、私も微笑んだ。

＊

「鏡花池」が、桜の花を映し出す。

私は思う。「外部」にも、こんなにも美しく豊かな自然が、かつて存在したことがあっただろうか、と。時系列からみれば、このThe Parkの自然は「外部」のそれを模倣している。しかし概念の純度という視点で考えると、この世界の自然こそがイデアで、「外部」のそれはこの影に過ぎないのかもしれない。

サンディ、シャカと私の3人は、手をつないで「The Park」を歩いている。誰も、ベアトリーチェのことは口にしなかった。彼女たちは、私たちと記念の食事をしてから数日後に、そっと私たちの前から姿を消した。ループ・ルームに入り、そして〈完了〉した。私たちは彼女たちの記憶を胸に抱いている。とりわけ、サンディはトリーチェの記憶を大切にし続けるだろう。

The Parkの中心近くに、ひときわ大きな桜があった。枝垂桜という品種で、長く伸びた枝がどれも自重で垂れ下がっている。サンディは横になって、頭をシャカの膝の上に乗せた。シャカはサンディの黒い髪を優しく撫でる。私はシャカに出来るだけ寄り添い、肩の上に頭を乗せた。3人とも、やはりあまり喋らない。私は空を――映像の映し出されている天井を――見た。さっきまで青空だったのに、少しずつ雲が多くなってきている。

――やあ、シャカじゃないか?

男の声がして、私は見上げていた視線を下ろした。私たちの10フィートほど前、池の縁のところに、その声の主はいた。身長6フィートは超えるだろう大男で、髭を生やしている。

「ああ、カルッティ！　久しぶり」

シャカが声を上げ、それで寝転んでいたサンディが起き上がろうとした。だがカルッティと呼ばれた大男は、それを制した。

「どうぞ、奥様がたはそのままの姿勢で。自己紹介をいただかなくても、私は奥様がたを存じております。あなたがたの家族の一員のマハトマは、私の最高の親友で、いつも話を聞かされていますからね。私の名はカルッティ。ヒンズーの軍神カルッティケーヤにちなんだ名前です。つまり、私自身軍人で、以前シャカに防衛システムの更新について相談したことがあるのです」

サンディが訊く。

「『外部』の力はもともとこの世界に比すまでもないほど貧弱な上に、さらに日に日に落ちているのでしょう？　それでもまだ防衛システムを更新する必要があるの？」

「それははっきりと、あります」カルッティは微笑をたたえたままの表情で答えた。「あらゆるハプニングの可能性を考え、それに対処することを想定しなければならない」

「……それはそうと」と私は言った。「あなたが手に持っているものは何？　さっきから、気になっているのだけれど」

カルッティの左手に、その大きな掌で隠れてしまうほどの小ささの、黒い棒のようなものがある。

「これが何かですって？」カルッティは大げさに驚いて見せた。「傘ですよ、もちろん。あなたがただって……見たことはあるでしょう？」

「ないわ」サンディは興味深げにカルッティの手を見つめている。「映画のなかでなら、見たことはあるけど、実物はない」

「ひょっとして、今日は雨が降るのかい？　このThe Parkに？」

シャカが聞き、カルッティが答える。

「やれやれ、きみたちはThe Park Weatherをチェックしてこなかったんだな。今日ここは雨が降るよ。桜の花が散るほどではないらしいが」

「素敵」とサンディは言った。「Tha Parkにはまれに雨が降ることは知っていたけれど、雨の日に来たことがなかったのよ。傘がなくたって平気。むしろ雨に濡れてみたい」

「これはまた、論理に厳格な教師として有名なサンディらしくもないですな」カルッティは空を見やった。「そうこう言っているうちに、どうやら降り始めそうです」

カルッティは手に持っていた小さな黒い棒を振った。するとそれはあっという間に広がって、傘になった。落ちてきた水滴がぽつぽつと傘の上で音を立て始める。

私たちは立ち上がった。カルッティは「またお会いしましょう」と言って私たちから離れていった。私たちはしばらくのあいだ傘が遠ざかっていくのをただ見つめていたが、やがて歩き出した。

雨が次第に強くなってくる。私たちの髪は濡れ、服は水滴を吸い続ける。地に落ちた雨粒は春の陽気で水蒸気になり、やわらかく揺れる靄をつくり出した。池も、丘も、森も、すべてが霞んでいる。

私はサンディとシャカとともに、雨のなかを歩いた。そのときふと、背後に何かを感じて、私は振り返った。枝垂桜が雨に濡れている。そして、その幹の横で、黒い影が動いた。だが次の瞬間、それは消えた。桜の幹の向こうに隠れたのか、霞のむこうに走り去ったのか。それともただ、文字通り消えたのか。突然のことで私にはわからない。

「サンディ！　シャカ！」私は叫んだ。

ふたりは驚いて私を見、それから私が指差した桜のほうを向いた。

「何？　誰かいたの、キン？」

「ええ……いいえ、わからない。黒い影が見えたような気がしたから……」

「噂のゴーストかな?」シャカが口元にかすかな微笑を浮かべている。

確かに私たちはそんな噂を聞いたことがあった。The Park を歩いていると、時々正体不明の黒い影を見ることがある、と。私たちは、「外部」風の蒙昧なお話として、その噂を楽しんでもいた。

シャカは続けた。「『ゴーストは雨の日の The Park を選ぶ』という話を聞いたことがあるよ。しかし、僕が思うに、それは雨粒か水蒸気に反射した何かの像じゃないのかな? 鳥か、『空』の映像か、あるいは僕ら自身の」

「確かに、ここには鳥も飛んでいるし」サンディが引き継いだ。「そんな映像的錯覚も、起こりえるでしょう」

「確かに」私も早々に彼らに同意した。「ちょっと考え事をしていたから、水滴に反射した何かを実像と見間違えたんでしょう」

「何を考えていたの?」

サンディがそう訊いた。

私はしばらく考えてから言った。

「……ベアトリーチェの――いえ、クリシュナのことかもしれない」

そう、とサンディは言った。シャカは無言でうなずいた。

ベアトリーチェの名前が私たちのあいだで出たのは、これが最後になった。

*

「やっと、新しい演奏を披露する決心がついたんだね」

シャカが言った。リュックのようなものを背負っている。折りたたみ式の、パラシュート。シャカは今日からサーティF勤務になる。サーティFはこの世界の心臓部、コンピューターの集積した場所だ。私たちの家のある144階から、アウラを飛び降り、オフィスの入口のある30階までそれを使って通勤する。帰りはやはり30階でアウラに飛び降り、今度は上昇気流に乗って144階まで上ってくるのだ。

「サンディも新しい生徒を受け持つようだし、あなたたちもたいへんね。夕べも遅くまで準備をしていたようだけれど」サンディが教えるのは11歳までの子どもたち。あらゆる学問の基礎をひとりで教える。たとえば数物なら量子理論とそれに必要な数学まで、語学は5種類、他に遺伝子工学や論理哲学等々、そしてこの世界の成立史を、人類の起源にまで遡りつつ。どれも基本的なものだけれど、さまざまな学問領域を横断しつつ教えるので、教師にはかなりの力量が必要だ。

私もふたりとともに家の外に出た。でも背中にパラシュート・パックはない。

廊下の先に、パラシュートを広げて、上へ下へ、行き交うひとたちの姿が見えてくる。

「キン、きみはスタジオまでエレベーターで行くの？」シャカは自分の背を顔で指した。「こっちのほうが、ずっと楽だろうに」

「私は今、音楽のことで頭がいっぱいだから。考え事に気をとられて事故を起こさないように、しばらくはエレベーターで通うことにしたの」

アウラに面した発着テラスに立ち、ふたりは超軽量合金製の手すりをスライドさせた。最初にシャカ、その3秒後にサンディが、すっと飛び降りる。手すりが自動的にスライドして再び閉じた。閉じたことを示す緑色の光が、手すりの上端に走る。私はその近くまで歩み寄り、下を見下ろした。24本の螺旋が広がりながら底まで伸びている。シャカの青いパラシュート、サンディのレモン色のパラシュートはともに、もうはるか下方で小さく揺れている。

私はエレベーターでスタジオに向かう。10分近く待ってようやくやってきたエレベーターには誰も乗っていなかった。私はなかに入ると、テン・キーで目的階を入力した。それからもうひとつ別のボタンを押した。すると壁パネルの下のほうから白い布が出てくる。圧縮空気によって、白い布は瞬く間にベンチになった。

エレベーターのなかで、今日スタジオでやるべき仕事の構想をまとめなおしているうちに、目的の211階に着く。そこから細い廊下を通り、私はスタジオに来た。ガラスの仕切り壁があってその向こうが調整室だが、そこには誰もいないので暗いため、中は見えない。

私はピアノのふたを開け、譜面台にスコアを置く。

そのとき、目の端に何かが見えたような気がした。私は調整室を見た。暗い空間のなかに、何かが動く気配がする。またあの、ゴーストだろうか？　The Parkだけではなく、こんなところにまで……

違った。ゴーストではなかった。調整室の照明がつき、それがゴーストでも何かの錯覚でもないことが、はっきりと知れた。それは確かにひとだった。この世界の住人。

「こんにちは、キン。私のことは……知っているわね？　話をしたことはないけれど」

私は彼女の顔を見つめた。もちろん、私は彼女を知っている。だが言葉を交わしたことはない。こんなふうに一対一で話をするなど、想像したこともなかった。声が出なかった。

「ごめんなさい、驚かせて」彼女は微笑を浮かべている。「もっと普通に会えればよかったのだけれど」

「……ええ」私は何とか声を振り絞った。小さく震えている。「そうですね、シーター。私の……母」

3

私はベッドから出ることができない。

リサイタルの日は、もう2週間後にまで迫っている。だが私は211階に行くのはおろか、家でスコアを見ることすらできない。

私はただベッドに横たわり、ときどき起き上がって頭をかきむしったり、奇声を上げたりした。3オクターブしかない小さなエレクトリック・キーボードをベッドの上でむちゃくちゃに弾きまくることもあった。かと思うとコンピューターの前に座り込み、幾晩も寝ずにインターネットを覗き込む。

変調は、あの日から始まった。シーターと初めて向かい合い、言葉を交わしたときから。あの晩、私は一睡もしなかった。サンディとシャカに、何があったかを話すこともできなかった。それでも次の日もスタジオには行った。するとまた暗い調整室にシーターがいた。そして前日の話の続きをした。次の日も、そしてまた次の日も。それが6日間続いた。7日目に私はスタジオに行くのをやめた。シーターも来ないことはわかっていた。彼女はもう二度と私の前に現れることはない。それが彼女の40回目の誕生日の前日、すなわち〈完了〉のときだったからだ。

食欲がすっかりなくなり、水すら飲もうとしない私を見て、サンディとシャカは慌てた。そしてとにかく医者を呼ぼうと主張した。私はそれだけはやめてくれと強硬に言い張った。医者はおろか、家族の他のメンバーにも私の具合の悪いことは言わないでもらいたい、と。もちろん彼らはそれで納得しなかった。彼らに論理的ではないお願いをしたところで、受け入れてくれるはずがない。私は力を振り絞って、自分を冷静にさせた。そして彼らに言った。私に内臓系の疾患はない。自宅にある検査キットを使ったコンピューターの医療診断によっても、それは明らかだ。つまりこれは純粋に心理的な問題が生み出している症状であって、それはリサイタルを目前にしたプレッシャーによるものだと、自分でわかっている。だから……

サンディとシャカが、信頼すべき人間であることを、私は無論知っている。私はこのふたりにだけは、伝えなくてはいけないのかもしれない。サンディもシャカも、私の変調がただアーティストとしてのプレッシャーから来ているのではないことに、気がついているだろう。それでもふたりは、私の説明を受け入れてくれている。私がもし私の心にもたらされたものを伝えるとするなら、このふたりを置いてほかにいない。

だが、サンディもシャカも、そしてこの私もこの世界で生まれ、この世界しか知らない。今は私を受け入れてくれる彼らも、私がすべてを話せば、やはり私を狂人とみなすかもしれない。高度な神経治療、最大の精神ケアを求めて、コロニーの要職にあるものたちに相談することだろう。そうなったら、すべてが終わりだ。

あるいは私の心にもたらされたものをサンディとシャカに伝えて、それを彼らがしっかりと理解してくれたとしよう。そのときには彼らもまた、彼らがこの世界で生まれて以来経験してきた時間を、泥沼のような記憶に変えてしまうだろう。サンディとシャカを巻き込むことはない。私が苦しむだけで、十分だ。

＊

ある日眠りから目覚めるとサンディでもシャカでもない顔がそこにあった。

夢で混濁した意識に、その男の名前はなかなか浮かんでこない。サンディが男を「ドクター」と呼ぶ声が聞こえ、ようやくわかった。精神科医のムナ。彼らはついに医者を呼んだ。

私が寝ているあいだに、医者に相談し、診察させた。ムナは私の腕に薬物を注射しただろう。これからも、私が眠りに落ちたのを見計らって、注射をしにくるに違いない。私の精神はそれで正常を取り戻すのだろう。錯乱は収まり、悩みは消え、すばらしい仕事をし、誰よりもこの世界を愛して、充足した毎日を生きていく。元通りの私、本来の自分を取り戻して、幸せに満ちた時間を過ごすだろう。巨大なヴォイドを空と勘違いした鳥のように飛び回りながら。

私には羽などない、鳥ではない。そして本当のところ人間ですらないのかもしれない。才能に満ち溢れた音楽家キン、そんなものは本当は存在しない。元通りの私、本来の自分なんていないのだ、なぜなら私がいるこの世界そのものがまがい物なのだから！

視界の隅にドクター・ムナがいて、私のほうを横目で見ながら、シャカと何か話している。ムナは手に小さな袋をもっていて、そのなかからいくつかの小さなプラスチック・ボトルを取り出してシャカに見せていた。私を正気に戻すための薬……。

表情を変えず目の焦点をあわせようともしない

私を見て、ドクターはため息をひとつつき、やがて部屋を出た。シャカが薬の入った袋を持って近づいてくる。私はあれを飲むしかない。選択肢はない。目からまた涙があふれ出た。さようなら、今度こそ本当にさようなら、シーター、私はきっと本当のあなたを忘れる……。

しかし予想に反して、シャカは私のもとにすぐに近づいてはこなかった。サンディがどこからか持ってきた別の袋に薬の入った袋を丸ごと入れると、シャカは壁の腰のあたりにある白い小さな扉を開けた。ダスト・シュートだ。そしてためらいもなく、袋をそのなかに放り込んだ。

サンディが私に寄り添い、涙をぬぐってくれた。シャカも近くに座って、私の手を握った。

——キン、聞こえるかい？　ドクター・ムナを呼んだのは、僕たちじゃない。きみの仕事仲間のバードが心配して、きみの主治医を調べたんだ。ムナはきみに注射をすると強硬に主張した。僕はそれを何とか経口薬の投与という方法に変えてくれと説得した。僕はしかし、その薬も今捨てたよ。なぜ？　あとを続けようとしたが、それ以上声が出なかった。

サンディが言葉を継いだ。

——ドクター・ムナがやってきたとき、実を言うと私はほっとしたの。元のあなたに戻って欲しかった。でも、シャカに叱られた。「きみはきみの分身と同じサイドに立とうとは思わないのか？」と。

シャカは言った。——キン、きみに治療を受けろとも、元に戻れとも言わない。ただ、きみが抱え込んだ問題の、真実を教えてほしい。僕が望むのはただそれだけだ。

シャカは、科学者なら当然持つだろう医師への信頼を封印してまで、私の気持ちを尊重してくれた。私は話さなくてはならない。本当のことを、私の母シーターが私に話してくれたことを。

私はシャカとサンディの目を交互に見た。そして言った。

「声がうまく出ない。水を頂戴。ただし、一度、三度と蒸留して。なぜかは訊かずに、そうした水を私に飲ませて」

OK、とシャカは言った。——蒸留が真実を知るために必要なら、何度でもするさ。

*

私はシーターが私に伝えたことを、サンディとシャカに話し始めた。できるだけ、シーターが話した言葉どおりに。少しずつ、ゆっくりと。

丁寧に、正確に話すつもりが、なかなかうまくはいかなかった。記憶は入り乱れて、脈絡のない連想が真実を装って頭のなかに現れる。スタジオに突然現れたシーター。その震える声が私に、真実を見なさいと言う。外に出て、この世界の真実をその目と、耳と、手で感じてきなさい、と。シーターにいざなわれて私はスタジオを出、アウラへとかう。シーターが私の手を引いている。するとシーターの手はいつのまにか羽に変わっている。鳥に姿を変えたシーターは、次の瞬間天に消えていく。私はそれを追って床を蹴りアウラのなかに飛び込むが、私には羽はない。ビッグ・サークルが見る見る大きくなり、私の顔の目の前に迫ってくる——

シーターはまた、スタジオでピアノを弾いて私に聞かせた。「外部」が抱え込む悲しみ、そこに生きるひとびとの心の美しさを感じなさい、と言い添えて。ピアノの前に座ったシーターの後ろに、私は立った。私も知っている曲だった、しかしシーターの曲ではない。マーヤ・デイ、この世界ができる前に、「外部」で若くして死んだ女性音楽家。シーターは下を向いて顔を伏せ、鍵盤だけを見つめて演奏している。そのとき、私はシーターの指先が濡れているのに気づいた。よく見ると鍵盤にも水滴がある。私はシーターの肩をそっと抱いた。するとシーターは演奏をやめ、そして振り返った。その顔はシーターではなかった。私の知らない誰かだった。美しく若い女性の顔。青い瞳から涙がとめどなく流れでて、形のよい頬の上を流れている。あなたは誰、と私は訊いた。「あなたは私を知っている」美しい女性はそう答えた。私は死んだ、あなたは私に何が起きたか知っている、私の死が何を生み出したのか知っている……

私のなかに蘇るこうした出来事のどこまでが本当にあったことで、どこからがただ私の心がつくり出したものなのか。私にはもうわからなくなっている。私は判断力の衰えた頭で、何とか本当にあったことだけを選び出し、それをサンディとシャカに伝えようと必死で試みた。しかしそうすると言葉につまり、ただ沈黙の時間だけが長くなった。シャカはやがて私の葛藤に気がついた。そして言った。

——頭のなかに浮かぶすべてを話して、キン。きみの心が混乱していることはわかっている。きみがその混乱を解決する必要はない。僕たちが、真実とイメージとを選り分ける。

そう言われて、私は少しだけ楽になった。私はすべてを吐き出すように、記憶を……ただのイメージに過ぎないかもしれないものも含めて……サンディとシャカに話し始めた。

私の言葉はもう止まらなかった。眠ることすら忘れて、私は喋った。時に泣き、時に叫びながら。サンディとシャカはそれに我慢強く付き合った。やがて彼らの顔にも疲れが色濃く浮かんだ。自分でも真実と見分けのつかない私の話のなかから、サンディとシャカは信じるに足る本当のことを、果たして見つけ出してくれるのだろうか？　結局すべてが虚構だと片付けてしまうのではないか？

私の頭はまだ朦朧としている。それでも、はっきりしていることはひとつある。

虚構とは、この世界のことなのだと。

Ⅳ　歴史と闘争

1

私は結婚してすぐのころと変わらない幸せな日々を送っている。シャカとサンディとともに。

私の錯乱は、アーティスト特有の熱病、いや偏頭痛が嵩じた情緒不安定のごときものでしかなかった。仕事仲間はそれで納得している。ドクター・ムナも、頭痛薬に加え別の二種類の薬を処方してくれるだけだ……私はそのどれも、飲んではいないが。

幻聴や悪夢の引力から逃れ、心が完全に破壊される一歩手前の場所から私が引き返すことができたのは、ひとえにシャカとサンディのおかげだ。

私の耳は確かにシーターの声を聞いた。しかしそれは、私の脳内で奇妙に歪んでしまっていた。それを、私があの時に聞いた通りのシーターの言葉にしたのは、サンディの声だ。サンディの声は言った。

――「外部」は自壊したのではない……この世界が、壊した。

*

「コンサートの反響は今も続いているみたいだね」

朝食をとりながら、シャカがそう言った。

家族が13人ほど、大きなダイニングテーブルについている。物静かなひとたちが、柔らかい微笑を表情にたたえながら、食事を続けている。窓の外の庭から光が差している。庭を満たすのはもちろんグラスファイバーを通した光だが、その色と光量は自然とまったく変わらない。

「私の知り合いからも、今でもあのコンサートを賞賛する言葉を聞くよ」低い声でそう言ったのは家族の一員で宇宙物理学者のアブラハム。黒い肌に銀色の髪と髭を生やした55歳で、聖人のようにいつも落ち着いている。

「アブラハムがうらやましいわ」「私たちはスクール・プログラムのせいで、コンサートにいけなかったんだから！」静かな食卓にはちょっとだけ不似合いな、若い元気な声が響いた。9歳の双子の少女、クーとソウ。彼女たちはこの落ち着いた雰囲気の家族をいつも少しにぎやかにさせる明るい双子だった。ソウは教育基礎課程を続けながら、素粒子応用工学の専門科目を学んでいる。クーは、かつてサンディが愛したトリーチェと同じ職業につく。「恋人」という職業に。そのために、感覚と深層心理の関連についての研究を始めた。クーとソウは瓜二つだが、クーの明るさの端々に、ソウには感じられない妖艶さがすでに時々現れる。

「あの演奏は、もちろん録音されて、いつでも聞くことができるようになるんだろ？」軍人のシューが言う。シューは私やサンディと同じ歳で、だからいつも対等な口の利き方をするけれど、実際のところだいぶ子どもっぽい。「僕はあの時ゴッド・リングにいたから、当然コンサートにはいけなかった。無線でライブ放送を聞くことはできたけれど、やはり音質が今ひとつで」

シューの長い手がテーブルの上のサラダに伸び、クーソウの笑顔が朝の光のなかで白く輝く。家族の誰もが、静かに豊かな自然の恵みを楽しんでいる。せせらぎのように流れる時間。

——あなたはこの世界が、あなたの存在のために必要だと思っている。

ふいにサンディの声がそう言う。私はサンディの顔を見る。サンディは豆腐ステーキを頬張っている。今のはサンディではなかった。サンディの声を借りたシーターの言葉、シーターがあのスタジオで私に密かに囁いた言葉だ。

——あなたはこの世界が美しく、調和が取れ、そして正しいと思っている。世界はここにしかなく、「外部」など宇宙の一部に過ぎないと。しかしキン、「外部」は、この世界をつくりだすために必要だった。この意味がわかる？

やがて穏やかな朝食が終わる。アブラハムもシューも、そしてクーソウの姉妹も、それぞれの仕事や勉強にむかい、自らの能力の極点を目指すだろう。充実した生の時間が過ぎていく。不満など思いもよらず、不測の事態の可能性も排した、理想的な時間。人類がどれだけ欲しても与えられなかった環境が、ここにはある。

だが私にはわかっている。私はもはや、シーターの言葉から自由になることはない。それはサンディやシャカにしても同じだ。この世界はなぜ「外部」を——「別の世界」ではなく「外部」を必要としたか？　そのことを常に頭の片隅で考えながら、私たちはこれからの毎日を過ごす。

＊

「キン、今日のニュースをチェックしたかい？」

スタジオに入った私の顔を見るなり、アート・エンジニアのバードが言った。私は首を横に振った。このあいだの演奏があまりにも好評で、私はまた次のリサイタルを開くように要請されていた。やるのなら同じことを繰り返してもしかたがない。

私はまたスタジオに朝から晩までこもって新しい音楽のための模索を続けることにした。実の母と初めての、そして死別の言葉を交わしたこのスタジオで。

「きみは音楽に集中しだすとニュースにも関心がなくなる」バードは呆れた顔をした。「『外部』でまた核爆発があったんだよ。それ自体は珍しいニュースでもないけれど、インド北西部で爆発したそれは飛び切り大きくて、しかも気候の具合で、放射性物質を含んだ雲がだいぶこのヒマラヤ山脈までやってくるらしい。たとえ放射能だらけの雪に埋もれたところでこの世界には何の変わりもないのはわかりきっているけれど、やはり気持ちのいいものじゃないね」

話しているうちにバードは、どことなく楽しそうな表情になっている。ちょっとした刺激を味わっているのだろう。この世界にいる限り、大きな悲劇はない。それはつまり、私たちの足元を揺るがすような刺激がないということだ。それこそが調和というものだし、それに退屈して無用な事件を欲するほどこの世界の住人は単純ではない。だがそれでも、たまには小さな刺激に感情のどこかをくすぐられてみたいと思うことはある。

私はバードの話に、一応驚いて見せた。バードを満足させるためにだ。「たいへんだわ、心配ね」私がそう言うとバードは「だいじょうぶ、何の問題もないさ」と満面の笑みを浮かべてウインクした。

本当は私は驚いてはいなかった。それはこのニュースに刺激を感じなかったからではない。ニュースがコロニー内に公に流れる前に、私がすでにそれを知っていたから、ただそれだけのことだ。

メールで私はそれを知った。「外部」とのメールの交換は禁じられている。それができないようブロック・システムも構築されていたが、そもそも「外部」とメールのやり取りをしようなどと考えるものがいないから、このシステムに進化もなかった。シャカがそのシステムに抜け道を構築したのは10日前のことだ。

3日前に私が受け取ったメールにはこうあった。

――核爆弾テロの予告があった。残念ながら、信憑性が高い。インド北西部のチベットとの国境線上を、400㎞にわたり18発の核爆弾をすでに配置したという。1爆弾あたりの核出力は300kt。合計でヒロシマの四百倍相当の核爆発が、近日中に起こりうる。私はダライ・ラマ16世という賢者に会うためにダラムシャーラーという都市に来ていて、ここも危険があるかもしれない。なのでこれからここを出て、パキスタンを突っ切り、アフガニスタンに向かうつもり。気候の関係で西に向かったほうが安全だといわれているから。……こんな場所で予告までして核爆弾テロを行う目的について、犯行グループは声明を出している。「この攻撃はあのエベレストの山頂に立つ悪の中心、すなわちエベレスト・コロニーを滅ぼすためのものだ」つまり彼らは、死の灰が風に運ばれてエベレスト・コロニーを取り巻いてくれることを狙っているわけ。そのためにこちらの世界の数百万人が死に、数千万の生活が破壊されようが、彼らは気にしない。まったくばかげてる。いつまでこうして自殺行為を繰り返すのか！　今回の「攻撃」も、たぶんコロニーにはなんの影響も与えないのでしょう。……私はあなたのことなど心配しない。私が気がかりなのはあなたのコロニーではなく、私たちがいるこの世界なのだから。ただ、あなたが私を心配するといけないのでこのメールを書いています。今晩からしば

らく、私の連絡は途絶えるでしょう。しかしまだ私は死にません——

調整室でバードが合図を送り、私はピアノの演奏を始める。ヘッドフォンからは、予めコンピューターに打ち込まれたオーケストラの音と、今私が弾いているピアノの音とが、絶妙なバランスで交じり合い聞こえてくる。私の指は滑らかに動き、乾いた響きで冷たい旋律を描き出す。彼女は大丈夫だろうか、私は頭の片隅でそのことを思う。私のことなど「心配しない」と切り捨てながら、それでも生来の誠実さを隠し切れない彼女。無事アフガニスタンまで進むことができたのだろうか？私もそんなことを心配する必要はない、彼女が自分で「まだ死なない」というのだから、生きているに決まっている。

＊

道からあふれ出た車の列は、もはや渋滞という態をとっくに超え、さながらタイヤのついた住宅街という様相を示している。

カブールの東20キロ。シンとその仲間を乗せた車隊も、この地点で立ち往生することを余儀なくされた。

ここまでやってくれば、もはや核爆発の影響もないはずだ。その安堵感が、先を急ぐ気持ちを萎えさせ、ここを即席の車の町に変えた。

シンはRVワゴン車のなかで眠りにつこうとしていたが、なかなかできなかった。みぞおちの辺りが痛んだ。ダライ・ラマ16世は後ろの車で寝ている。JNの女性クルーのふたりもとうに眠りについている。彼女たちは交代で運転を続けてきたから、疲れ果てていた。ずっと後部座席にいたシンは彼女たちに比べれば身体的疲労はまだ少ないはずなのに、心臓が悲鳴を上げている。シンは今年で55歳になる。世界中を飛び回るなかで、シンは自分より年上のものと出会う機会がめっきり少なくなったと感じていた。ダライ・ラマも年下だ。もし人口の年齢別比率を知ることができるなら、たぶんシンは死にぞこないのうちに入るだろう。そんな統計など、とうに行われなくなっていたが。

シンは車の外に出て扉にもたれ、そしてタバコを取り出して火をつけた。アフガニスタンの空気は冷たくてまだ清浄だ。満天に星が輝いている。あの光たちが宇宙を旅している時間に比べれば、この地球で人類が経験した歴史などシンフォニーの1小節にも満たない。そう思うと、シンの胸の痛みは少しだけ和らいだ。

「眠れないんですか？」気がつくと車の窓からクルーのひとり、イーが顔を出している。イーの本名はエリザベスだが、エリザベスなんて今どき馬鹿げた名前だからEと呼んでくれと自ら言い、皆はそれに従っている。「もしよかったら、軽めの睡眠薬がありますよ」

「いいえ、ありがとう。あなたたちに運転をしてもらっているせいで、私は疲れていないから眠れないだけ」

「あなたが疲れているのは知っています」イーの肌は土煙のせいで浅黒く汚れ、夜の闇に溶けるようだ。「あなたに期待をかけているひとが多すぎるから。でも、私も期待してしまう。ダライ・ラマ16世が言っていたように、NPOネットワークを世界連邦政府組織にまで鍛え上げるには、あなたが指導者になるほかない……」

イーは車のドアを開け、イスに座ったまま足だけ外に投げ出した。肩から毛布を羽織っている。

「ときどき、単純なことが不思議になりますよ」

イーは言った。

「いったい、この世界の何が間違っているのか。あなたといいダライ・ラマ16世といい、優れた知性の持ち主はこの世界にもいる。天才的な科学者だって。もしそれが1万人にひとりの割合だとしても、20万の優れた知性がある計算になる。それなのに、あの1万人のコロニーに比して、劣化する一方。結局はこの世界には欠陥があるとしか……」

「欠陥はある」シンはイーを制するようにして言った。「でも、それは『間違い』ではないはず。間違っているのは、あの『世界』でしょう?」

イーはシンの言葉を吟味するように深呼吸する。シンはイーのそんな姿が好きだった。どんな問題でも、必ず直ちに自らのなかで十分に咀嚼し、その様子を隠そうとしない。

イーが再び口を開く。

「あの『世界』の住人から受け取ったというメールは、正真正銘の本物なんですか?」

「そう思っている。キンという名の若い女性からで、彼女の話だとサンディとシャカというふたりが彼女に同調しているという」

「キン……あなたと似た名前ですね、シン。なにか関係は?」

「まさか。サンディとキンというのはきっとひと連なりの名前をふたつに分けたもので、その語源はアラカン王国モスリム指導者Sandikhinなんでしょう。私のほうはというと、シンは日本語で心、つまりマインドという意味」

「そうなんですか……私には日本語は少ししかわかりませんが、あなたの叔母に当たる女性のユイという名と合わせるとまた、意味深長ですね。ユイシンなら、唯心、つまりオンリー・マインドでしょう?……すみません、つまらない話をしました」

シンは首をすくめ、話題を変えた。

「チェリンの働きぶりはどう？」車のなかで眠っている、もうひとりのクルーのことだ。彼女は半年前にクルーに加わった新人だが、歳はもう43。それでも、朝鮮語のネイティヴで英語にも不自由はなく、意欲は人の倍は持ち、さらに当時娼婦に身をやつしていたという状況をシンが救いたかったということもあって、採用した。

「よく働いています、本当に」イーが答える。「でも、コロニーへの憎悪がむき出しになりすぎる時があって、それがちょっと心配。まぁ、私だって似たようなものですが」

「チェリンは何年か前にひとり娘をなくしているらしいから……この話、たしかもう知っていたわよね？」

ええ、とイーは頷く。

「まだローティーンだった娘が、スーパーで万引きの疑いをかけられ、店の裏側に連れて行かれて右腕を切り落とされた。そしてその数日後に自殺した。盗んだとされたのはチョコレート。チョコレートは高額なものだけれど、コロニーができる前はどんな子どもでも食べられたという話を聞いたことがあります」

イーの実体験には、チョコレートが希少品になった以降の時代しかない。

イーはそれで少しだまり、シンはタバコを道に捨ててもみ消した。このところわざとやる、20世紀スタイルだ。

しばらくして、再びイーが口を開く。

「ところでキンという女性は、母親から、あなたが書いた記事を読めと、そう言われたのでしたよね？　でもそれで、自分たちの罪を認めるでしょうか？　そこまでキンというひとを信用してもいいと？」

「コロニーの住人を信用するなんて馬鹿げているのかもしれない。私もチェリンに負けず、あのコロニーを憎んでいる。でも、期待をしてしまう。少なくともキンが、あの『世界』の裏側の歴史を、猛勉強しているのは確か。私がこれまで書いてきた膨大な量の記事やその背景資料もすでに全て読んで、そして一言一句違わず記憶している。あの能力には驚かされた。だけど、それが何を意図してのことなのかは、まだ慎重に見極めなければならないでしょうね。彼女もまた、アリエクスがこれから言葉を継いだ。

……」そこでシンは少しのあいだ言いよどみ、それから言葉を継いだ。「……アリエクスが自らの『世界』に引き抜いた人間の子孫なのだから」

「そうですね」イーが相槌を打つ。

シンは黙り込んだ。アフガンの平原を駆け抜ける冷たい夜風がふたりの髪をなびかせる。

＊

歴史の罪、世界の罰。

私は今、それを学んでいる。

かつての世界が衰弱と荒廃の泥沼に沈み、この世界がその反作用のようにして浮かび上がるまでの経緯。シーターはそれを「罪と罰のシナリオ」と呼んだ。

アリエクスがその頭のなかに書いた「罪と罰のシナリオ」、それは緻密な分析と壮大な展開を持っていた。マルクスが書いた『資本論』にゲーテの『ファウスト』を重ね合わせたような。マルクスは富の蓄積から人間の歴史を説き始め、その偏在が革命を引き起こすまでを、膨大な資料とともに説いた。労働価値の行方を誰が握るかが権力闘争の焦点となる。ロシア革命はこの論理に基づいて歴史を実際に動かした。20世紀後半になって共産主義国家は解体するか変質するかしたが、アリエクスはこの成功と失敗からふたつの考察を得た。現代では、労働価値に優先して情報価値が存在し、そのオペレーションこそが実質的な権力となること。もうひとつ。情報は人間が生み出すが、その意味は自己増殖し、それ自体が人間の行動を規定する側に立つ。アリエクスの思考はそこで一度転回した。情報をコントロールしようとして成功した政治家は、実はいない。情報を意図の下に置こうとしてはならない、その逆に、鞭を入れて暴走させるのだ。暴走する牛にまたがるようにして情報に乗り疾走することが、真の権力を生む。

原理は単純だ。情報の需要が供給を上回る時代は近世まで続いた。そこでは宗教が主たる情報で、科学的情報は乏しく、そのためにひとは蒙昧の悲劇を味わった。近代化とともに、供給が需要をわずかにリードする時代が始まる。進歩が無邪気に信じられた時代。そして超情報化社会がやってきた。通信技術が突出して進化し続ける社会では、情報の選択はもはやその必要性とは無関係になっていく。すると情報の価値は、真偽ではなく強度が決めることになる。そしてその強度は、ほぼ常に悲観あるいは悪意が支える。「真実」への需要に対し「悪意」の供給が圧倒的過剰になるようにしさえすれば、行く末は見える。

The Event の前後の状況が、まさにそれだった。巨大な隕石 Marga Tarma が地球に近づいていた時、アメリカ政府はその情報を小出しにした。だからその後大量に流れ始めた噂の類は容易にひとびとの心を捉えることができた。The Event 直後は、ショックの反動でひとびとの関心はまた薄れた。恐怖から目をそむけたのだ。薄っぺらな日常がわざとらしく回復した。そこにまた、未確定な情報が大量に流された。The Event はまた起こる、というような。ひとは再び情報の奴隷になった。

そんななかで、ある種の情報に鞭を入れるのはあまりに容易だ。アリエクスはそうした。

「シーターはアリエクスの意図をどこで知ったのかしら？　それを真実だと信じたのはなぜ？」

私が最初にこの話をしたとき、サンディは訝しんだ。当然だろう。私もシーターにその疑問をぶつけた。シーターは答えた。

——アリエクスが私に話したからよ。

それを聞いた時の私の混乱といったらなかった。このシーターという女性は狂っている！

——アリエクスが？　私は食い下がった。——いったいなぜ、あなただけに真実を打ち明けた？でまかせだわ、あなたは尊敬すべき音楽家だけど、でも、でも……

——キン、あなたも音楽家だから、マーヤ・デイの名を知っているでしょう？

話題を急に変えられて、私は面くらい、黙った。そして小さくうなずいた。シーターは私の目を見つめている。言葉を待っているようだ。私は言った、マーヤ・デイはすばらしい音楽家だわ。シーターはなおも私の目を見続ける。私は言葉を継いだ、彼女の音楽は奇跡のように澄んでいる、あの穢れた「外部」で生み出された音とは思えないくらいに……。そこまで聞くと、シーターは突然ポケットに手を入れ、一枚の紙片を取り出した。写真だった。シーターはそれを私に見せた。黒い髪、青い瞳の美しい少女のような女性が写っている。

——これは……シーター、あなたの……？

——私じゃない。シーターは微笑んだ。——でも確かに、似ているわね。この女性の名は、マーヤ・デイ。音楽家、21歳でテロに巻き込まれて死んだ女性。そして、アリエクスが生涯でただひとり真実の愛で愛した恋人……。

あの時、私の頭のなかは一瞬にして真っ白になった。母が、アリエクスがかつて愛した恋人に似ている。だが、そのことが真の理由だろうか？　自分でもわからない。ただ、私のあの錯乱が、この写真から始まったのは確かだった。

＊

「そんな偶然がある？」

あの錯乱から回復し、シーターとの会話を反復し始めたとき、サンディは疑問をさしはさんだ。

「アリエクスがかつて愛した恋人にうりふたつの女性が、この世界にあとから生まれてくるなんて？　ひょっとして私たちの母シーターは、マーヤ・デイと……」

「血のつながり？　それは絶対にないと、シーターは否定していた」私はサンディに答えた。「ただ、確かに偶然とばかりはいえないかもしれないと、シーターはそのあたりの事情をこう説明してくれた」

――私の母、つまりあなたの祖母に当たるジェス・ピアソンという女性は、インド人で黒い髪に青い瞳、そして神秘的な美しさがあった。その夫となったのがマルセロ・カテナというスペイン系アルゼンチン人。このふたりの「外部」からの入植者が掛けあわされて私は生まれた。ひょっとして、マーヤ・デイの面影を持った人間が入植者として意図的に選ばれたのかもしれない。

――「ひょっとして」って……？　あなたはそれをアリエクスに確かめなかったの？

シーターは首を横に振り、続けて言った。

――でも、わかっている。アリエクスがこの世界の創出を思いついたのは、The Event の時じゃない。公式の歴史には、そう書かれているけれど、違う。外部のひとたちは、すでにそれを知っている。シンというジャーナリストが、それを報じたから。出発点は、歪な世界への、さらに歪な憎悪だった。その憎悪は、マーヤ・デイの死がもたらしたものだった。そして完全な世界を創出するアイデアは、歪な憎悪の次に出てきたもの。

――アリエクスが求めたのはこの完璧な世界でしょう?

あのとき私は納得できずに、さらにシーターへの質問を重ねた。

――仮にあなたのいう「罪と罰のシナリオ」がアリエクスの頭のなかに存在し、外部の衰退がそのシナリオによってもたらされたのだとしても、それは人類全体の理想を実現するため、やむをえなかった。

違う、とシーターは即座に言った。表情は変わらず柔和だが、私の目をまっすぐに見つめて離さない。

シーターは言った。

――「目的」とは、「動機」こそがもたらすもの。「動機」はかつての世界への憎悪。ならば「目的」は、かつての世界の滅亡になる……

嘘だ。私はわめいた。ありったけの大声で。私がパラシュートをつけて飛び回り鳥の自由を感じていたアウラは、数十億の人間を絶望へと追いやる目的でつくられたなんて! そんなことは嘘だ、私の母は気が狂っている。

私はこの後の数十分の記憶がない。気がつくとシーターの姿はもうなかった。手のひらに、いくつかのＷＥＢのＵＲＬが記された紙片がねじこまれているの見つけた。そのひとつが、The JNだったのだ。

＊

「この『ゲーム屋』は何を売っているところ?」

ＷＥＢ画面の「ゲーム屋ＡＲＣ」のサイトを見ながら、サンディが訊いた。

シーターに教えられたＷＥＢから、私たちはさまざまなリンク先をすでにまわっていた。そこから「ゲーム屋」に辿り着いたのは、カブールに着いたシンと連絡が再開したその日のことだった。シャカがすぐにこのサイトの解析を始める。

「『起爆装置のつくりかた』を売っている」シャカが答える。「核弾頭の。この画面だけを見てもわからないけれど」シャカはキーボードを操作する。「こうしてコンピューター言語の文書としてみると暗号が浮かび上がる。これを、さっき侵入した別のＷＥＢの文書と照らし合わせてみると、理解できるようになっている」

シャカが言うと、サンディはため息をついた。シャカは説明を続けた。

「どれも古いサイトのようだから今でも有効なのかどうかはわからないけれど、2、30年前まではきっとこれらを参考に多くのひとびとを……時には自分やその家族を殺したに違いないよ。たとえばこんなサイトもあった」

シャカは「電気屋」のＷＥＢ上にあるリンクボタンをクリックした。ページがジャンプする。画面に美しい少女の顔が浮かび上がる。少女は眠っているようだった。「心誘うケーキ社」というサイトの名前が表示される。

「この『ケーキ屋』は今は存在しない。アーカイブ・サイトに保存されていた。ここでは自殺あるいは心中をするためのケーキを販売していた。このサイトがいつどういう理由で核弾頭の起爆装置の情報ページとリンクしたのかまではわからないけれど、古めかしいセキュリティを使っている点で他のＷＥＢと共通している」

「そしてそのセキュリティは、21世紀初頭にあった『パーフェクト・ワールド社』が開発したものに酷似している」私は口を挟んだ。「アリエクスが率いた会社が開発したものと」

「その通り」シャカは言った。「いまやすべてが明らかだ。……ただ、どうしてもセキュリティを突破できないところが一箇所だけあるんだ。システムが最近更新されたらしい。つまり今もアクティヴなサイトが、この先にあるようなんだけれど、このコンピューターじゃ、セキュリティ・コードを解析するのは無理だ」

「気になるわね」サンディが言った。「アクティヴだということは、今まさにそこで何かが売られているか、あるいは情報が流されているかの可能性が強いということでしょう。シャカ、何とかそれを突き止められない？」

　シャカは腕組みをした。

「そうだね……おそらく、サーティFのかなり下の階、WR（二重制限）セクションあたりのコンピューターを使わない限り無理だろう」

「アクセス・コードが要るわね……手に入る？」

　サンディがたたみかける。

「無理だよ」シャカは苦笑した。「あそこは管理職以外はまず入れない。方法を考えないと……」

「アブラハムに頼みましょう」私は言った。「嘘の理由などではなく、本当のことを知らせて」

　サンディもシャカも目を丸くしている。

*

「このふたつのグラスのうちひとつは」

　サンディがアブラハムの目の前に、ふたつのグラスを置いた。

　シャカがアブラハムから見て右側のグラスを指差しながら、口火を切る。

「この世界で普通に飲まれている飲料水です。これを分析すると、少量のローハミンが含まれていることがわかります。ローハミンは精神安定剤の一種ですが、幸福感を抱かせる作用もあります」

　サンディが後を継ぐ。

「左にあるのが、それを蒸留した純度の高い水です。アブラハム、あなたはこの世界の標準的な飲料がそうした薬物が含有していることを、知っていましたか？」

「いや。しかしそれがなんだ？　日々を落ち着いて、心穏やかに過ごせるように、飲料水の組成が設計されているのなら、それは結構なことじゃないか？」

「ひとつひとつの事を単独に聞くと、そう思えるでしょう」シャカがアブラハムに劣らぬ落ち着いた口調で言う。「しかしそれらをすべて組み合わせて考えると、きっと違う感想を持つでしょう。たとえばこの水ですが、今の僕はこう断言できます。これは我々の思考をゆがめ真の感受性を奪うために合成された水だと」

　アブラハムは髭をさすり、それからゆっくりと私たち3人の顔を見回した。そして微笑むと、

「私はこの世界にひとつだけ欠点があると思っていた。それはこの世界があまりにうまくできすぎていて、若者たちが満足しきっているということだ。その点、きみたちのように、何かに疑問を持ち、それをこの世界の更なる充実に向けての力にしていこうというのは……」

「くそったれ（asshole）」私は言った。

「今なんと？」とアブラハム。

「くそったれ、と言ったんです。『外部』でよく使われる言葉ですが、意味を説明しましょうか？」

「いや、意味はわかる。だがなぜ私が、くそった

れ、なんだね?」

「私たちは……少なくとも私は、この世界の充実を望む健全な若者なんかではない」

アブラハムの顔に初めて疑念が浮かび、わずかに歪んだ。

「アブラハム、あなたには私の意見が正しいのかそうでないのか、科学者の目で検証してもらいたい。もし私の言うことが間違っていて、危険思想の持ち主だと判断するなら、そのときは躊躇なく告発してくれたらいい」

アブラハムはこれまで見せたこともないような険しい表情で私を見た。私はアブラハムの目を見返した。私には恐れるものはない。この世界への信頼を失った時から、もう私自身がどうなろうとかまわないと思っていた。生命の存在は、つねに世界とともにある。世界にひびが入れば、そこに生きる人間もまた壊れはじめる。そしてだからこそ、私はまだ壊れるわけにはいかない。

「『告発』という言葉も……」アブラハムがようやく口を開く。「『くそったれ』という言葉同様、この世界では聞き慣れぬものだね。だから私はそれをどうやって行うべきかも知らない。必要なら仕方を学ばなければならないだろう。だが今はそのときではないようだ」

アブラハムは目の前に置かれたふたつのグラスを、注意深く見比べた。それから左側のグラスを手に取り、ゆっくりと飲んだ。

「ありがとう」私は言った。

＊

「あの『電気屋』から入ろうとしてアクセス拒否されたWEBのことだけど」

シャカが言う。

「アブラハムがセキュリティを突破した」

「何かあった？」サンディが訊く。

「『薬屋』だったそうだよ。さまざまな薬の調合のしかたや、原薬の手に入れ方が記されていたそうだ。ただこれも表向きのもので、『薬屋』の真の商品は、どうやら別の『生物薬品』らしい。それがどのようなものか、アブラハムは解析を始めている。きみたちには、その解析が済んでから報告しようとも思ったけれど、一応伝えておく」

私の体が、電気が走ったようにこわばった。

サンディがシャカを向く。「生物薬品、っていったい何のこと？　漢方薬ということもないでしょうに……」

「のんきなことをいわないで！」私は飛びはねるように立ち上がった。サンディとシャカが目を丸くして私を見ている。私は叫んだ。

「それは生物化学兵器、『外部』に最終段階を迎えさせるための！」

落ち着きなさい、とシャカが言う。「まだわからないじゃないか、今は解析を待って……」

「わかっている！」私の声はまた大きくなる。「強力な生物化学兵器の製造の噂を、シンというジャーナリストが今追いかけているんだから！」

落ち着いて、と今度はサンディが言った。「冷静に考えて、『外部』にそんな兵器を開発し、製造する能力が残っている？　だいたい、今さら最終兵器をつくる必要なんて……」

確かに「外部」にはその能力も必要もない。シャカがサンディの言葉をさえぎって呟いた。顔つきがにわかに険しくなっている。

「『外部』にそんな能力は残っていないだろう。ただし、この世界にはある」シャカの説明は、こうだ。——「薬屋」が流しているのは、この世界の研究結果かもしれない。「外部」の愚か者でも、その情報があれば生物兵器はつくれるだろう。さらには「薬屋」に入るための複合関数コードも、同時にどこかに流されているはずだ。

しかし彼らは自らの憎悪に踊らされているだけで、その真の必要性を知らない。

必要を感じているのはこの世界だ。『外部』が存続する限り、このあいだの核爆発テロのようなことが起こりうる。この世界に影響を与える確率はきわめて低いが、絶対ゼロとは言い切れない。この世界が、そう判断したに違いない。それで『外部』に最終段階を迎えさせる決断をしたのだろう――

「決断って……コンピューターが?」サンディが訊いた。

シャカはうなずいた。

2

――あなたのいる世界をつくった科学者たちの優秀さにはまったく反吐が出る。その兵器をつくるために必要な素材はHIVウイルス。そんなものはこの世界……あなた方がいう「外部」にはありふれている。そして「薬屋」の「処方箋」に従ってこの遺伝子を一部組み替えれば、これまでに見たこともないウイルスが出来上がる。この変種HIVウイルスは飛沫感染し、しかしすぐには発症しないから発覚は遅れ、結果猛スピードで広まる。感染者は半年から一年以内に発症し、皮膚の免疫が極端に低下する。そこに紫外線が作用すると、80%を超える確率で

皮膚癌か肉腫に罹患し、死亡する。こちらの空には大きなオゾンホールが開いているのだから、もう……どうにもならないわね――

背中で音がしたような気がして、私は慌てて振り向いた。身体でモニターを隠すようにして。誰もいない。モニターにむけて座りなおした。

――キン、あなたにはこの情報をいち早く教えてもらったことを感謝している。しかし本当にありがとうを言えるのはまだ先のこと。その前に、あなたには、急いでしてもらわなければならないことがある。

この変種HIVに有効なワクチンのデータを至急送ってもらいたい。こちらに残る頭脳が、基礎データ無しでワクチンをつくり出すには、早くとも一年はかかる。それではまったくの手遅れ。そちらの頭脳を使って数日以内に、ワクチンのつくりかたを教えて!

私はあなたを信じます。他にできることは、もうないから――

私はコンピューターの画面を見つめた。私のなすべきことは急激に重くなっている。私に出来るのだろうか? 思い悩んでいる暇はない。とにかく、やらないと……

ふと背後に気配を感じ、あわてて振り向いた。ふたりの少女がたっていた。クーとソウ。この家族の双子。クーが言った。「読んじゃった、ごめんなさい」ソウが続けた。「でも、キンがあまりに夢中だったから……」クーとソウはそう言って顔を見合わせ、それからいたずらっぽくちょっと笑った。

*

「話を聞かせてもらおう」

軍人のマハトマが、35人の顔を見回してから私の目に照準を合わせる。

家族が一堂に会することができるダイニング・ホールだが、実際に全員が顔をそろえることは珍しい。

「ごめんなさい、キン」クーが私にそっと言った。

「こんなことになるとは思わなかったから、マハトマに言ってしまったの」ソウがクーの後を続ける。

「まったくマハトマは大げさだからな」若い軍人のシューが、場に似合わない明るい声を出した。

「そっと注意すればそれで済むことなのに」

「シュー、きみは自分の言っていることが……」

マハトマの野太い声がダイニング・ホールを制する。私はあわててそれを遮った。

「マハトマ、聞いてもらうわ。いずれ皆に知らせなければならないと思っていたことだから。ただし、ひとつ約束をしてほしい。ここにいる皆、全員に」

「言ってみたまえ」

「あなたが……あるいはここにいる誰かが、私の主張は間違っていると判断し、告発なり逮捕なりの措置をすべきだと考える場合でも、それを10日ほど……いやせめて5日、待ってほしい」

「なぜ?」

「理由は、あるひとの信頼にこたえるため。それは『外部』の人間の命を救うことに繋がるけど、『外部』がどうなろうとこの世界には何の影響も与えないでしょう?」

マハトマはゆっくりと、私の意見を吟味するようにうなずいた。

私は話をした。シーターから聞いた歴史、シンが教えてくれた真実についての話だ。

皆は幼少時からのスクール・プログラムで、外部の衰亡とこの世界の成立の歴史を詳細に学んでいる。その歴史に嘘はない。ただ、一面だけを述べている。歴史というのは、いつだってそういうものだが。

それは私が語る裏面の歴史と矛盾しない。むしろ裏面史と合わさることによってより輪郭をはっきりさせる。だからだろう、誰も特に反論することなく、私の話を聞き続けた。深夜になっても話し続け、やがて朝方近くになった。

「私が最初にお願いした約束の意味が、これでわかったでしょう」私は35人の顔をゆっくりと見回しながらいった。「私は『薬屋』からの『死の情報』の流出を完全に止めたい。と同時に、変種HIVに効くワクチンの情報をシンという女性に知らせたい」

「滅亡もやむをえないと、言うことはできないか?」夜を徹した疲れを浮かべてペルベスが言う。60歳、この家族の最年長。「愚か者どうしが勝手に殺しあうのだろう?」

「勝手に、じゃない」サンディが叫んだ。「シナリオを書いたのはアリエクス、つまりはこの世界そのもの。『外部』のひとたちを愚か者扱いするのは勝手だけど、登場人物の動きに脚本家は責任を持つべきだわ」

「外部の者たちが生き延びることは、本当にこの世界に悪影響を及ぼさないのか?」デモクリト、29歳男性、科学者。「つまり、良し悪しの評価は別として、シナリオは必要だからこそ存在しているのじゃないのかな?『外部』の存続をここで助ければ、シナリオは狂う。するとやがて本当にこの世界を滅ぼしかねないテロでも起こるかもしれない」

「デモクリト、あなた自分が言っていることの矛盾に気がついているわよね」またしてもサンディが反論する。「系として完全に閉じ、外部に一切の影響を受けることがない世界をつくる。それがそもそもの、このシナリオの書き出しでしょう？それならばなぜ……」

「わかったよ」デモクリトは頭をかいた。「矛盾した論理を撤回する」

「私はキンの気持ちがわかるような気がする」プリマ、36歳女性、職業は「恋人」。この世界では少数派のブロンドの髪。

「私も」プリマの双子の姉妹、ヴェーラが言う。見た目にそっくりだけれど、ちょっと目つきが厳しい。食料学者で教師。「ただ、『シナリオを書いたこの世界には「外部」に対する責任がある』というのは、倫理の問題でしょう？　倫理を除外すれば、私たちが外部の滅亡を阻止しなければならない合理的な理由はあるの？」

皆が私を注視している。アブラハムもマハトマも、シャカでさえも。

私は立ち上がった。

「いいえ。倫理以外の理由は、ありません。ただ、さっき私が話した、この世界の成立史をもう一度考えてみて。アリエクスがなぜこの世界をつくろうとしたのか。それはかつての世界で、倫理が失われたから。その回復が絶望的だと思われたからです。そしてこの世界に、完璧な倫理を求めたからです。そうでしょう？」

皆は再び押し黙った。庭に面した窓から朝日――それはむろんコントロールされたファイバー・ライトだが――が差し込んでくる。シューが立ち上がり、窓を小さく開けた。鳥のさえずりが聞こえてくる。

「キンは正しいよ」デモクリトが呟いた。「論理的に正しい。ゆえに僕は支持する」

＊

私は家族全員に、長い話を聞いてくれてありがとう、今日は皆疲れただろうし、ベッドのなかでよく考えてもらって、もし私と一緒に動いてくれる意思が生じたなら、明日のランチをこのダイニング・ホールで一緒に取ろう、と提案した。皆はそれを了承し、寝室へと帰っていった。

私もすぐにベッドに入った。私の右側にシャカが、左側にサンディが、横たわる。少しでも眠りたい。しかし危惧があった。

この世界の政府評議会は、11人のメンバーからなる。メンバーのひとりが〈完了〉を迎える時は、その評議員が誰か他のものをメンバーに指名する。新メンバーには改めてコロニー運営について教育が行われ、その後サーティFのすべてのコンピュータへのアクセスが許可される。

つまりは、評議員は私たちが突き止めた事実を、とうに知っているに違いないのだ。政府評議会は、普段その存在を誰も意識しないくらいに何もしていない。それがなぜだったのかも今ではよくわかる。アリエクスが書いたシナリオを実行しているのは、それをプログラムされたコンピューターであり、評議会はその忠実な防人に過ぎないのだろう。

さらに大きな問題がひとつある。それは、評議員本人を除けば、この世界の誰も評議員が誰であるかを知らない、ということだ。

つまり評議員は、完全匿名制になっている。評議員は緊急の必要がない限り、自分がそうであると名乗ってはいけない規則だ。だからひょっとしたら、ごく身近に評議員はいるのかもしれない。自分の家族内にいる確率は小さいが、いないとも限らない。

この匿名性は、いつもは誰も気にしないが、こうなってみるとうまい仕組みだと思う。ルール違反の協力を誰かに求めることが、常に危険を伴うものになるからだ。あの場で隠れた評議員が、突如「おまえたちを拘束する」と立ち上がっていた可能性だってあった。

「今日はデモクリトに救われた」私の右側でシャカが独り言のように呟く。「キンの意見を正しいと言ってくれた。あれは、見かけほど単純な問題ではなかったのに」

「そうね」と私の左側で、背を向けたままのサンディが応じる。「私もそう思った」

　ふたりの言わんとすることはわかっている。アリエクスが求めた倫理とは、この閉じた世界内のことであって、外部のことにかかわりがない。

　倫理はまず系の内部において成立する。それが別の系に接するとき、元の系の倫理が批判をうけることがある。しかしその批判に根拠はあるといえるだろうか。たとえばイスラム教社会は西欧キリスト教社会から、長い間「倫理的な批判」に晒された。「イスラムには人権の理念がない」という批判だ。だがイスラムに倫理がなかったかといえばそんなはずはなく、西欧よりよほど厳しい「倫理」に従ってひとは生きていた。西欧はイスラムにはない外部の倫理を持ち出してイスラムを攻撃していただけではないのか。そのような逆批判が成立しうる。

　倫理とはある系の内部でのみ成立するものなのか、それとも普遍的になりうるものなのか。もし普遍的なものだとするなら、その普遍性を保証するものは何か。

「私はデカルトのことを思い出したわ」サンディが言う。「『われ思うゆえにわれあり』理性で思惟することによって自分の存在を確証しようとするデカルトが、理性の存在を保証するために結局のところ神を引きずり出さざるをえなかった。真理を真理たらしめるものは外部にしか存在しない。デカルトの論理はそこに行きついたわけだけれど、私たちが今日提示した問題も、それに近い」

「そういうことだね」シャカが言う。「その意味では、確かにこの世界の系には穴が開いていた。僕たちは今、その穴から外部を感じ、『外部』の視点を措定することで、普遍的な真理を味方につけようとしている。だがもしこの穴が広がって、『外部』とこの世界が繋がり、ついには『外部』が『外』でなくなってしまったらどうなるのか。真理の保証はもう一度原点に戻り、論理的な批判はいったん無効になる。要するに、最初からやり直しだ」

「ところが、『外部』が滅びることも論理的に厄介な事態を生むのね」私の左側の声。「そもそも、この世界は、かつての世界への批判として成立した。批判する対象を『外部』に追いやることで、論理的に正しく存在する。その『外部』が消滅すればどうなるのか。この世界の住人がただ言い立てるだけなら、『私は正しいから正しい』と主張するようなもの。この世界の正しさは、論理的にはどこにもなくなるわね」

「しかし奇妙なことに、この世界は最初からそれを目指していたともいえる」私の右側の声。「つまり、火星に行くわけだからね。内部の正しさを保証する外部のない場所、そこへ行こうとして始まったのがこの世界だ。……デモクリトのことだから、僕らが今話しているようなことは、すべて一瞬に考えつくしたに違いない」シャカが寝返りをうつ。「その上で、『キンは論理的に正しい』と言ったんだ。彼がどうやってその結論に辿り着いたのか、僕はもう一度彼に聞いてみたいよ」

「デモクリトが明日のランチ時間にダイニング・ホールに来ればいいわね」サンディも毛布の下の

体を動かす。「なんにせよ、明日からまたたいへんだわ。……おやすみ」

「おやすみ」シャカが言った。

「おやすみ」私も言った。

＊

政府が突如として、火星移行プログラムの実行行程を発表した。

その準備行程として、今日、有人火星探査船「ホメロス」をゴッド・リングから火星に向けて発射する、とも。全体行程はいまだ具体的な日程からは遠い代物だったが、それでも、コロニー内の空気を祝祭的なものに変えるのには十分だった。

――私たちの行動を助け協力してくれる意思があるひとはランチタイムにダイニング・ホールへ――。私が明け方にそう伝えた時、家族の反応はよかった。何度もうなずいてくれるものがいた。だから私は期待していた。だがこの発表で、家族の考えも変わるだろう。

私たちは一言も口をきかなかった。ダイニング・ホールには誰もいないかもしれない。サンディもシャカもそう考えている。重たい気持ちを抱えたまま私たちはダイニング・ホールの扉を開けた。

シュー、アブラハム、デモクリト、そしてマハトマの4人。少しほっとする。そしてそれ以上に、マハトマが待っていたことに驚いた。

「サンディ、私がここにいることがそんなに不思議かね」

「いえ、いえ、ただ……」

マハトマをまじまじと見つめていたサンディがあわてる。

「あなたは軍人だし、ゆうべもあれだけ強くルール違反に反対していたのに。それに私はひょっとしたらあなたは……」

「『政府評議員のひとりだと思っていた』か？　違う。名乗ること同様否定することもまたルール違反ではあるが。しかし、われわれの家族に評議員がいるのは、たぶん間違いない。だからこそ1時間前の、火星移行実行行程の発表だと、私は見ている」

「ありがとう、マハトマ」私は言った。「あなたが協力してくれるのは何にも増して心強い。ただ、言っておかなければならないことがひとつある。私は……」

「わかっているよ、キン」私の言葉はマハトマに遮られた。「きみは、『薬屋騒動』を乗り越えたとして、それ以降のことを言いたいのだろう？　だが今はそれを話題に乗せるのはやめよう。どうかね？」

「……同意します」私は言った。

「シューはどうして協力してくれるの？」

「シューはプリマが参加すると踏んでいたのさ」答えたのはデモクリトだった。「恋人の欲しい年頃だ。それはそれで論理的な行動だといえる。ただし、プリマは来なかったがね」皆が笑って、空気が和んだ。

「私の参加理由はいまさら説明するまでもない」アブラハムが言った。「乗りかけた船、ということだ。……ところでキン、きみ自身は気持ちに何の変わりもないかね？　火星移行の行程が発表になった今でも？　火星こそがわれわれの星で、『外部』はすでにそれより遠い場所だと、そう考えることはできないかね？」

「できません」私は答えた。

「よろしい」マハトマが言った。「それではこの7人で行動を始め……」

不意にダイニング・ホールのドアが開いた。7

人の驚いた目に見つめられて、美しい女性たちがそこに立ち尽くしている。

「ごめんなさい、すっかり遅くなって。アウラのなかを飛んでいたら、時間が過ぎるのを忘れてしまった」そう言ったのはプリマだった。ヴェーラが続けた。「そう、一度下のほうに降りたら、アウラがあまりの混みようで上がってくるのにひどく時間がかかったわ」

プリマヴェーラの背後から、そのあいだを通ってふたりの少女が現れる。「私たちも」「遅刻しちゃったけど、仲間には入れてくれるよね？」クーソウ。

「やれやれ」シューが肩をすくめる。「プリマヴェーラはいいとしても、クーソウにできることはないと思うよ。これはゲームじゃないんだから」

「まあいいじゃないか」マハトマがとりなした。「戦争をやろうというわけじゃない。危険はないだろう。どうかな、キン？」

クーソウが私を見つめる。

マハトマがさらに言う。

「キン、きみが決めることだ。この作戦では、きみが司令官なのだから」

私は言った。

「ＯＫ、この11人でやりましょう」

3

——**仲間には軍人もいるのでしょう、誰かを銃で脅してでも調べなさい！**

仲間を集めて調査を始めたことを知らせたときは、シンはとても喜んだ。しかしそれは最初だけで、２日もするといらいらした感じが文体に滲み、さらにもう2日たつと私をののしる言葉さえ混じり始めた。

――クーデターを起こしてでも早く調べなさい、それともその覚悟もないの？　臆病者！

覚悟がないわけではなかった。ただ勝算がない。すでに、変種ＨＩＶウイルスの培養のしかたなどの情報が外部サーバーに新たに流れ出るのは止めた。さらにアブラハムは上海のサーバーを攻撃して、結果「薬屋」は閉じられたから、今後この情報がそこから流通することはない。とはいえ誰かがすでにアーカイブしていたなら、情報の拡散はもう止められない。そしてそうなる可能性は、楽観的な見通しよりもずっと大きい。

さらにはどこかで、すでにウイルスの培養が成功していれば……もう、おしまいだ。

だから、「外部」を破滅の道から救うのは、やはりワクチンの情報を流通させるしかない。それがいまだに、できないでいる。

アブラハムは、ワクチンに関する情報が見当たらないと言った。アブラハムには隠しフォルダなどを引き続き検索するように頼んだ上で、別の方法も考えた。

ウイルスのデータをもとに、最初からワクチンを開発する。この世界の免疫遺伝子工学のエキスパートに、短期間でそれができるか検討させるのだ。

ヴェーラがこの役を引き受けた。知り合いにオズという優秀な学者がいるという。事の成り行きは伏せた上で、資料を整理していたらこんな変わり種のウイルスのデータを見つけたんだけど、と持ちかける。オズならたちまち知的好奇心を刺激されるはず、とヴェーラは言った。

ヴェーラは早速そのアイデアを実行した。

――ただでさえ忙しいのに、と最初オズは少し渋ったのだそうだ。そこでヴェーラは、もう一押しした。――あなたがこれにチャレンジしてもし成功したら、個人的な報償として、プリマを紹介してもいいわよ。私の双子の姉妹を、「恋人」にいかが？　オズはつばをごくりと飲み込み、この仕事を引き受けたという。

プリマと一刻も早く結ばれたいオズはワクチンの開発を急ぐだろう。しかしそれでも、3カ月以内にワクチン設計図が完成する見込みはない、とオズは言った――。

ダイニング・ホールで毎晩行われるようになった「11人ミーティング」で、ヴェーラはそれを皆に報告し、たとえ未完成の研究データでも見つけられないだろうかと言った。

シャカはアブラハムに、データの検索状況をたずねた。アブラハムは、あらゆる場所を探したが、いかなる情報も見当たらない、そもそもワクチンは研究されていなかったのかもしれないと言い出した。これにはデモクリトとシャカが反論した。かつての世界の二流研究者ならともかく、この世界の科学者がそんな中途半端なことをするはずがない。ウイルスとワクチンとはひとつのセットのようなもので、ウイルスを開発していた以上ワクチンの研究もしていたはずだ。仮に完成していなかったとしても、その基礎データがまるでないはずがない。彼らはそう主張したが、アブラハムはあわてるふうもない。検索は今後ももちろん続ける、ただ、今のところ「外部」でウイルス兵器が使われたという形跡もなさそうだし、ひょっとしたら培養情報が利用されなかった可能性もある。「薬屋」を早期発見できたおかげで、ウイルス兵器の製作を未然に防げたのかもしれない、そうだとすればそれこそキンの手柄じゃないか。貫禄のあるアブラハムに落ち着いた声でそう言われると、他のものは黙るしかない。

「11人ミーティング」を終えて私はひとりダイニング・ホールに残った。シンにどのようなメッセージを送ればいいのか。私は頭の内側が白く染まるような感覚に襲われていた。アブラハムが言ったことをそのまま書いてシンが納得するはずがない。私自身もそうだ。近いうちに「外部」で何かが起こる予感がする。

不意にマハトマの声が聞こえた。

「キン、今話しかけるのは迷惑かな?」

マハトマはダイニング・ホールの出入口まで戻ってきていた。

「できればふたりきりで話がしたいんだが」

私は部屋のなかを見回した。

「今もふたりきりだと思うけど?」

「うん……だが、ちょっと外に出ないか? そうだな、たとえばThe Parkとか」

「こんな夜更けに?」私は驚いた。「The Parkで何をするつもり?」

「そうだな……デートということで、いいんじゃないか?」

私は驚き呆れ、思わずサンディとシャカを呼ぼうかと思ったくらいだ。だがマハトマの目を見て気を変えた。

「そうね、デートもいいかもしれません」

＊

The Parkの空はすっかり暗くなり、星が出ていた……それはプラネタリウムが映し出す星の幻影ではあったが。

「歩きながら話そう」マハトマは芝生のなかの道を歩いていく。私はそれに従った。梅の花の香りが、かすかに漂っている。

「それで、マハトマ、お話は何かしら?」私は訊いた。「愛の囁きというのでもなさそうだし？」

「うん……話というのは、アブラハムのことだ。……私は彼が、政府評議員のひとりだと睨んでいる」

私は無言でマハトマの横顔を見上げた。彼は微笑んで私を見た。愛を語らう演技でもしているつもりなのだろう。

「……きみたちが、アブラハムに最初に話をした時の様子を詳しく話してくれないか」

私は話した。マハトマはその話の細部までをゆっくりと吟味するように、何度も何度もうなずいていた。私たちは池の近くまで来ている。

「ちょっと奇妙だな」マハトマは言った。「最後に蒸留水を飲んだ話だ。私がきみたちの話を初めて聞いたあとで何をしたと思う？　アブラハムとはまったく逆のことだ。きみたちのほうが水に何か薬をまぜていたかもしれない。だから私は、家を出てきみたちの手に触れていない水を飲んだ。それで自分の判断が変わるか試した。結果は、何も変わらなかった。この世界の飲料水の『感幸福薬』にはそれほどの即効性はないし、きみたちの水も然り。それで私はきみたちの事を信用した」

「言われて見れば、確かにそういう気も……」

私は立ち止まり、池の水面を見つめた。鯉が泳ぎまわっているらしく、時々唐突に揺れる。

「だけど、違うかもしれない。あなたには確信が？」

「状況証拠と勘とをあわせて、70％くらいの心証だ。だが今は、その証拠を100％集める時ではないだろう？」

「その通り……疑惑が少しでもあるのなら、それに対処しないといけない。シンも……例の、私が連絡を取っている『外部』のジャーナリストも、言っていたわ。『あなたが真実を知らないのなら、真実を知る人間を探し出しなさい。それは必ずいる』と」

「ジャーナリストか……聞いていると、なんだか軍人のような女性だね、そのひとは」

池で鯉が跳ねた。風が吹き、背後で木々が揺れた。マハトマと私は顔を見合わせて微笑んだ。もし誰かが見たら、本当に「恋人」どうしと見紛うかもしれない。

「キン、ひとつ教えてほしいんだが……」マハトマが言った。「きみは今、『外部』を救おうとしている。それは論理的に正しいと私も思うし、倫理の話も……多少飛躍はあるが、納得できた。だが、きみをつき動かしているのは、それらだけではあるまい。では、なんだ？　きみを行動にかりたてているのは？」

私は不意に口ずさんだ。マーヤ・デイのピアノ曲。私の声で再現できるほど、マーヤの曲は簡単ではない。だが私は歌った。32小節ほどを。その間、池の水は氷のように静かになり、風は髪の毛一本も揺らさなかった。広大なThe Parkの空間に、私の震えるハミングが、小さく、しかし草の葉陰まで浸透していく。

「これは、マーヤ・デイというひとの曲。かつての世界が音を立てて崩壊を始める直前に生き、そして死んだ女性。私の母のシーターは、この世界の成り立ちの暗部を私に語った時、この曲をピアノで弾いた。マーヤというひとの音楽はその前にも聞いたことはあるのに、母の演奏を聞いたときに私はその場で命を絶ちたいほどの衝撃を受けた」

「命を絶ちたいほどの？」マハトマが不思議そうな声を出す。

そう。私はあの時知ったのだ。

「命を絶ちたいほどに悲しむこと。それこそが生の本当の感触……」

　マハトマは少しのあいだ黙り、それから口を開いた。

「……私はきみが私たちの家族になる前からずっと、『キンこそがこの世界の精神の体現者だ』と思っていた。きみの音楽を聴いていたからね。その思いは変わらないが、今の話は、よくわからないな。それはやはり芸術家の領分かもしれない」

「それでは、軍人の領分から教えてください。私たちは次に何をしたらいいんだろう？」

「アブラハムのコンピューターを盗み見る。サーティFの核心区域のコンピューターにアクセスしている最中に、だ」

「そんなこと……難しい。いえ、絶対無理」

「簡単さ」マハトマが笑いながら言った。「きみはもう忘れたのか？　私たちがきみたち3人の行動を知るきっかけになった出来事を？」

「……クーソウ？」

「あの可愛らしい兵士たちに、ミッション・インポッシブルを指令したらいい」

　私は無言でうなずいた。また風が吹いた。私は何気なく後ろを振り向いた。風で揺れる枝垂桜のあたりに、黒い影が動いたような気がした。

「どうかしたかね？」

　マハトマも振り返り、それから私の顔を見た。

「何かが動いたような気がしたんだけれど……気のせいね。きっと、びくびくしすぎなんだわ」

「うん……たぶん」そう言いながらマハトマの目つきは獲物を探すかのように鋭くなる。「ここにはゴーストが出ると、もっぱらの噂だからね。ゴーストは、きみのハミングを聞いたかもしれない」

＊

「変種HIVウイルスの感染が、始まった。犯行声明が出た。『外部』のWEBサイトに」

シャカは私にそう告げた。シャワーで温まったはずの体が一瞬のうちに冷え切っていくのを感じる。アブラハムとその様子を見張っているシュー を除く9人が、すぐに私たちの寝室に集まる。そこでシャカが予め開いていたWEBを見た。

犯人グループの名は国際組織「最後の扉」。「人種差別・民族差別の反対を求めて戦う組織」と自らを謳っているが、実体はどうかわからない。

「最後の扉」の声明はこうだ。

――我々は、日本の四国地域において、大量の変種HIVウイルスの散布攻撃に成功した。このウイルスは従来のHIVと違い、空気感染する。潜伏期間は約半年。ワクチンはない。したがって発症率はほぼ100%、紫外線を浴びると黒腫の発生率が跳ね上がる。致死率はかぎりなく100%に近くなろう。最強の兵器を我々は手に入れた。

日本が台湾、フィリピン、インドネシア、そしてグアムとハワイまでをも引き入れて成立を宣言した「西太平洋連邦」には何ら正統性はない。同連邦の政府軍という「一宇軍」は日本のファシストの私兵にすぎない。我々は長く一宇軍を打倒することができず、アジアの民衆は辛酸をなめてきた。だがそれも、我々の攻撃をもって終わるだろう。

一宇軍が完全降伏しなければ、我々は次に、フィリピン、インドネシア、さらにはカンボジアやベトナムでも同様の攻撃を行う。準備はすでにできている――。

私はすぐにシンにメールした。

――いましがた、テロリストの犯行声明を読みました。ワクチンの情報は、きっともう一歩で手に入るところまで来ている。お願い、シン、私を信じてもう少しだけ待って——。

　メッセージを書き送りながら、私は可愛らしいふたりのスパイ作戦がうまく行くという確信も持てずにいた。いつ作戦実行のチャンスが巡ってくるのか。もう、タイム・リミットだ。クーデターを起こすしかないのか、たとえ10人だけの反乱軍になろうとも……でも、それで万にひとつもうまくいく可能性はない。

　そのとき、背後の足音が聞こえた。シューが部屋に駆け込んできた。

「アブラハムは今まさにコンピューターに向かっている。書斎だ。しかも扉が少し開いていて、アブラハムは扉に背を向けている」

＊

　クーソウが書斎に忍び込んでからの時間は、羽がアウラを舞い落ちるほどの遅さでゆっくりと進んだ。私はただ待つしかない。

　ヴェーラはオズを呼びにいった。クーソウが首尾よく何かを盗み見ることに成功し、そのなかにワクチンのデータが含まれているとしても、私たちにはそれが何を意味するのかわからない。オズに直ちにその分析をしてもらう必要がある。

　私はコンピューターに向き直り、再びシンのサイトを開いた。もう、応答が書き込まれている。

——私のほうの策は尽きました。あなたからの情報を待つほかありません。だから、今はただこのメール・ブラウザを眺めるだけの時間を過ごしています。

**　日本ではすでに内戦が始まっています。「最後の扉」がウイルスを撒いたとする四国は、本州という名のメイン・アイランドと5本の橋で繋がれていましたが、それらは全て「一宇軍」**

を名乗るナショナリストによって破壊されました。多くのひとと車が海に飲み込まれたそうです。四国のなかでは、ただ咳き込んだだけで感染を疑われ、殺されるひとが出てきました。また、東アジア地域の軍隊が、日本を丸ごと核で消去してしまう作戦を真剣に検討し始めた、という情報も入っています。

「最後の扉」がウイルスを散布した地域にある高知という町は、私が16歳までを過ごした場所です。太平洋に面した小さな町。私は砂浜の向こうに果てしなく広がる海が大好きで、なにか不安なことがあっても、波の音を聞いていれば落ち着くことができた。今でも、その音が不意に甦ることがあるほど。

あの頃すでに世界のいたるところが歪み始め、高知のような地方都市でも、暴動や略奪は日常茶飯事でした。でも私は、朝は海の光を見ながら砂浜を歩いた。そのまま街に出て、荒んでいく風景を心のなかに描きとめた。ホームレスの集合住居と化したスーパーマーケット、24時間怒号が飛び交う病院。カラスが集まって巨大な黒い生き物のように見えるゴミ捨て場、病んだ猫の集まる公園。夕方には、その日見たこれらの風景を死ぬまで決して忘れないと誓いながら、海からの風に吹かれる……それが私の日課でした。

そうそう、初めて恋の真似事のようなものをしたのも、高知です。私は16歳で、彼は3つ年上でした。いたずらに正義感が強く、いつも誰かに殴られて顔のどこかを腫らしていた。その彼が初めてのキスを街中で私にしようとしたとき、私はそれをあわてて止めて、そして海辺まで連れて行ったんです。そして、「キスしたいならここでして」と、彼に命じた。彼は驚き呆れていましたけれど、キスしてくれた。彼はその日も誰かに殴られて、唇から血が滲み出ていた。その血の味を感じながら、私はあの時も波の音を聞いた。

ごめんなさい、キン、あなたが情報を得るために奮闘しているときに、こんな思い出話を書いて。あなたからの書き込みを、このページをずっと見つめながら待っています。

あなたを愛しています。シンより――。

「……キン」シャカの声が聞こえる。「泣いているんだね。でもだいじょうぶ。きっとうまくいく。『外部』も、シンも、きみは救うことができる」

涙が私の膝の上にぽたぽたと落ちた。でも私は『外部』を心配して泣いているのではない。シンを救えないかもしれないという思いが涙を流させているのでもない。その逆だ。シンは私を救えない。それが悲しかった。

シンには記憶がある。ほんとうの記憶、シンがシンとして生き、シンとして死んでいくための思い出が。私にも記憶はある、幸せな、満ち足りた思い出。だけどそんなものはすべて偽物だ。心のなかに必死に描きとめた風景も、不意に甦る音も、唇が覚えている初恋のひとの血の感触もない。

シンは私を愛していると言う。そう言うことができる。シンには、シン自身を育てた世界の記憶があるから。私も言いたい。あなたを愛しています、シン、と。でも、言えない。

私は覚悟を決めよう。一度は言いかけ、その時にはマハトマに制されて飲み込んだ意思。この「薬屋騒動」の次にすべきこと。私は今はっきりと、それをやり遂げると心に決めた。

この世界を、私は解体する。

＊

ヴェーラがオズをつれて部屋に戻ってくる。見るからに不機嫌そうだったオズが、部屋のなかにプリマの姿を見つけると、とたんににやけた。

ヴェーラは私たちに、自分の判断でオズには事情を正直に話したと告げた。私たちは了承した。賢いものに嘘をつき通すのは得策ではない。ヴェーラはさらに言った。——オズにとってはプリマがこの作戦に加わっているかどうかが重要で、動機はどうでもいいらしいの。皆は笑い、オズはヴェーラを小突いた。

サンディがお茶を入れてきてくれた。デモクリトがラッセル論理学の話をし、皆はそれで笑った。ヴェーラが農業工場で新しく作付けが始まったわさびの遺伝子の話をし、それで少し議論になった。シャカがゴッド・リングにおける重力誤差の話をし、また皆は笑った。オズがプリマに踊らないかと誘い、プリマはそれを断った。私たちは待った。


深夜3時を過ぎて、ようやくクーソウが帰ってくる。彼女たちはアブラハムが作業していたコンピューターを、後ろからまんまと盗み見た。クーソウは冒険に興奮したのか、心持ち顔は赤く上気している。

「どきどきしたね」「うん、アブラハムがペンを落としたときには、私思わず声を上げそうだった！」「実際ちょっと声を上げたじゃない！」「やだ、あなたがあの時変な顔をするから吹き出しそうだったのよ！」ふたりの明るい顔が、私たちを和ませた。

クーが、アブラハムはどんな作業をしていたかを語った。シャカはそれを聞いて、ビンゴ！ と叫んだ。ヴェーラが「どういう意味？」と訊くと、シャカの代わりにプリマが「当たり！ という意味よ、知らないの？」と答えた。きっと昔の映画を見て覚えた言葉だろう。シャカが言うには、アブラハムはワクチンのデータが入った隠しフォルダを開き、その内容を確認してから、完全削除をしていたに違いない。内容をひとつひとつ確認したのは、もし必要な時には記憶から再現できるように覚えこむためだろう。シャカの推測にデモクリトが同意する。

オズが、コンピューターを貸してくれと申し出る。私はさっきまで見ていたWEBをログアウトし、オズに渡した。

クーとソウは、見てきたコンピューター画面を正確に再現する。オズがそれを聞くそばからコンピューターに入力していく。少女たちの記憶力は完璧だった。専門用語も化学式もよく理解していたわけではない。しかしその一言一句を、式記号を、見たままますべて覚えていた。図が出てくればそれを絵として記憶していた。これには皆が唸った。「さすがはこの世界の子どもたちだ」デモクリトが言い、皆がうなずいた。

すべてを話し終わって、少女たちは大きなため息をついた。そして、

「これにて任務完了!」

クーソウは声をそろえた。

＊

オズを中心にデモクリトとシャカが協力し、明け方近くにワクチンのデータは完成した。私はデータを受け取ると、さっそくシン宛に送った。

すぐにシンは、ワクチンは完成したというニュースを、「外部」全体に……世界中に配信した。

——信頼すべき友人から、変種HIVに完璧に有効なワクチンのデータが届いた。それをここに公開します。これで変種HIVによる攻撃はさっそく無効化されることになった。今後、変種HIVを恐れるのは無知と愚鈍の印となり、

その感染者を傷つけるのは何よりも深い罪となる。最後に、「最後の扉」を名乗るテロリストたちに、信頼すべき友人からのメッセージがある。「ざまあみろ」――。

私は確かに、「これでテロリストもざまあみろということになることを願います」と、シンへのメールに書き込んだ。私は「外部」の言葉遣いを中途半端にしか知らないから、「ざまあみろ」という言葉も変な遣いかたをしたかもしれない。シンはそれがおかしくて、配信したニュースにまでそれを書き込んだのだろう。

「外部」で、シンの配信するニュースは本当に絶大な信頼を得ているようだ。私は「外部」のさまざまなWEBサイトを回った。シンの流す情報を疑うものは皆無だった。このワクチンについての情報はシンだけが摑んだもので、他のジャーナリストが裏付け調査をしようにもその方法はない。加えて「外部」では、善意の情報より悪意のそれを信じる傾向が圧倒的に強い。にもかかわらず、「ワクチンができた」というシンの言を疑うものは現れない。シンの敵からですら。シンがこれまでにどんな活動をしてきたのかが、そのことだけからでもわかる。「この世界を救えるのはやはりシン・ユキムラだ」という意見もいたるところで少なからず読んだ。「世界連邦政府をつくろう、シン・ユキムラを中心にすればきっとまとまる」というものも。

この世界を解体して、私たちが力を貸せば、シンを中心に世界連邦政府がつくれるだろうか？　シンが、それを嘱望する声の高まりを無視して、リーダーになろうと一向に動き出さないのは、きっと現実的な展望が見当たらないからだろう。設計図を持たないでつくろうとする天国は煉獄としてしか現実化されえない。これは、こちらの世界の格言だが。

　私はベッドを見やった。頭脳を一晩全速で回転させ続けたシャカが、疲れた果てて眠っている。私はシャカの顔にそっと近づいた。そして静かにその唇にキスした。シンが16歳のときに聞いたという、波の音を想像しながら。

　シャカが薄く目を開ける。

「ごめんなさい」私は慌てて謝った。「起こすつもりじゃなかったの。ゆっくりと眠って」

「うん……まだ眠りたいし、そうするつもりなんだけど……」ベッドの上で半身を起こす。「ちょっと気になることがあるんだ。『MP』はあるかな?」

　MPはメモリー・パッド。手のひらサイズの板状のもので、音声を文字データに、映像を3Dデータに自動的に変換し記録する。私がそれを渡すと、シャカはアルファベットと数字の組み合わせをそれに向けてしゃべった。

「それをちょっと調べてほしい」パッドには17桁の数字とアルファベットが表示されている。「クーソウが記憶してきたデータのなかに、ワクチンとは関係のない文字列があった。それがこれだ。何か別の情報を含む隠しフォルダの場所を示しているんじゃないだろうか？　それほど複雑な感じもしないから、この世界のネット上にあるような気がする」

「興味をそそるわね。でも、私やサンディにできるかしら。デモクリトもオズも疲れ果てて寝ているだろうし……」

「クーソウの力を借りたらいい」そう言うとシャカは大きなあくびをひとつした。「そろそろ彼女たちがスクーリング・プログラムから帰ってくる時間だろう?」

「いくらなんだってそれは無理よ。まだ子どもなのよ」

「確かに。しかしおそらくは、一昔前のn^2プロトコル・コンピューター並みの頭脳をもつ子ども。彼女たちは……『外部』の言葉でなんと言ったかな……そう、フリークスだ」

「できると思う?」

「あっという間だ。有り金全部賭けてもいい。……これも『外部』の言いかただけど」

シャカはもうひとつ大きいあくびをすると、再び横たわり、すぐに小さな寝息をたて始めた。

*

――ちょっと変わったコンピューター・ゲームをやってみない?

私はそう言うだけでよかった。クーソウはニコニコしながらコンピューターに向かい、時に真剣な表情を見せ次には嬌声を上げたりしながら、17桁の暗号が示す隠しフォルダの在り処を突き止めて見せた。

隠しフォルダには鍵がかかっていた。これはあなたたちにはさすがに無理ね?……私はここでもそう言っただけ。クーは口をきゅっと尖らせ、ソウはおませに肩をすくめて、すぐさまこれを開く作業に取り掛かった。

幼い女の子たちが、まるでお人形遊びでもするような感じで、時折嬌声を上げながら、複雑なプログラムを次々に解いている。「この世界の子どもたち」――。小さなふたつの背中を見つめながら、私はデモクリトがこの子たちをそう呼んだことを思い返していた。栗色の髪にくるまれた高性能の頭が忙しく揺れている。振り向けばヒマワリよりも無邪気な笑顔がこぼれるだろう。こんな子どもたちは「外部」にはいない。最高級の遺伝子が組み合わさり、さらにそれが理想的な環境下で育てられない限り、こんな奇跡の子どもたちは現れようもない。

「開いたよ！」「開いたよ！」

クーとソウが同時に声を上げ、私は物思いから我に返った。振り返った少女たちの顔を見る。ヒマワリとはどこか感じが違う。彼女たちはショックを受けているようだった。

私はゆっくりとしゃがみこみ、彼女たちがさっきまで向かい合っていたモニターを覗き込んだ。

罪と罰のシナリオ。シーターがそう呼んだそれの、これが最終章なのか。いったい、本当の罪は、何なのか。

4

ファイル・カテゴリー：NSA
議題：火星移行プログラム
結論：火星移行を実行する必要性は存在しない。
根拠：火星移行という目的は、エベレスト・コロニーをつくるために必要だが、その存続のためには必要ない。エベレスト・コロニー自体がパーフェクト・ワールドになれば、それを火星に移行する必要性はゼロに帰する。
実行：この「結論」は、外部消滅の日まで秘匿され、研究は継続される。その後、科学的検討結果（補足1）とともに、移行プログラムの中止が発表される。「根拠」の提示の必要はない。研究がもたらすさまざまな科学的成果は、エベレスト・コロニー永続のために、きわめて多大な貢献をするであろう。
補足1〈科学的検討〉：火星への移行を可能にするためには、エベレスト・コロニー完成以降の研究システムの高度能力を仮想するにしても、100年から120年の年月が必要。その後も、実際に移行を行えば、資源の大幅な、あるいは致命的な損失を免れない。
補足2〈「結論」秘匿の理由〉：理由1／外部の最後にして最大の怒りの誘起。理由2／世界存続のモチヴェーションの低下。ただし、理由1は、この世界完成までは憂慮すべき問題だが、完成以降は考慮の必要はない。また、理由1、2ともに、「外部」が消滅すれば、解消する。
補足3：（削除）

クーソウが開いた隠しファイルを、私たち11人……アブラハムを除外し、新たにオズを迎え入れた11人は、読んだ。

あまりにも簡潔で、腹が立つほどに無駄のない説明。隠しファイルのその文章を、私たちは何度も繰り返し読んだ。意味が読み取りにくかったからではない、その逆だ。

多くの嘘の上に、この世界が成立したことをすでに私たちは知っている。「外部」のひとたちも、シンにそれを教えられた。だが、「火星移行」自体が最初から幻に過ぎなかったと、いったい誰が知っていたか？　シンですら、その目的を疑ってはいなかった。

この世界の計画は、「火星移行」という目的を「外部」に示すことから始まった。その始まりからして、嘘だった。それを、このファイルはあまりにも簡潔に語っている。アリエクスの個人的動機など、もうどうでもいい。私たちがここにいて、この世界のなかで生きているその理由が、目的が、最初から、原点から嘘だった！　それをこんなにも明示するファイルが存在していたことに、11人は愕然とした。

明らかではない点も2箇所だけあった。ひとつはファイルのカテゴリーとして記された「NSA」の文字。おそらくNo Sanction to Access（アクセス不認可）の略だろうとシャカが言い、皆もそれに同意した。もうひとつは、「補足3：（削除）」の記載。何を削除したのかはもとより不明だが、それ以上に、なぜ（削除）の文字を残したのかがわからない。紙に記されたのではなく、ファイル上の文言なのだから、ただ削除して跡形もなくすればいいはずなのに、なぜそうしなかったのか。

ファイルを読んでしまった11人は、これから何をすればいいのだろう。誰もがそのことを考えた。だが交わされる言葉は少なく、沈黙の時間ばかりが長かった。意見は大まかに3つに分かれた。

デモクリトは、このファイルに記載された「実行」の内容を、結局我々は実行するしかないと主張した。

――火星移行が虚構の目的だったことは、我々の存在自体が虚構に基づいていたことを意味する。しかし存在は現在という時においてしかなく、過去や未来はそれに比べれば二次的なものでしかない。それで矛盾が解消されるわけではないが、われわれは今現在の存在を肯定するしかない。

これがデモクリトの論旨で、クーソウがこれに賛同した。

シャカがこれに異を唱えた。目的を、虚構から現実へと、我々の手で引き戻してやればいいじゃないか？　シャカは言った。

――このファイルの「科学的検討」は、50年以上も前に行われたものだ。技術の進歩は、当時のシミュレーションを超えて進んでいる。現政府は、「火星移行は具体化も可能な段階に入った」と発表しながら、実際にはさまざまな困難を理由に、「現段階で移行プログラムは不可能」と、予定通りに発表するつもりなのだろう。それなら、僕たちの手でそれを可能にしてしまえばいいじゃないか？

隠しファイルの内容はこの世界のものたちに公開すべし、ただし目的を我々の手に取り戻すために。シャカのこの意見に、オズ、プリマヴェーラが賛成した。この世界が、元の正しい姿に戻るためには、シャカの言うようにするしかない。

私もこのファイルの内容は公開するしかないと考えている。特に、「外部」に対して。この世界は、目的を騙って「外部」から力を吸い上げ、出来上がった。それが明らかになった以上、事実はこうだったと、「外部」に向けて謝罪し、審判を仰ぐしかない。サンディとマハトマが私に同調した。マハトマは私の目を見た。……キン、きみこそがこの世界の精神の体現者だ……The Park でマハトマが私に言った言葉を思い出した。

11人皆がどれかひとつの意見に合意することはなかった。どの意見も決定的な妥当性を提示できなかったからだ。しかし私にはわかっていた。私の意見こそが正しいことが。ただ、それを闇雲に言い張るつもりはなかった。私の信念の核心をなす言葉は、まだ皆の耳に入れるべきではない。「解体」の一語はきっと11人の結束を解いてしまうだろう。ひょっとしたらサンディですらも、私とは一線を画すようになるかもしれない。

目的の実現のために必要なのは、その実現を必要とする環境に他ならない。私がすべきなのは、行動のアジテーションではなく、環境のファブリケーションだ。私はそれができあがる機会を待とう、それはそう遠い時ではあるまい。

私の予想は逆の意味で外れた。それは遠くはないどころか、すぐにやってきた。

この世界が発射した火星探査船「ホメロス」が火星への軌道を大きく外れ、宇宙の彼方へ遠ざかり始めたのだ。

*

「きみたちを拘束する」

アブラハムが私たちの寝室にいきなり入ってきて、そう宣告する。

私はまだ、シャカとサンディとともに、ベッドのなかだった。

昨夜私たちは、「ホメロス」が制御不能になったという知らせを聞いた。リポウ、エドワード、アイという3人の乗組員は、「ホメロス」内部のシステムが稼動する限り生き続ける。しかしわれわれは二度と彼らと会うことはない。政府は直ちに声明を発表した。——われわれは失敗を犯した。失敗の理由を100%解明するまで、火星移行の実施を延期する——。

アブラハムは「薬屋」の一件から、私たちがこの世界に疑問を抱いていることを知っている。だからアブラハムはこう思う。——キンは「ホメロス」の事故の裏にあるものも探り出そうとするに違いない……。

「ホメロス」の事故のニュースを聞いた直後に、私たち11人は、アブラハムの思考を推測していた。その通り、さっそくアブラハムはやってきたわけだ。

ベッドの上で半身だけ起き上がり、私はアブラハムを見つめる。呆れた。彼は軍人でもない部下をふたり連れてきているだけだったからだ。間抜け、と私は心のなかで言う。そのあとすぐに、間抜けたちは背後から忍び寄ったマハトマとシューに一撃を食らい、あえなく失神する。

「さて」とマハトマが言う。「次はどうしようか、キン？」口調は家族のフランクなそれだが、マハトマが今や私を正式な司令官とみなしていることは、すぐに感じ取れた。

私はそれに応えることを決意する。

「マハトマはアウラ全体に声が届く音声システムを準備してください。マイクを最下階のビッグ・サークルの中心において。私は今からそこに下りていって、すべてを話します。シューは」シューも軍人の姿勢で私の言葉を聞いている。「あの隠しファイルを、この世界のコンピューターのどこからでも見えるように、送信しなさい」シューはイエスと答えたが、私は命令をすぐに修整する。

「この世界だけではない。『外部』に……このアドレス宛に送信するように」了解、と再びシューは答えた。

私はすばやく着替え、パラシュート・パックを持って、アウラへと向かう。その途中、サンディがシャカに訊いた。「『ホメロス』が軌道を外れたのはなぜ？　これはこの世界始まって以来最大といってもいい、失敗でしょう？　火星移行の行程を先延ばしにするための理由づけなのでしょうけれど、なぜそんな失敗が可能だったの？」

「確かにこの世界の科学者は、この世界に蓄積されたあらゆるデータを見て、有人ロケットを設計している」とシャカが答える。目は前方のアウラを見据えたままだ。「しかしデータを追認する後追い実験を常に行っているわけじゃない。蓄積されたデータにいくつか間違いを忍び込ませておけば、失敗は簡単に引き起こせるさ」

「忍び込んだ間違いを特定するのに、どれくらい時間が要る？」

歩きながら私が訊くと、

「昨夜からデモクリトたちがもう検討を始めているはずだ。すべてを特定するのは難しいが、ひとつふたつならもう見つけているのじゃないかな」

「意図的なものだと証明できる？」

「不自然なものだとは容易に言えるだろう」

ＯＫ、と私は言った。アウラに面した発着テラスに着き、手すりを軽やかにスライドさせる。

「不自然な間違いを、デモクリトに言って下まで持ってこさせて」

了解、とシャカが言う。

息をつくまもなく、私は空中に身を投げた。

この巨大な空間を、飛んでいるのは私ひとり。ほかには誰もいない。バルコニーに立って私の落下を見つめているものたちの姿が、下から上へと流れていく。ざわめきは空気を切り裂く音にかき消される。パラシュートを通してオレンジ色の光が私を包む。ビッグ・サークルが、どんどんと近づいてくる。私はそこに穴も開けんばかりの勢いで落ちていく。

＊

天の一点に向けて延びている円錐状の空間。24本の螺旋がその空間を形づくる。アウラは無限の宇宙に突き刺さったトンネルだ。見上げれば宇宙への入口が見える。

「これを使えば、あの天辺にまで声が届くよ」

ビッグ・サークルに立ち顔を上に向けていた私に、マハトマが声をかける。

横を見ると、マハトマが銀色の細く短い棒を持って立っていた。

「５階のバルコニーにあるアンテナで受けて、アウラ近くの全スピーカーに流す。妨害を避けるため、サーティFのコンピューターは経由していない。思う存分しゃべってくれ」

私の右手にマイクが手渡される。マハトマは微笑を残し離れていく。ビッグ・サークルの中心に、私はひとりで立つ。そして再び宙を見上げる。身体が吸い上げられ意識が宇宙の果てまで飛ばされるような感じがする。足元に力を入れた。

「この世界の……エベレスト・コロニーの皆よ！聞いて！」

アウラに大音響が響き渡る。ざわめきが、その返信のように聞こえてきた。いたるところのバルコニーから、ひとの頭が突き出て来て、階下を見下ろし始める。もう、後戻りはできない。

「『ホメロス』が軌道を外れ（derailed）、制御不能になった。これを受けて、火星移行の実施延期が発表されました。このことを、皆さんは驚きと落胆を持って受け入れたでしょう。しかし、私は驚かなかった。私は知っていたからです。火星移行プロジェクトは、最初から、嘘だった！」

私はこの世界の虚偽を暴き立て、それによって「外部」がいかに苦しんだかを話した。このエベレスト・コロニーは人類の夢を実現しようとしたのではない。それを利用しただけだった、その事実を今認め、「外部」に対して打ち明けなければならない、そう私は演説する。

——苦しみは、この世界の内側にもある。結婚と離婚がコンピューターによって決められる不自然、親子が引き離されることの痛み。定められた寿命の恐怖。合理と合目的の悪魔から逃れて、この現実を見よ。いや、あなたがたにはできないかもしれない、あなたがたがこの世界で飲んでいる水には向幸福薬が含まれている。目的、教育、才能、環境、水。それらを操ってこの世界は私たちを支配してきたのだ――。

アウラのざわめきは止み、静寂が私を見下ろしている。皆驚いているのか、それとも私を狂人（derailed）と思っているのだろうか。その両方だろう。ＯＫ、私は狂人だ、狂人であればどのような言葉でも吐き出せる。――コロニー建設は間違いだった。ここはパーフェクト・ワールドなんかじゃない――。

私はありったけの声で叫ぶ。

「この世界を、解体せよ！」

瞬時に静寂が破れ、怒号や叫び声が聞こえてくる。何を言っているのかはわからない。私は身をよじりながら、巨大な円錐の空間を下から上まで眺めた。めまいがして倒れそうだったのを、何とか踏ん張った。

どこからか、別のマイクを握ったのだろうものたちの声が聞こえてくる。

――裏切り者！　――この世界始まって以来の愚者め！　――理想を愛さぬものは「外部」に出て行け！　――合理の美を知らぬ似非芸術家！

聞き取れたのはどれも私への非難だ。私はなんとなくおかしかった。声を上げて笑いたいほどだ。

――証拠はあるのか⁉

そう問う声が聞こえて、私は笑いを引っ込め、再び銀色のマイクを口に近づける。

「『罪と罰のシナリオ』。それは小さな隠しファイルに入っていた。もう皆の端末にも送ってあります。『火星移行プログラムはこれを実行しない、なぜならその必要性はないから』と、49人委員会はこの世界を計画する段階で結論付けていた。これが何よりの証拠でしょう」

――今あらためて火星移行の実行を誓えばいいではないか！　――そうだ、そのためにも、この世界を続ける努力こそが重要なはずだ！　――先日の有人探査ロケットの事故までもが仕組まれて

いたと、そういう証拠はあるのか⁉

そのとき、アウラにさす光のなかに、ふたつの小さな影が揺れた。

――あるわよ！　――軌道計算に含まれていた不自然な間違いが見つかったの！

別の音声システムを通して聞こえる声。クーソウだ。

――今そのファイルを持っている　――今下に降りて行くから。

声の主は、白いパラシュートで揺れているふたつの影だった。銀色の世界の空を舞い降りて来る小さな愛らしい姿。天使がやってくる。思わずそう呟きたくなるような光景。

だがそのとき、また別のバルコニーから、一斉にアウラに身を投げる姿があった。すぐにパラシュートが開く。十ほどもあるそれらはどれもモス・グリーン。軍人だ。彼らは天使たちに急速に近づき、捕獲しようと試みる。

「クー、ソウ、逃げて！」私は叫んだ。「愚かな軍人たちよ、直ちにその危険な行為をやめなさい！」だが彼らはやめなかった。代わりに、サーティF経由の全館音声システムが響き渡る。

――この世界の秩序を乱そうとするものたちを拘束する。命令に従うなら、処罰ではなく、再教育の機会を与えよう。抵抗するな！

私は自分のパラシュートを持ってビッグ・サークルを走り出し、吹き上げる風を背に捕まえた。すぐに私の体は浮き上がり始める。近づいてきた軍人を交わし、上に回り込んでモス・グリーンのパラシュートに足をめり込ませる。軍人の身体は急速に落ち、ビッグ・サークルに衝突しそうなその寸前に、また浮き上がり始める。私はその様子を見てから、また上を向いた。

世界は一変していた。私が知っている風景はそこにはなかった。この広大なアウラを、埋め尽くさんばかりに多くのパラシュートが舞っている。鳥たちの抗争。軍人たちが少女に攻撃を仕掛けたことで、私の言うことを信じる側に回った者たちが、一気に増えたらしい。それと同時に、モス・グリーンの鳥たちも増え、それに加勢する鳥たちも増えている。

フィルムで見たことがある。舞う鳥たちの翼に光がさえぎられ、一面が黒くうごめいている空。いや、あれとは違う。空に天使と悪魔たちが現れ、争いを始めるさまを描いた絵だったか。モス・グリーンの鳥たちは、悪魔の槍の代わりに、白く光る長い鞭のようなものを持っている。振りかぶって白や黄色やオレンジ色の翼たちを打ち、くるりと回転しながらひとの胴体をたたく。

私は鞭を持った鳥の下に回りこみ、斜めに回転しながらその手元に急速に近づいて、その鞭を奪い取った。互いのパラシュートが接触し、気流が乱れてからだが飛ばされ、危うくバルコニーに激突しそうになる。右手の紐を引き半身になりながら衝突を免れた。鞭を奪い取られたモス・グリーンの鳥は翼をバルコニーに引っ掛けてぶら下がった。

私は体勢を立て直してまた上に向かった。モス・グリーンの鳥たちの横から、あるいは背後から近づいて鞭を飛ばし、その足や背を打つ。鞭はそのたびに白い光を放ち、軍人たちは低いうめき声を上げて痙攣する。鞭からは高圧ボルトの電気が流れ出るようだ。当たり所によっては、軍人は直ちに失神した。失神した鳥は翼のコントロールを失い、糸の切れた凧のように飛んでいって、どこかのバルコニーに吹き上げられるか、宙吊りになる。

軍人たちは容易に見分けがつくが、政府シンパの一般人は味方と見分けがつかず、しばしば背後を襲われかけた。私は容赦なく鞭を振るった。ふたりの天使を軍が襲った時点で、政府は馬脚をあらわした。それがわからないような連中に、情けをかける理由はない。

上のほうで、サンディがふたりの少年に襲いかかられているのを私は見つけた。私はすぐに近くまで飛んでいく。少年たちは容赦なくサンディを攻撃しているのに、サンディは逃げる様子もない。すぐに私にはわかった。この若者たちは、サンディの教え子なのだ。だが、今ここでサンディを傷つけられるわけにはいかない。私は若者たちのパラシュートに鞭を軽く振るい、穴をあけた。とたんに彼らは下方へと沈み、どこかの階のバルコニーにぶら下がる。

私はサンディに声をかける間もなく、すっと降下し、モス・グリーンの翼の上に足を沈める。バランスを失う軍人。私はモス・グリーンのパラシュートを両腕でつかんで、自らは急速に浮かび上がりながら、それを振り回した。モス・グリーンの翼は上昇気流をすべて逃して萎れている。私は力まかせにそれを放り出した。軍人は2階下のバルコニーに辛うじて引っかかった。

――キン！　ふいに声がして私は横を向いた。マハトマが、モス・グリーンではないパラシュートですぐ近くを飛んでいる。――鷲よりも見事な飛行術だな。アウラにきみほど似合うひとはいないよ。

それを聞いた私のすぐ横を、モス・グリーンのパラシュートがふたつ落下して行った。パラシュートは十文字に切り裂かれている。あれではどんな操縦技術を持ってしても墜落は免れない。ビッグ・サークルを見下ろすと、すでに何人かが墜落したあとで、所々が血で赤く染まっている。

私は握り締めていた鞭を手放し、代わりにマイクを持った。

「軍人たちは、無意味な制圧行為を直ちにやめなさい。私は、この世界の成り立ちに疑問を持つに至ったものたちと、話しあいたい。賢きものたちよ、The Parkに集まって私の話を聞いて。政府を盲信しようとするものたちは、いったん家に帰り頭を冷やしなさい。そのあとで私を処罰したいなら、私は逃げない！」

＊

少しずつ、アウラを舞うものたちの姿が少なくなった。The Parkにさっそく向かったものがいる。無理な制圧行為は自他ともに死を招くだけだと自覚した軍人たちもいるようだ。ビッグ・サークルに死体が転がっているのを見下ろして身がすくんだものも多いだろう。恐怖に理性を呼び覚まされたものたちは幸いだ。だが、その逆のものたちもいる。

戦闘を中断する知恵を忘れた鳥たち。彼らは今敵と鞭を奪い合い、叩き合っているように見えて、その実自らの感情に怯えている。

私たちは誰もが並はずれた能力を持つ。知性はコンピューターを凌ぎ、人格は幼くして形成され、昂ることなくユーモアを持つ。だが、そうしていられるのは、きっとただ未知なる自らの感情と出会う経験を持たなかったからだ。それが、自らの顔が記憶にない色に染まるのを見たとたんに、制御の能力を失う。感情の主はその奴隷に堕する。

かつての世界の住人も、そうだったのだろう。ろくでもない世界にいて、自分が恐怖について充分に知っていると思っていた。だが未知の感情は、自らの心の下層に、底なしの深さで眠っていた。それを宇宙からの「使者」に呼び起こされて、我を失わぬはずがない。

The Park に着く。

数百人どうしの戦いが、平和なはずの公園でも、苛烈に続いていた。敵を探す姿に満ちていて、「話しあい」などする余地はない。

すでに芝生に横たわり、首や頭から血を流しているものもいる。怒号が飛び交い、低い呻き声がそれに混じる。

立ちすくんだ私に、さっそく襲い掛かってきたものがいた。マハトマがそれを一撃し、私は危うく難を逃れた。

茂みの陰まで走り、隠れた。私たちに、銃を向ける軍人がいたのだ。銃の操作の仕方は私も知っている。だがそれがコロニー内で実際に使用されるとは思わなかった。

茂みのすみで、首から血を流して倒れている男がいる。動かない。マハトマがその男の顔を覗きこんだ。シューだ、とマハトマは叫んだ。まさか、死んだの？　とサンディが訊く。いや生きている、マハトマが答える。シューの首をよく見ると、銀色の小さな球体がめり込んでいて、それが半ば溶けている。これは何？　私は訊いた。それは、とマハトマが答えようとした矢先に、すぐ近くに軍人がひとり来て私に銃を向けた。マハトマは目にも留まらぬ速さでその銃を払うと、軍人の喉と胸を右のこぶしで突いた。軍人はあえなく失神した。

マハトマが、軍人から奪った銃を使って説明する。

「これはAZ-707と呼ばれる銃だ。この世界が開発した兵器のなかで、最も原始的なもの。だが精度は高く、風などの外部要因を自動的に計算してそれに見合ったドライブを弾にかける。５００メートル先の直径10センチの標的でも撃ちぬける。殺傷弾もこめられるが、麻酔弾も発射できる。シユーが喰らったのは麻酔弾だ。これを使うと皮膚下5ミリ以上には達しない。しかし弾はすぐに溶け始め、優れた麻酔効果を発する。私も、訓練で使ったことはあるが、実戦は初めてだ」

そう言うと、マハトマはその銃をおもむろに構え、次の瞬間振り向きざまに2発発射した。私たちに向かって走ってきた軍人が2人、相次いで倒れる。サンディと私はすばやく彼らの銃を奪った。

「よし、行こう。私についてこい」

マハトマは言うなり走り出す。私たちもあわててそれに続いた。

「サンディ！　キン！」

プリマの声だ。辺りを見回す。

「あそこ！」サンディが指差す。池の近くの築山、桜の木の陰にプリマヴェーラ、クーソウ、そして違う家族の私たちのシンパらしいものたちの姿が見える。

タイミングをを見計らって、私たちはそこまで駆けた。

「シャカはどこにいるの？」私はプリマに訊いた。

「シャカはここにはいないよ」答えたのはクーだ。「サーティFに行くと言っていたから」「軍はThe Parkに気をとられてサーティFがきっと手薄になる」ソウが続ける。「WRより下の階まで実力行使で侵入して、環境制御装置を占拠するつもりだって」

「賢いな」マハトマは周囲に絶えず目配せし、発砲しながらその合間に言葉を発している。「この世界で環境制御が止まれば皆凍死するだろう。その鍵を握れば、軍がキンの言葉に耳を傾ける可能性は高くなる。もっとも、それまで我々が持ちこたえれば、ということだが」そう言いながらマハトマは築山に近づいてくる軍人を3人射撃した。

「シャカたちがサーティFに侵入してこの世界の

環境制御を手中にするまで、ここは徹底抗戦するしかない。やつらもばかじゃない。手が空けば勢力をこの世界の心臓部に回す。ここでの戦闘をより激しくして、どこにもいけないようにしてやらなければならない」マハトマはポケットのなかをまさぐり、鈍く金色に光るものをいくつも取り出した。「そのためには、これを使うしかない」

「それって、ひょっとして……」「殺傷弾じゃないの?」プリマヴェーラが驚きの声を上げる。クーソウの顔色が恐怖に染まる。

「そうだ」マハトマはうなずいた。「使いたくはないがやむをえない。考えてもみろ。彼らは麻酔弾なんて恐ろしくはない。我々が制圧されてから目が覚めれば、かえって楽ができたとすら言える。それに比べてこちらはどうだ。麻酔弾で眠れば、次に目が覚めるのは最悪ならループ・ルームで、だぞ?」

「ループ・ルーム?」ヴェーラの美しい顔が恐怖に歪む。クーが泣き出しそうな声を出す。「私たち、〈完了〉させられちゃうの?」

「そんなことはさせない」私は言った。「されるとしたら私だけ。でもマハトマ、もし殺傷弾を使ってそれでも制圧されたりしたら、あなたの刑罰はきっと重くなる」

「私は軍人で、きみはこの『反乱軍』の最高司令官なんだから、私はきみの命令に従う。それで結果『ループ・ルーム』行きになろうが後悔はしない。クーソウはまだ子どもだし、最悪でもそんな事態にはなるまい。さて、キン。それでは決断してくれ」

私はマハトマの眼を見、それから皆を見回した。

「皆、殺傷弾に詰め替えて。ただし頭と心臓は外して撃って。彼らは私たちが殺傷弾を使うことに衝撃を受けるはずだから、それだけでもかなり時間が稼げる」

「私たち、射撃はうまくないわ」とソウが口を尖らせる。「急所をうまく外せるかしら」とクー。

「それなら」と私は答えた。「適当に、ぶっ放しなさい」

「いい指揮官だ」とマハトマが言った。

＊

激しい撃ちあいは、それから1時間以上続いた。コロニー内の環境は、何ひとつ変化を見せていない。光も、風も、音も、温度も、すべて快適なファジーを保っている。それはつまり、シャカたちが環境制御権を掌握していないということを意味する。

私たちは負けるのだろうか？　そうなるのなら、私ひとりが罰を受ける形で終わらせたい。政府のほうも、おそらくはそう望むだろうと私は考えた。混乱を最小限にとどめ、今後のこの世界を今までどおりのパーフェクト・ワールドとして運用していくためには、人的損害は少なければ少ないほどいい。再教育で済ませられるのなら、そうしたいと彼らも考えるだろう。

降伏して、私だけがループ・ルームで〈完了〉を迎え入れればそれで済む。だが、と私は考えた。好んでループ・ルームに入ることはない。彼らはこの閉じた世界で考えれば、私が世界の外に出さえすれば、それはすなわち死を意味するだろう。

「マハトマ」と私は言った。「私は、『外部』に出る。アウラまで駆け抜けて、最上階まで飛びます。そして、ゴッド・リングへの発着場から、パラシュートを使って、『外部』へ降りる」

「ばかなこと言わないで！」サンディが叫んだ。

「キン、あなたは正しいのだから、ここを逃げ出すようなことをする必要はない。それにあなたと私とはいつも一心同体でしょう!」

「サンディ、やめなさい」マハトマが遮った。「キンは刑を恐れているのではない。きみもわかるはずだ」

「それなら私も一緒に『外部』に出る」サンディは言い張った。「私だけここにとどまる理由なんてない」

「サンディ」私は落ち着いて言った。「私は目的を捨てるわけじゃない。そのためには、この世界で私と連絡を取り合う人間が、必要なのよ」

「私じゃなくたっていいでしょう!」サンディは言った。「シャカがいる」

「あなたであることが重要なのよ」私は言った。「一心同体のふたりが、この世界の内と外にいる。その事実から、きっと何かが……」

バン、バン! 射撃音がこだまし、桜の葉が揺れ、幹がえぐられる。

「これ以上話し合っている暇はなさそうだ」マハトマが自ら射撃をする合間に言う。「キンと私は『鏡花池』を突っ切って、向こうの東屋まで走ろう。その間、皆には援護射撃を頼む。そこから先は、私の援護射撃でキンをアウラまで一気に走らせる。いいか、皆、5秒後に行くぞ!、5、4、3、2、1、それ!」

有無を言わさぬマハトマのカウントダウンで、一斉に射撃が始まった。マハトマが築山を飛び出て、私も思い切ってそのあとを追う。池は浅い。そのなかを、走り抜けていこうというのだ。マハトマは走りながら行う正確な射撃で、何人もの政府軍に呻き声を上げさせた。

私の右足が、小さな石をふんだようで、思わずよろけそうになった。何とかバランスを取り戻して、走り続けようとする。

そのときだ。マハトマの姿が、突然視界から消え去った。

私は思わず足を止めた。そしてその足元を見た。池の水が、割れている。

モーゼのなした業ではない。黒い石でできた池の底に、奇妙な堰板が現れて、水を左右にわけている。そしてそこに、1メートル四方ほどの、暗い穴が現れた。黒い石と水とが、この穴を隠していたのか？　ここにこんな穴があるなんて、知らなかった。私がさっきふんだ小石のようなものは、この穴を出現させるスイッチだったのか。

あっという間に、政府軍が池の周りを取り囲んで、私に銃を向けている。私はしかたなく、銃を下げた。だが、軍人たちは私を拘束しようと動き出すことをしなかった。彼らはあっけに取られていた。そして池の割れ目にできた穴を注視していた。

この世界の住人たちは、この世界の空間について皆熟知している。かつての世界は、その構造と詳細に無知なものたちによって破壊された。その歴史の反省から、私たちは世界のすべてを知る教育を受けてきたのだ。あらゆる場所を知っているという自負が、私たちにはあった。それなのに、誰も知らなかったのだ、こんな穴の存在を。

しばらくして、なかからマハトマの声がした。

「撃つな！　今から出て行く。ゴーストと、一緒にな！」

*

ゴーストは、いた。

それは池のなかに開いた穴から現れ始める。黒い頭巾、黒いコート、そして黒い靴。それは確かにゴーストの噂に合致する。

誰もが戦意を喪失していた。私にしても、もはや逃げる気すらない。

マハトマを背後にして、ゴーストは立った。本当はマハトマに拘束されているはずなのに、逆にマハトマを従えているようにしか見えない。黒い頭をゆっくりと回し、周りをとりかこんでいる兵士や、桜の向うのサンディやプリマやクーたちを見る。その視線は、やがて私に向けられそのまま止まった。

垂れ下がったまぶたの下に、黒い瞳が鈍く光っている。私の身体はその眼の囚人になった。動けない。

そこに立っているのは、むろん本当の意味の幽霊ではない。霊は存在しない。死んだものはただ消え去るだけだ。

だから目の前にいるのは、死んだものではない。だがそれは確かにゴーストだと言えた。霊よりも、本当のゴーストだった。とうの昔にその存在を永遠に消し去った人間。彼は今ここに存在していてはいけない。

「驚かせてしまったな」

ゴーストが口を開く。黒い髭が動く。

「無理もない。それにしてもキン、見事な立ち回りだった」

私は息を飲んだ。自分の心臓の鼓動が聞こえた。もう二度と喋れないかもしれないと思ったが、なんとか声を絞り出す。

「なぜ私の名を知っている?　ミスター・アリエクス?」

私が口にした名前に、取り囲んでいる兵士たちの筋肉が反応してにわかにこわばるのを感じる。皆ゴーストの顔を見て、それが歴史上の人物であることに気がついていた。だが信じられなかった。私が名前を口にして、それは疑いようのない事実になった。

「私はゴーストだ。世界のことはなんだって知っている」アリエクスは少し笑った。「時々この世界に忍び込んで、様子を伺っていた。その際何度か気配を感じ取られることがあって、それできみたちは私をゴーストと名付けたのだろう?」

「ゴーストは、アリエクス、おまえひとりなのか?」マハトマが、感情を押し殺した冷静なトーンで訊いた。「この穴の奥には、もっと他の誰かが生きているのか?」

「きみたちがその存在を感じたゴーストは、私ひとりだ。だが、他にも死んだと思われていて、実は生きているものはいる。もうすぐ出てくる。49人委員会のうち、いまだ生物寿命を迎えていない7人。そのなかには私も含める。加えて、委員ではない4名」

「委員ではない4名とは?」桜の木の下から、サンディが訊いた。

「〈完了〉の時期を迎えた人間のなかから、目的遂行のために必要と認められたものたちが、このなか……私たちはこの空間をThe Stomachと呼ぶが……で私たちと生きながらえた。それが4人いる」

それきりアリエクスは黙り、他の誰も言葉を継げない。私はアリエクスの表情を見た。アリエクスは私たちと違って、言葉を失ったのではない。ただ、他の言葉を待っている。

やがてサンディが沈黙を破った。

「あまりに不公平じゃないの? 〈完了〉を受け入れるものと免れるものとがいるだなんて! 私とキンの母のシーターだって死んだのに……」

「シーター」アリエクスがサンディを遮って言う。「彼女は、The Stomachで生きていた11人のうちのひとりだ。……出てきなさい、シーター」

自分が見ているものは虚構に違いない、いやそうであれと、私は強く念じた。だが、それは虚構ではなかった。確かに彼女は、数カ月前に私を訪ねてスタジオにやってきたひとだ。

　アリエクスが言う。

「シーターは生きている。きみたちはそれを知らなかった。だが、問題はそれではない。私もシーターも、合理的にこの世界から去ったのだから」

「この期に及んで詭弁を！」私は言った。

　アリエクスは表情をわずかに変えた。

「私はつい先日、ここにいるマハトマという軍人が、キン、きみに語りかけている言葉を、ゴーストとして聞いていた。今、その言葉を繰り返そう。『きみこそはこの世界の精神の体現者だ』私は、きみを、待ち望んでいた。予想より少し早く、それはやってきたようだ。時間を早めたのは、シーターだろう。だからこそ私は、シーターを、この池の下で生きながらえさせた。それが、重要な情報を漏洩したものの責務だからだ。そしてさらに、私が生物的には生き続けたのも、それと同じ理由からだ。私には、責任があった」

　どこに何の責任がある？　私は心のなかでそう言ったが、同時に別の気持ちがわいてきた。恐ろしい直感が、私の心をガードしようとしている。直感はこう叫んだ。——もう何も喋るな、その口を永遠に閉じろ、ゴースト！

　しかしアリエクスは言葉を継いだ。

「なぜなら、キン、サンディ。きみたちは、シーターと私の、娘だからだ」

　この男を撃たなくては！　だが銃は泥のように重く、銃口がなかなか持ち上がらない。涙で視界がかすんでいる。目の端にシーターが見える。私の足が、池の底の泥に深く沈んでいくようだった。実際は、足元は固い石に支えられていた。だが私の足はすばやく泥に飲み込まれ、次に腰が、すぐに胸までが、動かなくなった。

　私は渾身の力を込めて銃口を上げ、そのまま引き金を引く。その先にアリエクスがいることを、引き金を引いた後に確認する。

　アリエクスの胸から鮮血が滲み出す。黒い姿が崩れ落ちる。

　私は次に銃を自分の私の首に突きつけた。引き金を引こうとした。すぐに体当たりを食らった。銃が弾け飛んで行った。私にぶつかったのは、マハトマだ。

　次の瞬間、別の銃声が響き渡る。誰が？　――シーター！　サンディの叫び声が聞こえた。私はシーターが立っていたほうを見た。シーターはもう立っていなかった。シーター！　私も叫んだ。だが叫びはきっと心のなかだけだっただろう。私はもう、声を出すこともできなかった。

Ⅴ　答えと問い

1

私の心臓は、一度止まったのだという。

私は私を、撃ち損ねたはずなのに。

私は池の上で気を失い、そのまま医者のもとへと運ばれた。その後27時間意識が戻らず、極度のストレスによる緊張状態が続いたらしい。

シーターは死んだ。私から払いのけられた銃を拾い上げると、素早くそれを自らの喉に向けて撃った。弾丸が脳髄を砕き、シーターの生は医学の守備範囲外に去った。

アリエクスは死ななかった。私が打った弾は右心房に傷をつけたが、そこに致命的な穴を開けるにはいたらなかったらしい。私より早く、意識を取り戻した。

シーターが死んだという事実を聞いたとき、アリエクスは黙ってただ涙をひと筋のみ流したという。

本当だろうか？

私は信じない。

＊

私の病室に、シャカとサンディがやってきた。

「革命政府は成立しそうなの？」私は真っ先にそれを聞いた。

「だいじょうぶ」シャカは自信ありげにうなずい

た。「アリエクスを含めた十一人もの人間が〈完了〉を免れて生き延びていた。しかも政府評議員の連中はそれを知っていた。この世界の住民はひとり残らず、生まれて初めての憤りを感じている」

「でも、もう私たちは主導権を握れないでしょう？　サンディと私は、アリエクスの娘だった。母のシーターも、完了を偽って生き延びていた。私たちに対する反発が噴出するのは目に見えている」

シャカは首を振って、微笑む。

「そもそもきみがあの演説をしなければ、真実は知れることはなかった。それに……」シャカの表情が急に真顔に戻る。「シーターが自殺したことが、やはり大きかった。ひょっとしたら、シーターは……」

シャカが言いよどむ。サンディがそれを引き取って言う。

「私たちが誹りを受けぬために死んだ」

「キン」サンディの結論から逃れるように、シャカは問題をシフトする。「この世界の住民たちのきみへの信頼は、今や絶対的なものだ。きみはこの世界の欺瞞を暴きだした。実の父をその欺瞞の罪ゆえに撃った。皆はそう考えている」

「……それならばシャカ、私からのふたつの願いを聞いて。できる限り早く、アリエクスを審判する場をつくってほしい」

「もうひとつは？」

「審問員のひとりとして、『外部』からシンを招いて」

「シンを⁉　いったい、どうやって……」

サンディがそう言うのに、わたしは答えた。

「この世界を建設している頃に外部との交通用に使っていたジェット・ヘリを、The Museum で見たことがある。『ブルー・ビートル』とかいう名前だった。あれは、まだ、『外部』のテロリストに捕捉されるほど性能は劣化していないはず」

「しかし……」シャカは不安顔を見せる。私は言う。

「それでたとえ微細な問題でもおきたなら、私をアウラにつき落として処刑してもらいたい。その覚悟を全住民に伝えて、合意を得て」

アリエクスがしたことは、この世界にとっても裏切りだが、それよりもはるかに重い罪を「外部」に対して負っている。本当なら、アリエクスを裁くのは「外部」であるべきかもしれない。しかし「外部」にはそんな機構はないし、もしあったとしてもただ極刑を科して、真理を明らかにはし得ぬまま終わりにするだろう。「外部」にとって、アリエクスは道理を超えて強く憎むべき敵だからだ。だからアリエクスへの審判はこの世界で行うしかない。だが私たちだけで行うのは筋が通らない。「外部」から、誰かを呼ばなければならない。この世界の住人の信頼を得ることができ、かつ「外部」の良心を集約できるものを。そんな人間は、ただひとりしかいない。

たっぷりと考えた後にシャカはようやく口を開いた。

「『ブルー・ビートル』の整備を急ごう」

＊

アリエクスは点滴を受け酸素マスクをつけていたが、もう意識は回復し、血色も悪くなかった。医師はその老人の回復力に舌を巻いた。

私はアリエクスが横たわるベッドの脇に立つ。アリエクスは私に視線を送るまでもなく誰がやってきたかわかったようで、自ら酸素マスクをはずし、ハローと呟いた。

「人類史上最悪の詐欺師という正体がばれて、気分はどう?」私は訊く。

アリエクスは口元を緩める。私は質問を重ねた。

「失敗して、後悔しているのでしょう?」

「私が失敗を? 失敗したのは、きみじゃなかったのか? 私を、殺し損じた」

「あなたが着ていたシャツには高強度の金属繊維が縫い込まれていたと聞いた。それは何のために?」アリエクスは無言だ。

「……何にせよ、殺すより審判を開くほうがよかった。結果的には満足しています」

ふむ、とアリエクスはうなる。

「私も、最後にきみと議論することができるのは、嬉しい」

「議論するつもりはありません。私たちはあなたを裁く。あなたによって終末の絶望に叩き落とされた『外部』の代表とともに」

「それもいいアイデアだ。『外部』から私を裁きにやってくるのは、きっとシンという女性だろう? 違うかな?」

「もう誰かから聞いた?」

「……シンにはずっと会いたいと思っていた。ユイという女性が、私のかつての協力者だったことは、もうきみも知っているだろう」

「シンから聞きました。そのせいで死んだことも」

アリエクスは酸素マスクを口元に当てた。そして何度か深く呼吸をした。私はそのあいだ待った。

しばらくしてアリエクスは酸素マスクをはずし、私はまた訊く。

「あなたは恥じていないの? 火星移住の幻を掲げて地球上の財産をかき集めたことを。自ら定めたルールに反して生き延びたことを」

「私は恥じていない。なぜなら……いや、その話は審判のときにしないか？　シンこそその問いを私に発し、答えを聞く権利を持つだろう。彼女がいないときに、その話をするのはフェアじゃない」

「あなたからフェアという言葉を聞くとは思わなかった。でもその通りね。そうしましょう」

私は言葉を引っ込め、病室を静寂が支配する。点滴のしずくの音が聞こえてきそうなほどの静寂だ。

その点滴の量が、半分ほど減る時間がたってから、私は次の質問をした。

「なぜ〈完了〉を逃れたのです？」

「きみに殺されるためだ」

「皮肉のつもり？　私はあなたを殺しそこなった」

「このあいだのことをいっているわけじゃない。審判の後の話だ」

「あなたを死刑にすると決まったわけではない」

「いや、きみは私を殺さなければならない。きみは二重の意味で父を殺す。それが必要とされるからだ」

「それが何に必要だと？」私は吐き捨てた。「エディプス的主題なら私には無縁だわ」

「それも審判の席で明らかにしよう」アリエクスは自信に満ちた声を出した。それから酸素マスクを着装した。自分でマスク固定ボタンをタップする。もう、これ以上ここで私の問いに答える意思はない、ということなのだろう。

私はアリエクスのベッドから離れた。そしてアリエクスの、この自信に満ちた態度のことを思った。

アリエクスは、やがて始まる審判の主は、私やシンではなく、彼自身だと思っているのだろうか？

私の頭のなかに、そんな疑問が居座り始めた。わからない。私は自分に向けて言った。私はいったい、何を問おうとしているのか？

＊

午後4時を過ぎる頃、私はシャトル発着場に出た。サンディとシャカも一緒だ。

東の空に、青い点が浮かぶのを、シャカが見つけた。点は次第に大きくなり、やがて爆音が聞こえ始めた。『ブルー・ビートル』が無事に帰還する。

マハトマがタラップを降り、後ろを振り向いて手を差し伸べる。細い腕がそこに伸びる。女性の手。アーミー・パンツと白いセーター。黒い瞳が、すばやく私たちの姿を見つける。

「あなたがシャカね」シンはそう言ってシャカと握手する。「さて……」黒い瞳はサンディと私とを交互に見た。「どちらがサンディで、どちらがキンかしら？」

「サンディ」そう名乗ってサンディが右手を差し出した。

「それでは……」次にシンは私の前に立つ。「あなたがキン」

「そう」私は言った。「やっと会えた」

「本当に」

シンが私の手を握る。細く骨の浮き出た腕。しみの浮き出た肌。だがその手は力強く、瞳は限りなく優しかった。絶望に空をつかみ続けた手が、なぜこんなにも力強いのだろう。この世界を憎しみ尽くしたはずの瞳が、なぜこれほどまで優しく私を見るのだろう。

シンの姿が、たちまちぼやけた。

「おやおや」シンの声が聞こえる。「世界の命運を握るエベレスト・コロニー代表さんは、とんだ泣き虫だったのね」

明るい笑い声が聞こえた。ブルー・ビートルをあとから降りてきたシューが笑ったのだ。

「さて」マハトマが言う。「それでは皆、シャワーを浴びに行こう」

「シャワー?」シンが驚いた声を上げる。「みなさん、ずいぶんときれい好きだこと」声に皮肉の色が混じる。

「気を悪くしないでください」とマハトマ。「シャワーの間に、検疫と、日常的な健康スキャンが同時に行われるのです。健康スキャンというのは……」

「それなら知っています。ではキン、サンディ、私がシャワーを浴びる間、そのスキャンされたデータが、実際にどう解析され利用されているのか、詳しく説明してください」

シンはそう言い、サンディと私は互いに目を見合わせた。

＊

「好奇心が服を着ているみたいな感じだったね」

3人の寝室で、シャカは言った。サンディと私はうなずいた。

長距離を短い時間で移動して疲れただろうと、私たちはシンを気遣い、ゆっくりと休むよう提案した。料理のエキスパートを呼び、疲労を癒し心を和らげる料理をすぐに出せるようにもしておいた。だがシンは、眠るのは深夜でいいと言い、食事も「オニギリ」にしてくれと要求した。料理人は「オニギリ」なんてつくったことがないと驚き、コンピューターで急遽レシピを探し出して、それをつくった。不恰好なライス・ボールが出現した。シンはそれを手に取ると言った。「さあ、案内を始めて」私たちがあっけにとられていると、こう続けた。「『オニギリ』は歩きながらでも食べられるようにできているのよ。それともこのコロニーでは、歩きながらものを食べるのは禁じられているのかしら?」

いたるところから好奇と畏怖のまなざしが注がれるなかを、シンと私たちは歩き回った。シンは、すべての場所をあらかじめ知っていた。この世界のあらゆる場所の意味を、空間の役割を、シンは了解していた。

「この世界を設計した建築家から直接話を聞いたとはいえ」とシャカは言った。「よくあれだけ正確に理解していたものだと思う。シンの頭のなかには、建築家同様、この世界がそのまま立ち上がっていたのだろう」

「彼女の頭のなかの世界に欠けていたのは、アリエクスが隠れていた『The Stomach』だけね。その点で、彼女は私たちとまったく変わらない」

私が言うと、シャカは首をひねった。

「The Stomach のなかはネットワーク・アクセスが皆無だった。接続があればエンジニアの誰かがそれに気づくから、それを避けるのは当然かもしれない。それにしても、狭い隠し部屋の外のことはゴーストとして感じるだけ、そんな生活を何十年も続けるなんて、苦痛でしかないだろうに」

「シンもその点をさかんに怪訝がっていたわ。建築家は、この世界はすべて合理の精神からできていると、胸を張ってシンにすべてを話そうとした。そんな建築家が、トリッキーなうえに快適でもない隠し空間など、設計するものかしら、と……サンディはどう思う?」

サンディは返事をしなかった。私もシャカもサンディの顔を見た。

「サンディ……ハロー!」

私はサンディの顔の前で手を振った。

「ああ……」サンディは静かな声を出す。「……キン、審判はずいぶんと長くなるのかな?」私の問いなど耳に入っていない様子で言った。

「アリエクスがどれだけ正直に話すか、にかかっているね」シャカが言った。「どう思う、キン?」

「アリエクスはすべてを話すと思う。……といって、また彼の思うままにされないよう警戒する必要はあるけれど」

——ふぅ。サンディがため息をつく。

「どうしたの?」私は訊いた。

サンディはちょっと考えてから、顔を上げ、シャカと私の顔を交互に見つめた。

「結審したらすぐにでも、私は『外部』に行きたい」

——えっ? シャカと私は同時に声を上げる。

サンディは言った。

「今日、この世界の『学校』を見ているときに、シンが教えてくれた。彼女が立ち上げた組織は今、地球上の各地に、学校をつくっているのだと。——学校? けっこうのんきなんだ。私はそう思った。——もはや絶滅の危機も現実味を帯びてきているときに、学校。でもシンは続けてこう言った。『教育こそが私たちに残された最後の武器だと、私はようやく気がついたのよ』私は顔から火が出るほどに恥ずかしかった」

サンディはそこでいったん言葉を切り、私の目を見た。私とそっくりの顔、そして瞳。

サンディは続けた。

「私はシンに訊いた。『その学校ではなにを教えるの?』軍事について、科学について、歴史について、私はシンがそんな答えをすると予測していた。しかし違った。シンはこう答えた。『決して裏切らないこと。それに尽きる』」

「サンディ」私は言った。「あなたはあの反乱の日の、アウラでの戦いのことを思い出しているんでしょう。私は見た。あなたの教え子があなたに鞭を振るったところを」

「彼らは」慌てた口調でシャカが口を挟む。「その後サンディに謝罪しにきたそうじゃないか？」

「もちろん」サンディは答える。「彼らは裏切っていない。裏切ったのは、私」

シャカと私は顔を見合わせ、それからもう一度サンディを見た。

「だってそうでしょう。この世界の理念を彼らに教えていたのは私なのよ。その私が、反乱の中心にいた。彼らが私の姿を見て、どれだけ混乱したか」

——サンディ。私はその顔を見つめながら考えた。——私はきっと今、あなたを初めて知った。

そのとき、サイドテーブルに置いてあったタブレットが、ビデオ会話の着信音を鳴らした。応答サインをタップすると、8時間前に見た顔がそこにあった。

検疫シャワーの時に私たちを健康スキャンした男。ヒロシゲという名の医者だった。

2

1200m先にある小さな光の穴にむけて、24本の螺旋が駆け上る。グラスファイバーがその鉄骨に寄り添い、点の光が連なって別の24本の光の螺旋をつくる。上空の光の穴は天上の世界への入り口のように見え、光の螺旋は入り口へ案内をする小さな妖精の群れのようにも思える。

私は空を見上げていた首を、元に戻す。すると、車椅子に座っているアリエクスもまた、首を後ろに倒し宙を眺めていた。隣を見るとシンも同様に、空を見上げている。

審判の場所は、ビッグ・サークル。その中央に直径6メートル、高さ60センチの円形ステージがつくられた。その中心に置かれた車椅子に、アリエクスは座っている。車椅子が置かれた部分の床は、アリエクスの手元にあるホイール操作で、回転する。

ここならば、この世界の住人すべてが、アウラを通して審判の様子をダイレクトに見ることができる。上昇気流は審判のあいだオフになる。

アリエクスを取り巻くように、シンと革命政府の計12人が、直径5メートルの円周上に並べられた椅子に座っている。隣の審問員との距離は1メートル程度。シンと私とは隣り合い、この審判を終始リードする役割を担うだろう。

数多くのカメラが、ビッグ・サークルの中心、円周部、さらにはアウラのいたるところに設置された。ビッグ・サークルの片隅に、配信・記録のためのコントロール・ルームもある。これで「外部」の二十億人も、すべてこの審判の証人になる。

被審問者は、アリエクスただひとり。他の被告、つまりThe Stomachの生き残りや、旧政府評議員は、ステージの外周に座らせた。彼らは雑魚だ。

あらかじめ、「外部」にも、これまでに確認された事実を公開している。アリエクスを裁く立場のサンディと私が、実はアリエクスの娘であったことも、すでに誰もが知っている。

アリエクスは黒いロングコートのような服を着て、心拍や血圧などを測る装置はすべてそのなかに隠れ、データはワイヤレスでステージの外にいる医師に送られる。アリエクスは飽きずに宙を見上げたままで、その表情もわからない。

「始めよう」シャカの声がアウラに響く。

アリエクスはようやく顔を前に向けた。そして私とシンを交互に見る。

「最初に、この地球上のすべての人間に言っておきたい」シンの向こう隣に座っているシャカが続ける。「この審判は、アリエクスの罪について問うものだ。アリエクスはこの世界……エベレスト・コロニーに対して罪を犯したと考えられている。その罪は、そのまま地球上のすべての人間に対する罪となるかもしれない。また、アリエクスが有罪と結論付けられた場合、このコロニーの存在自体が罪とみなされる可能性もあることを、コロニーの住民全員が覚悟している。その可能性を公平な立場から見定めるために、私たちはシンを『外部』から……失礼、世界から招いたのだ。……それでは、コロニー革命政府の代表者であるキンから、アリエクスの罪状について説明してもらおう」

「ありがとう、シャカ」私は言った。「直感的には、アリエクスの罪は複雑で、それを指弾するためには長く入り組んだ物語を語らなければならないように思う。私はその複雑さから逃げるのでは決してないが、論点を明確にするために、あえてアリエクスの罪を3つに単純化したい。アリエクスが掲げ全人類がその推進に協力した『火星移住プロジェクト』は、実は最初から幻に過ぎなかった。これが第1の罪。2点目は、幻を利用してこのコロニーをつくり、そのためにコロニー外の人類を滅亡の危機へと導いたこと。そして最後に、このコロニー内の〈完了〉のルールに反した罪。アリエクスはその死のルールを定め、それに〈完了〉と名前をつけた張本人だった。にもかかわらず、自らは死を恐れ、『The Stomach』という名の隠し部屋で、仲間とともにのうのうと生きながらえていた。アリエクスは現在82歳。『外部』

とこの世界の平均年齢に照らし合わせ、アリエクスは不当に自らの生を守り続けたと断じるしかない」

「アリエクス」シャカが言った。「今キンが言った罪を、あなたは認めますか?」

「認めよう」アリエクスはあっけなく言った。

「ただし、ひとつだけ正さなければならない。私は死を恐れたのではない。『名誉のため』などという、くだらない目的のために主張するのではない。すぐに明らかになるだろうが、それははっきりさせておかないと、真実が見えなくなる」

「ミスター・アリエクス」シンが口を開く。「あなたの名誉など私としてもどうでもいいが、もし正当な目的であなたがここまで生きながらえたとするなら、なぜこのコロニー内に隠し部屋などつくったのか? 私がかつて取材したこの世界の設計者で建築家のタキは、隠し部屋の存在などまったく話さなかった。ひょっとして隠し部屋は、49人委員会全体の承認もなしに、あなたの生への執着のみがつくらせたものでは?」

「シン、きみとここで話せることの喜びを、まず表明しておこう」アリエクスは微笑む。「ユイは……、いや無駄話はやめよう。今の質問だが、隠し部屋も当然、49人委員会の承認を経て、タキが設計したものだ。確かにタキは『隠し部屋をつくってほしい』というクライアント……それは私のことだが……の要望に抵抗した。古代ギリシャの時代から、建築とはただ真実を表現するものなのだそうだ。そこで私は言った。『隠し部屋といったところで、数十年後にはそのからくりはすべて明らかになる。この建築が真実を裏切るのはその数十年間だけで、その後はむしろ隠し部屋の空間こそが真実の源泉であったことが知れるだろう。それでもそれを設計することはいやかね?』タキは少し考えたが、やがてOKとうなずいたよ」

「奇妙なことを言うわね、アリエクス」と私。

「『The Stomach』がこの世界の設計当初から計画されていたとしましょう。しかし、秘密の計画がその秘密の暴露を前提になされる、というのは論理が矛盾している」

「矛盾ではない」アリエクスは短くそう答えただけだった。

　私はちょっと言葉に詰まった。アリエクスの意図が見えなかった。アリエクスの言うことをすべて本当だと仮定してみよう。隠し部屋は最初から計画されていた。つまりアリエクスは最初から自分は〈完了〉のルールを逃れ生き延びるつもりだった。だがアリエクスは死を恐れてそうしたのではなかった。隠し部屋はいつかその存在が露見することを前提としていた。ということはつまり……アリエクスは今日のような日が来ることを、はるか昔に予測していたということなのか？

「僕から、火星移行プログラムのことについて訊きたい」

　押し黙ってしまった私に変わって、シャカが質問をする。

「火星移行を断念したのはいつか？」

「断念をしたことはない。つまり、私は最初からその気がなかったのだから、断念のしようがない」

「それでは、最初から幻であることを承知で火星移行という未来を見せ、それで地球上の富と資源とをここに集中させたのは事実ですね？」

「事実だ。その点で私は有罪だ。だが、一言付け加えれば、この先実際に火星移行がなされたとしても私は驚かない。事実、シャカ、きみたちこの世界の若い科学者たちは、今そのための研究を進めているんじゃないのかね？　そしてその結果、全体移行のタイムテーブルは百年単位で変更せざるを得ないが、数十人程度の火星殖民なら、今すぐにでも可能だという結論に達しているのでは?」

「どうして……」シャカの声音が半音ばかり上がった。私はシャカの向こうに並んでいるデモクリトとオズの顔を見た。彼らの顔にも、驚きの色が浮かんでいる。シャカは言った。「……なぜ、そのことを知っている? 少数移行の実行については、孤立化(isolated)コンピューターで秘密裏に検討を始めたばかりなのに……」

今度は私が驚いた。シャカが、火星移行の実行を再検討している? 私は何も聞いていない。

動揺をなんとか押し鎮めながら、私は言った。

「この審判はできるだけ迅速に行う必要がある。『外部』は絶滅の危機に瀕していて、私たちはそれをくい止める責務を持つ。しかしそのためには、誰の目にも真実はこうだったとわかるように、歴史を正確に記述しなおす必要があります。少し遠回りになりますが、アリエクス、この世界がなぜ、どのように、何の目的でできたのか、塵ひとつほどの隠し事もせずに、話しなさい」

「わかった」アリエクスは言った。「それでは、History of the Parfect World を語るとしよう。そもそもは The Event の半年前にタキという建築家が私を京都に招いたところから始まった。彼は……」

「違う」

シンがアリエクスを遮った。シンは私に目配せした。しばらくのあいだ主導権を握らせてくれという合図なのだと、私はすぐに了解した。

「違う」シンは繰り返した。「history の始まりは、そこではない。アリエクス、あなたはもうひとつの story から話さなくてはならない。history は

２０２５年12月、あなたの恋人マーヤ・デイが殺されたstoryから始まるのだから」

*

「世界があなたの愛するマーヤを殺した。あなたはそう考えた。テキサスの狂った夫婦が……世界の狂気がマーヤ・デイというすばらしい音楽家を殺した。そしてその瞬間から、世界を逆恨みし始めた」

「……まぁ、いいだろう」アリエクスは冷静だった。「話を続けてくれ」

「言われなくても続けます。……世界は狂っていると、あなたはそのとき確信した。しかし、私は知っている。狂っていたのはマーヤを殺した夫婦ではない。あなたのほうだ」

「どういう意味かな？」

「これは、すでに世界中のひとたちが、私のレポートから知っている。知らないのは胃袋のなかで冬眠していたあなただけ。…２０２５年12月、ニューヨークのセントラル・パーク内の『ストロベリー・フィールズ』と名付けられた一角で、20世紀の音楽家ジョン・レノンをしのぶコンサートが行われていた。コンサートには平和を願う集会としての性格もあった。そこに、爆弾を積んだ一機の飛行機が突っ込んだ。コンサートの聴衆のひとりだったマーヤ・デイ……若きアリエクスの恋人にして天才的音楽家……は、そのばかげたテロで殺された。このセスナ機に乗っていたのはテキサス出身の老夫婦で、政治的な主張やカルト宗教などの背景ももたない人間だった。ただ彼らの自宅から『これが私たちが考えたピース』と書かれた紙切れが出てきて、それを当時の警察は犯行声明とみなした。あなたはこれを世界の狂気と断定した。あなたは言った——平和を唱えるものこそが、この世界を憎む」

「それは狂気だ。違うとでも？」

「違う」シンはテーブルの上を見ている。そこに「犯行声明」の紙切れが置かれているかのように。

「私は、この事件を、再調査した。そしてついに一冊のスケッチブックを見つけた。老夫婦の友人の持ち物だったそのスケッチブックには切り取られたあとがあって、それは老夫婦が……フローレス夫妻が『声明』を書き込んだ紙切れの切り取りあととぴったり一致した。そしてスケッチブックには、こう書いてあった。『ストロベリー・フィールズの上を旋回飛行すること』と。あれは、犯行声明なんかじゃなかった。夫婦は、自分たちの平和に対する思いを伝える方法を、スケッチブックの持ち主とともに考えたのでしょう。それを文章の途中のところで破いたのは、スケッチブックの持ち主とその思いを共有しようとしたから」

——ストロベリー・フィールズの上を旋回飛行すること。これが私たちの考えたピース……

アリエクスは無言だった。シンはその表情をじっくりと見つめてから、先を続ける。

「飛行機は爆弾など積んでいなかった。ガソリン詰めのポリタンクを積んでいただけ。小型機が長距離旅行に使われるとき、普通ガソリンは立ち寄った空港でそのつど入れるものだという。しかしニューヨークの空を飛んでいた老夫婦の飛行機はポリタンクを積んでいた。なぜ？　ニュー・ジャージーでガソリンスタンドを営んでいた友人が、ただでくれたから。老夫婦にはネット・フレンドが、国内外にいた。ガソリンスタンドの友人も、当時『テロ』との関連を疑われて取り調べを受けたけれど、結果、シロと認定された。さて、当時の報道には、確かに『爆弾』と記述されている。これは初期捜査の段階で、警察が『ガソリンを使った手製爆弾』と発表したからです。実際には起爆装置も見つからなかったのだから、『爆弾』という表記は誤っている」

「では、なぜ飛行機は墜落したのかね？」アリエクスは、訊いた。私はアリエクスの顔を見た。歴史上の人物ではない男がそこにいる。

「さぁ？（It beats me）」シンは皮肉っぽい感じで言った。「ミスター・フローレスには糖尿の持病があった。事件の頃にはそれが悪化していて、時々気を失うことがあったと聞いた。操縦時にそれが出たのかもしれない。これについては確証がないけれど。そうした偶然は、確かにある。それは不幸だし悲劇だけれど、しかし殺人でも狂気でもない」

「あれが犯罪ではなかったことを認めよう。しかし、あの世界がマーヤを殺したことに違いはない。あの世界は、ひとを殺すのだ」

「偶然は罪ではない。それともアリエクス、あなたはそれを否定できる神だとでも？」

「私は偶然を否定しない」アリエクスは言った。「だが、偶然を最小限にとどめる世界をつくることはできた。それが、ここだ。この世界には、その危険性も知らずにガソリンを積んで飛ぶ飛行機もないし、糖尿で気を失う老操縦士もいない」

「私はこのコロニーの成り立ちを問題にしている」シンはすぐに反論した。「このコロニーの構想はあなたの歪んだ認識から生まれた。ゆえにコロニーが存在すること自体、間違っている」

「それは論理的ではない」アリエクスは自信を取り戻した表情でそう言った。「私は聖書の記述の中で、『原罪』の項目が最も嫌いだった。罪の根拠を起源に求めるのは、実のところ罪を他者の……『原罪』の例でいえば神の……所以にしようとする行為にすぎない。それは本当の罪をむしろ見えなくする。それでもシン、きみはこの世界の

『原罪』を問おうとでも？」

「……問います」シンは静かに言った。「蛇がどうのというお話ではない。数十億の人間が、それによって苦しみ、すでに死に、これからも死ぬ現実があるのだから」

「『外部』の人間が殺し合いをするのは、『原罪』の故ではない。彼らの勝手な都合だ」

「違う」私は口を挟んだ。「あなたは『外部』が滅ぶように仕向けている。そうなる筋書きを書いたのはあなただ。シーターはそれを『罪と罰のシナリオ』と呼んだ」

「『罪と罰』を真剣に読んだことが？」アリエクスの口調が皮肉を含んだ。「罪を問えるものは結局そのもの自身であり、罰することができるのもまたそのもの自身であるというのが、ドストエフスキーの考察だと私は理解している。ところが愚かなものたちは、自らの罪と罰の源を必ず他者に求める。天罰だと騒ぎ立てるか、さもなくば敵をつくり上げる。『外部』がしてきたのが、まさにそれだ」

「破滅のための知識を流出させていたのはあなたであって、『外部』の誰かではない」私は食い下がった。「あなたが『外部』を勝手に罰しようとしている」

「違う」今度はアリエクスが否定した。「自殺したいという人間に、私は『銃』という概念を手渡しただけだ」

「……アリエクス」シンが再び口を開く。「自らに向けられた銃口を見つめたことがありますか？」

「いや……私はキンに撃たれたが、銃口を見つめる間（ま）はなかったからな」

シンはアリエクスを見つめ、アリエクスはそれを見つめ返している。ふたりとも、それきり黙った。誰も、何も言わなかった。ふたりの視線がこの場所の――このアウラの、いやこの宇宙の中心にあり、それはこの空気にほかの声が混じるのを許さなかった。わたしはシンの目を見た。横から見ていても、その視線の力は感じられた。それは照準を定めて微動だにせず、それでいて何も見つけられぬ虚無の暗さを湛えている。

そのまま、ただ時間だけが過ぎた。やがて、アリエクスが低い声を出した。

「私の手渡した『銃』によって殺される瞬間がどんなものなのか、よくわかったよ」

「……それで?」

「私はかつての世界を憎悪し、そしてその憎悪は私が真実を見抜けなかったから生まれた。そしてそれ故に多くのものが『銃口』の闇に吸い込まれるようにして死んだ。このコロニーには『原罪』があり、それはほかならぬ私自身だ。シン、真実をどうもありがとう」

*

午後9時、私たちの家、ダイニング・ホール。シンがこの世界に来て3回目の夜。12人が集まっている。第1回審判の総括をするために。

だが誰も口を開こうとしない。

コロニー構想の始まりについてシンの指弾を認めたあと、アリエクスは歴史について語り続けた。淀むことなく、しかし慌てることもなく、理路整然と、そして堂々と。シンや私がところどころでアリエクスの思い違いや罪について指摘すると、概ねそれをすぐに受け入れた。何回か議論にはなったが、そんな時でもアリエクスに罪を逃れようとする態度は感じられず、むしろ歴史の正確な記述を自ら望むようですらあった。

「我々は本当にアリエクスを審判しているんだろうか？」立ったままのシャカが、ようやく口を開く。「真実を要求しているのは誰なんだ？我々？　それともアリエクス？」

「そこまで卑屈になる必要はないわ」椅子に腰かけたプリマが言った。「我々は……シンはアリエクスと対等に対峙している」

「対等じゃ、だめなんだ」デモクリトが言った。「裁き、裁かれる関係なんだから」

皆はまた、黙った。シンは腕を組んで考え込み、マハトマが立ったままそれを見つめている。

シンが考えていることは想像がつく。アリエクスは自分の罪を認めている。まだ油断はならないが、アリエクスを極刑に科すことはおそらく可能だろう。でもそれで、このコロニーも「外部」も、何も変わることがないとしたら？　そして、もうひとつの疑問。アリエクスはなぜ隠し部屋をつくって生きながらえてきたのか。ただ最後に罪を認め、極刑を科せられるために？

「マーヤ・デイのこと……」しばらくして、サンディがシンに訊いた。「彼女のことで、あなたが知っていることをもっと教えて」

「ええ」シンは言い、組んでいた腕をほぐした。皆の視線がシンに向かう。

「報道されなかったことで、だからきっとアリエクスが自分ひとりだけ知っていると思い込んでいる事実がある。マーヤ・デイは、死んだとき、妊娠していた」

シンはそこで、ちょっと辛そうな表情をして、自分の胸をこぶしでとんとんと叩いた。私はただ息を潜めて続きを待つ。

「これは、ニューヨーク市警を取材してわかったこと。検死結果に、確かに『pregnant』の文字があった。マーヤの死因は頭部の打撲だけれど、爆発の瞬間に手で頭をかばえば死を避けることはできたかもしれないという。しかしマーヤは、頭ではなくおなかを手でかばっていたらしい。さらに私は、当時の担当警察官に会うことができた。その警察官は女性で、被害者の遺品を調べ、それを遺族や関係者に返還する業務を行ったという。警察官というのは一般にそういう傾向があるけれど、彼女も記憶力がよくてね。マーヤのバッグに入っていたノートの内容をしっかりと覚えていた。ノートにはこう書いてあったそうよ。——**私はアリエクスの子を身ごもった！　この妊娠をなんとかして彼の仕事に結びつけよう。彼がもてあましている才能の使い道を、この子がきっと教えてくれる。この子の名は、Jagatで決まりだ！**　この警察官は、Jagatのスペルは覚えていたけれど、その意味を知らなかった。私は彼女に教えてあげた。それは、ヒンディー語で、『世界』という意味だと」

　ああ！　ため息とも嘆きともつかない音を、シヤカが発した。

「外部も、この世界も、すべてアリエクスの個人的なstoryから発したhistoryを歩まされたというわけか」

「それ自体を罪に問うことはできない」ヴェーラがこの日初めて口を開く。「善悪は別として、ナポレオンでもヒトラーでも毛沢東でも、天才的な指導者は個人的storyをその行動の出発点としている」

「だからといって、このstoryとhistoryとは、あまりに重さが違いすぎる。だいたい彼は……」

「彼女の言ったことは正しいわ」激昂しかけたシヤカを、シンが冷静に制する。「ただ、アリエクスのstoryは間違いだらけだったと示したことは意味があると思う。でも私が裁きたいのは、アリエクス個人よりも、このコロニーの存在、そのものの罪。その点では私とあなたたちとでは……」

「少なくとも私はあなたと同じ」私は右手を上げてシンの言葉を遮った。シンが私の目を見て小さく微笑む。私はその微笑みに向けて言葉を継ぐ。

「しかしそのためには、やはりアリエクスの story の歪みを追及し、それを逐一、history と照らし合わせるしかない」

シンがうなずくと、シャカが、それならば、と言葉を発した。

「マーヤのおなかのなかにいた子どもの話も、審判の場で持ち出してみればいいじゃないか？ アリエクスを動揺させれば、さらなる歪みが明らかになるかもしれない」

「彼は動揺なんてしない」シンは静かに言った。

「もしも銃を目の前に突きつけられたって、わずかばかりも動揺なんてしない」シンはシャカをじっと見つめ、シャカはそれに押されるように一歩後ずさった。

マハトマが感嘆の目でシンを見ている。きっとこの軍人は、シンの熱烈なファンになりかけている。

*

審判は連日続いた。

アリエクスには、さらなる詳細な歴史について語らせ続けた。アリエクスは何もかも話した。話題がアリエクスの個人史（story）に及んでも、答えづらそうにしたり、ましてや沈黙することはなかった。私たちがいまさら驚く新事実は出てこなかった。しかし「外部」では、きっとあらためて怒りの声が噴出しているだろう。

シンが世界に来てから6日目、私はシンを、私の仕事場を見せたいという名目でスタジオに誘った。

　シンはスタジオにそろった機材に目を丸くした。昔見たSF映画みたい、とシンは言った。私が演奏のラフ・チェックに使うメモライザーがあって、特にそれに大きな興味を示した。それは1インチ四方で厚さ5ミリ。光電池で作動し、1000時間の録音・録画および周辺環境の完全な記録ができる。簡単な再生装置も入っている。私はそれをシンにあげる、と言った。コロニーからものをもらうわけにはいかないけれど、とシンは言った。あなたからの個人的プレゼント、ということなら、ありがとう。シンは微笑み、私も微笑んだ。

「さて」とシンはメモライザーをポケットに入れてから言った。「それで、ここに私を連れてきた理由は何かしら？　これをプレゼントしてくれるためだけではないのでしょう？」

「ええ」私は言った。「ひとつお願いがあるの。……精密検査を受けてほしい」

　シンは自分の胸をこぶしでとんとんと叩いた。

「ここのことね？」

「あなたがここに着いたその日のうちに、検疫室のドクター・ヒロシゲから報告を受けていた。あなたは心臓病を患っている、と。しばらく様子を見ていたのだけれど、あなたは時々胸が痛むのね。ドクター・ヒロシゲも傍聴席からあなたを観察していた。それで昨日の審判が終わったあと、『やはり精密検査の必要がある、それもできるだけ早く』と言ってきた」

　シンは腕組をして、黙った。私はしばらく待ったが、沈黙は続いた。私は言った。

「ここには、『外部』とは比べ物にならないくらい優れた医療機器がある。さっきプレゼントしたメモライザーと同じように。あなたはこれからの世界にどうしても必要なひとでしょう。こだわりがあるのはわかるけれど、ここで治療を受けるべきよ」

「キン、私も、検査は受けたいと思っている。しかしそれは、私の心臓がいつ止まるのか、それをできるだけ正確に知りたいから。外のヤブ医者たちの予測は、数週間後というものもあれば数年はだいじょうぶというものまで幅がありすぎて、行動計画に何の役も立ちはしない。だから、ここは厚意に甘えようと思う。でもはっきりさせておいて。してほしいのは検査まで。治療は拒否するし、ましてや手術の類は何があっても受けない」

「どの程度悪いか、だいたいわかっているの?」

「ヤブ医者どもが一致している見解があって、さっさと新しい心臓に取り替えてこっちのくたびれたのは捨ててしまえ、ということね。生まれつき、私の心臓は普通より小さかったらしい。よくもここまでもってくれたという感じよ」

シンは笑ったが、私は真剣だった。

「シン、ここにはすばらしい人工心臓があって……」

ハハ、とシンはまた笑った。

「『シンがコロニーに行った目的は実は心臓を貰うことだった』ということにしたいの? その手のニュースを流したがっている連中は五万といる。武器を取れば正義を果たせると思っているものはその数十倍といる。私の心臓のせいで、また数十万……いやこの状況を考えれば、たぶん数億のひとが死ぬのよ」

「心臓移植は極秘で行えばいい。手術もその事実の秘匿も、人類のためという目的があってこそ。たいせつなのはその目的であって、そのために情報を……」

私はそこまで喋って、やめた。シンが微笑みながら私の目を見ている。

私は言った。

「今の論理は、アリエクスと同じ。そう言いたいんでしょう?」

シンはうなずいた。

「あなたの優しさには感謝する。厄介な心臓を持ち込んで、申し訳ないとも思っている。申し訳ないついでに、ひとつ約束してもらいたい。もしもこのコロニーにいる間に私が死んだら、遺体には直ちに防腐処置を施して、外に運んで。そうすることなしに私が死んだという情報だけを流せば、『シンは死を装ってコロニーのなかで生きている、最初からそれが目的だったのだ』と言い募る連中が、またわんさかと出てくる」

「約束する。……それにしても厄介ね、あなたの世界は」

まったく厄介、と言ってシンは笑った。

「まあ、もうしばらくのあいだは私の心臓はもつでしょう。それでもいつどうなってもだいじょうぶなように、打ち合わせはしておきたいとは思う。……私の指令なら絶対に聞いてくれる、というようなひとでもいてくれればいいのだけれど、このコロニーではそれは無理な相談ね」

うふふ、と今度は私が笑った。

*

審判6日目。

すでにアリエクスは、この世界の成り立ちを、時系列に従ってすべて語り尽くそうとしていた。The Event前後の世界各地の紛争から、ふたつのコロニー間の3000日戦争まで、ありとあらゆる戦争に、アリエクスはどれも微妙に関与していた。恐怖が戦争を生み戦争が恐怖を拡大する。そしてその恐怖が、「もうひとつの世界」という幻への投資を生む。アリエクスはそのシステムを熟知し、見事にその波の上に乗った。

アリエクスは、自らが紛争を引き起こしたことは一度もないと言い張った。自ら恐怖を生み出したこともない、と。12人の審問員はさまざまな角度から疑問を投げかけたが、アリエクスの証言に綻びはなかった。――私はひとがすでに持っていた恐怖に火をつけた。憎悪に武器を与えた。嫉妬に、差別に、逃避に、その他あらゆる負の欲望に鞭を当て全速で走らせるよう仕向けただけだ――。アリエクスはそう証言した。シンはそれこそが最大の罪だと言った。アリエクスはそれを認めた。

――私は有罪だ、私を裁くがよい――。

アリエクスの罪はこれだけでも確実に問える。しかしそれがコロニーの罪であるとするにはまだ何かが欠けている。必要ならばまた歴史の検討に戻ることにして、次に私たちは別の問題へと移ることにした。つまり、アリエクスが、自ら定めた〈完了〉というルールに反して生き延びていた件についてだ。私たちは、自分とその仲間だけが〈完了〉を逃れたことについてアリエクスを追及するつもりでいたが、シンは違った。

「そもそも〈完了〉という制度自体が不自然な死を強制するものでしょう。理不尽な死刑制度、もっと言えば殺人を言い換えたものとしか私には思えない。ひとは誰も自然な死を死ぬ権利を持っている。その権利を奪うのは、戦争であれ〈完了〉であれ許されない。あなたは審判の最初の日、『あの世界はひとを殺す』と言ったが、このコロニーも〈完了〉という名でひとを殺している」

アウラに、小さな拍手が響いた。〈完了〉はこの世界内での問題であって、「外部」の人間からすれば他人事だろう。憎むべき敵の自殺のようなものだといってもいいかもしれない。しかしシンはそうした立場を超えて、審問を進めている。

「今きみは、『ひとは自然な死を死ぬ権利がある』と言ったね」

　アリエクスの目がシンを見つめる。黒い瞳に光は失われていない。車椅子には乗っているが、健康状態は日に日に改善されているのが見て取れる。今にも立ち上がって、私たちの目の前まで歩いてきそうだ。

「それでは自然な死とはいったいなんだ？　きみのような、心臓病で死ぬことか？」

　私は体が凍りついた。眼だけを横に動かして、シンを見る。シンもまた、口をわずかにあけ瞳を見開いている。アウラがざわめき、ステージ外周からも小声が聞こえる。

　ここでこのことを知っているのは、シンと私とドクター・ヒロシゲ、そしてもしものときシンの「指令を絶対に聞く」はずのマハトマ、その４人だけだ。それがなぜ……

「誰に聞いたわけではない」アリエクスは私たちの心を見透かしたかのように、先回りして言った、「シン、きみは時々こぶしで胸を叩く。苦痛に僅かに顔をゆがめて。するとキンが心配そうな表情でシンを見る。傍聴席には医師が来ていて、これまたシンを不安そうな眼差しで見つめている。シンを心臓病だと見抜くことはあまりにも容易だ」

　私たちはまだ誰も言葉が継げない。アリエクスは審判席を見回しながら、さらに力のある口調で続ける。

「ついでに言えば、今さっきのきみたちの反応を見て、シンの心臓病の事実は伏せられていたのだということもわかった。そこの大男を除いてな」

　アリエクスはそう言って車椅子が乗る床を少し回転させ、マハトマと向き合った。マハトマは私からみて左のサンディの向こう隣に座っている。アリエクスはそこから顔だけをシンに向け直す。

「シン、正直に言いたまえ」アリエクスはなおも続ける。「きみの心臓病は、かなり悪いのじゃないか？」

「……ええ」シンがようやくそれに答えた。

「なぜ手術をしない？」アリエクスはすぐに訊いてくる。「このコロニーには、おそらく完璧な人工心臓があるだろう。なぜすぐにでも移植手術をしないのだ？　10日もあれば、またその審問席に復帰できるだろうに？」

「シンはここにあなたを裁きに来たのよ、アリエクス」私は何とか落ち着きを取り戻す。「ここに心臓移植をしに来たのではない。だから……」

「だから、まもなく死ぬ、と？」

「そう」シンがきっぱりと言った。「それこそが人間の自然な死というもの……」

「違う」アリエクスはシンを遮って言った。「それは政治的な選択としての死だ。シンがここで心臓移植を受ければ、『外部』の愚か者たちはまたろくでもないことをしでかすだろう。それを避けるために、心臓移植を拒む。シン、きみは生きたいという欲求よりも、政治的な正しさを選ぼうとしている。それがどうして、自然な死なのかね？」

「だからといって、〈完了〉が自然な死だとはいえないでしょう？」サンディが叫ぶような声を出す。

「そのとおりだ」アリエクスは見事なまでに落ち着いている。「私たちには、ほかの動物のような死は不可能なのだ。セミが飛びながら死に、地に落ちるようなことは、人間にはできない。それを自然な死と呼ぶなら、人間は、あらかじめそれを奪われて生きていると言うしかない。私たちは生のありかたを選ぶように、死のありかたも選ぼうとする。思い通りに死ねるものもあれば、不慮の事態で死を余儀なくされるものもいる。どのような死でもつらく悲しいが、しかしより恐れられるのは、不慮の死のほうだろう。死の理想形を死ぬものは幸せだ。これとて比較的にとしか言えないが、死が不可避である以上、ベターこそベストということになる」

「つまり……」私は言った。「人間は自然から追放されているのだから、それは断念するしかない、と？」

「それも違う」アリエクスは答えた。「『自然』とは人間が発見した概念だ。他の動物は自然を知らない。その証拠に、自然を愛するのは人間だけだ。人間が自然を発見した。人間はその発見された自然のなかでなら、死ぬことができる。セミとはそこが違う」

「『知る』とはイデアの光に照らされることである」私はプラトンの言葉を思いだしながら言った。「アリエクス、あなたが『自然を知る』というとき、理性の作用を問題にしているように思える。だがそれは正しい？　理性以前の状態でこそ、あらゆる事物を照らしだす光があるはずだし、私はそれこそが自然だと思う。つまり理性的な選択以前の自然が、人間にもありうる」

「私も理性以前の光を問題にしたい」アリエクスはこともなげにそう答えた。「しかしそれは先験的な時空間としての自然という意味ではない。理性を超越した『空』あるいは『無』の状態でこそ初めて自然を照らし始める光がある。私はその『光』を、ループ・ルームにおいて設計したのだ」

「なぜ設計しなければならない？」シンが言う。「そのような設計こそが反自然的であると私は言っているんです」

「人間にできることはふたつしかない」とアリエクスが応じる。「うまく設計するか、へたくそに設計するかだ。設計しないという選択肢はない。きみにとって、人工心臓をつけて死ぬか、つけずに死ぬかというふたつの選択肢しかないように」

「いいえ」シンは毅然とした態度を見せた。「もうひとつある。それは、設計という行為に抗って死ぬこと」

「……よくわからないな」アリエクスは初めて、アリエクスらしからぬことを言った。「例を挙げて説明してくれないか」

「もちろん」シンは答える。「それは、たとえば、ユイ・ユキムラの……私の叔母の死です」

*

私はアリエクスの顔を凝視した。アリエクスの顔は平静を保っている。その裏側に、どのような心の揺れがあるのかは知れなかった。

「アリエクス、あなたは一時、ユイ・ユキムラという女性と愛し合っていたことがありましたか?」

シンはそう質問したが、アリエクスは沈黙とともにシンを見つめるだけだ。

「アリエクス、ここは審判の場です」私は言った。「審問員の問いには必ず答えなさい。あなたには黙秘権は認められていない」

「黙秘権などという概念は私にはない」アリエクスは再び落ち着いた声を出した。「もちろん、すべてに正直に答えよう。私はユイという女性と、愛し合っていたことがある」

「けっこう」シンは言った。「これも世界中のひとがすでに知っていることですが、私の叔母のユイは、コロニーの設計が秘密裏に始まった頃、アリエクスの仕事を手伝う羽目になった。そしてThe Event の数カ月後にアテンダントとして搭乗していた飛行機が爆破され、死んだ」

アリエクスは黙っている。コロニーの住民のなかにはこの事実を知らなかったものもいるようで、アウラに小さなざわめきが聞こえる。シンはかまわず、言葉を継いだ。

「ところで、私は18年前、旧スペイン地方にあるウエスカでひとりの女性と会った。彼女の名はカテリーナ、職業は農業手伝い。しかし若いころはキャビン・アテンダントをやっていて、そのときにユイの同僚だった。ユイは仕事でパリに泊るときには、このカテリーナの家に泊っていた。カテリーナは、ユイの遺品を、ダンボール箱ひとつにまとめ、捨てずにそのまま置いていました。私はそれを調べた。そしてユイの遺書を見つけた」

「遺書？　それは奇妙なことを言う。彼女はテロで殺されたんだ。遺書などあるはずがない。シン、きみこそ真実だけを語るべきだと私は思うが」

「もちろんそうしています。……確かにユイは、テロで殺された。搭乗していた飛行機が、爆発して死んだのです。では、爆破した犯人は誰だったのか？　それは、ユイ自身だった」

アリエクスは言葉を失った。私も同じだ。シンはこのことを報じていなかったはずだ。

「遺書は、メモリー・カードという、当時ですら時代遅れの記憶媒体に記録されていた。カテリーナがその遺書に気がつかなかったのは、単純に、彼女のコンピューターには、そのカードを読み取るスロットがついていなかったからです。そのメディアにはこうあった」

――私は男を尊敬し、信じ、そして愛している／だが私は男が、私の乗る飛行機に危険を運ばせていることを知っている／男は世界の「更新」のためにその才能のすべてを行使しようとしている／憶測と噂の類を最も軽蔑しながら、それを利用しようとしている／私は堪えられな

い、私の飛行機に、情報や資金という名の「テロリスト」が乗ることに／今度その危険な「テロリスト」が乗ってきたときには、私は身を挺してその意思を阻もう。私にはその覚悟ができている――。

「詩のようだとも言えますが」シンは言った。「私はこれを遺書だと断言したい。アリエクス、それについて異議は？」

「いや、ない」アリエクスは言った。

「中断を助言したい」突然、スピーカーから声が流れる。アリエクスの生体モニターを監視していた医師の声らしい。「アリエクスの身体には安静が必要になった。審判の中断を……」

「黙れ」アリエクスは言った。「間抜けなエキスパートというのはいつもこれだ。くそったれ医者（Dr Jack Ass）め！」

「くそったれ医者（Dr Jack Ass）！」私も復唱した。横で、シンが苦笑している。

「私はそれを……きみの記憶にあるその文章を、遺書だと認めよう」

アリエクスはすぐに冷静さを取り戻した。

「シン、きみはこの事実を今初めて明らかにしたのだろう。キンの表情を見ればわかる。なぜだ？　なぜそれを報じなかった？」

「私を『アリエクスの愛人の姪』となじるひとたちも少なからずいた。これを報じていたなら、私の『原罪』を糾弾する声を速やかに封じることができたかもね。でもそんなことをしたくはなかった。そしてこれは、あなたに直接ぶつけるしかない事実だと考えた。そしてきっとユイも、そう思っていたはずだから」

「……ユイは自爆して死んだ。私はそれを知らなかった。そのことを恥じたい。きみの言うとおり、設計に抗って死ぬ死もある。だがシン、それで私の論理にいささかの瑕疵（かし）が生じるのか？　それは当時の私の設計のへたくそさを示すエピソードに過ぎないのじゃないか？」

「エピソードでひとの死は済まされない」とシン。

「むろん、そうだろう」とアリエクス。「しかしそれは個人の感情の問題だ。きみもそう考えたからこそ報道しなかったのではないか？」

「半分イエスで半分違う。感情は個人のものだけではない。世界は感情の受容器みたいなもの。あなたの憎悪が世界を狂わせ、このコロニーが世界の憎悪を溢れ出させたように」

「……シン、きみは賢い」アリエクスはゆっくりと言った。「そこで私に教えてほしい。そもそも、宇宙のなかで、なぜこの地球にだけ感情などというものがあるのだろう？　どこかで数億年を生きた星が爆発し消滅したとしても、そのまわりには感情は一切なく、その受容器も存在しない。それがなぜ地球上の世界にだけ存在する？」

シンは虚を突かれたように、言葉を発することができない。私も何も言えなかった。アウラの底に、少しのあいだ沈黙が居座った。

アリエクスが再び口を開く。

「……私にもわからない。その謎の存在は世界から消え去ることはなく、幸福をもたらすこともあれば、ときに溢れ出し、暴力に転化する。だからこそ私は設計したのだとも言える。感情が満ちることはあっても、決して溢れ出ることはない容器としてのこの世界を」

「……問いかたを変えよう」しばしの沈黙の後に口を開いたのはシャカだ。「設計に抗うものの意思を、設計過程のなかに含めてしまおうというアリエクス式弁証法は、根源的に残酷であるほかない。その残酷を、あなたはどうやって正当化するのか？」

ああ、という声とともに、アリエクスの顔に少し笑みが出る。

「誤解されやすいところかもしれないが、この世界の成立は、ある意味で弁証法から最も遠い。なぜならそれは……これも誤解を招きやすい言いかただが……この世界には、理念がないからだ」

……理念が、ない？

私たちは、再び言葉を失うしかなかった。

*

「感情がこぼれ出さない容器をつくろうというのは、問題解決のためのいわば定量的検討の結果であって、理念（philosophy）の問題ではない。そもそも弁証法とは、矛盾から力が生まれそれが変革を生み、やがて理想（ideal）の実現へと繋がる——そういう思考方法のことだ。確かにこの世界の実現の過程にも、矛盾の力が果たした役割は大きかった。きみたちがそこを見て、私が弁証法的思考を用いていたと誤解するのは無理からぬところだ。だが弁証法には常に倒錯が用意される。過程の末に初めて姿を現すはずの理想が、最初に理念という名でぶら下げられる。そしてこの理念にそぐわない事実は、すべて反動的という名目で排除される。弁証法の倒錯……たとえば、マルクス自身以外のマルクス主義者が犯した大きな誤りがそれだった」

「このコロニーはその大きな誤りを犯した。それをどうして認めない？」シンが詰め寄る。

「私は理想を語っただけだ」アリエクスは平然としている。「それを理念にすり替えて矛盾を爆発させたのは愚かなる『外部』であって——あるいは南極コロニーであって、この世界ではない」

「あなた自身は弁証法主義者ではなく、ただ倒錯弁証法を利用したに過ぎない。そう言いたいのね」サンディが言った。「それであなたの罪が軽くなるとは思えないけれど……」

「有罪でけっこう」アリエクス。無表情。「私はその点で争う気はない」

私は訊いた。

「『外部』が勝手に理想を理念にすり替えた、とあなたは言った。このコロニーは、そのすり替えに何の役割を果たしていないとでも？」

「確かに私は、すり替えのシナリオを書いた。それをThe Eventの直後に、上演し始めた。見上げれば青く広がっていると思っていた空が見たこともない紫色に染まり、そこに黄色い巨大な切れ目が生じている。そんな風景から根源の恐怖を植え付けられたものたちの耳元で、理想についてささやけば、彼らが理念の奪い合いを始め、やがて理念が消え去ってからも争いをやめぬことは、私の目には見えていた。だがこのコロニーは、そんな理念とは何の関係もない。ただ合理的に、理想が検証された結果だ。この違いが、きみたちにわかるかね？」

「わからない」アリエクスの背後から、かわいらしい声がする。「もう少し説明して」クーとソウだ。

「よろしい」アリエクスは車椅子の乗った床を180度回転させる。「私は、選民思想が大嫌いだ。そう言うと、『外部』の連中は腰を抜かすかもしれない。エベレスト・コロニーこそ、選民たちの巣窟ではないかと。だが、これは結果的な選民であって、理念としての選民思想ではないのだ。選民思想とは、たとえばシオニズムのようなものをいう。ユダヤ人は神に選ばれし民、というような。最初に理念があり、現実が理念に合致していないと暴れだす。私はそのような思考方法に一切の価値はないと思う。私の考えかたは、まるで逆なのだ」

「ではなぜここに1万の民がいる?」シンが問う。「地球上を何とか生き延びている20億の人間すべてが、苦痛と絶望の真っ只中にいる。それなのになぜ、ここで、1万の民だけが豊かな時間を生きている? それがあなたの勝手な思い込みから始まった演繹でなくてなんなの?」

「私が始まりではない」アリエクスはシンに背中を向けたまま言う。「世界というのはひとつの生き物のようなものだ。それは人間と同じように、無意識を持つ。その無意識は、太古に萌芽し、戦争と憎悪の歴史のなかで肥大化した。The Eventが、その無意識の存在を明るみに出した。私はその無意識を……完全な世界を欲するその無意識を掬い取って、その実現のシミュレーションを繰り返していただけだ」

「どんなシミュレーションを?」と私。

「完全な世界を、当時の人口70億人でつくることは可能か? 否。10億人では? 否。1億人では? 否。1万人なら? イエス。それでは1万人前後で最適な数は……といった具合だ」

「しかしあなたはその1万人をくじで選んだわけじゃない」シンが食い下がった。「頭脳、才能、容姿などで選りすぐったものたちをここに集めた。ひとはそれを選民思想と呼ぶ」

「この世界にだってばかはいる」ここでようやくアリエクスは床を再び回転させ、その途中でステージ下の他の被告たちを見やった。「私はそれでかまわないと思っている。それでもここにいる1万人が、選民だときみが言うのなら、それはそれでいい。だが、それは理念ではない。理念を必要とするのは、不完全な世界だ。不平等な社会でこそひとは平等を叫ぶ。戦争の時代にこそ、ひとは平和を希求する。神が不在だからこそ、ひとは神に祈る」

アリエクスはそこで一息おいた。自信に満ちた表情を、今地球上のすべての人間が見ているだろう。アリエクスはやがて再び口を開く。そして今までにも増してしっかりとした声で、断言した。

「完全な世界では、誰も神の不在など気にもかけない」

＊

審判が始まって7日目、私は初めて丸一日の休廷を宣言した。

シンは病院へ行く。シャカ、サンディ、私のほか、マハトマが付き添った。

精密検査には30分ほどかかる。シンとサンディだけが検査室に入った。その間、私たちは、待合室で、取りとめもない話をした。審判の話題は、なんとなく皆が避けた。

検査が済み、さらにしばらくして結果が出ると、私たちは全員検査室のなかに招きいれられた。ドクター・ヒロシゲの前に、シンとサンディが座っている。

「きみのようなひとに気休めを言うのは無意味どころか害悪だろう」

ヒロシゲはシンの目を見る。

「なので率直に言う。この心臓は、『よくこれで動いているな』という状態だ。あとどれくらいもつか、というような段階ではない。むしろ、とっくに止まっているべきだ、と表現するほうが正しい。きみの気力が、それが止まるのを阻止しているのか、それとも神が……それがいるのか不在なのかは知らないが……きみに生き続けろと命じているんだろう」

「私は心得ているのよ」シンは言った。「スクラップ同然のポンコツ車でも、蹴飛ばすとエンジンがかかる時があるでしょう。私はその要領で、こぶしで胸を叩き続けてきたの」

？　私たちにはシンの言葉の意味がわからない。

「ああ、そうよね（Oh my God）」シンは私たちの表情を読み取って、ため息をつく。「ここにはポンコツ車はないものね」

「具体的に説明して」私はヒロシゲに言った。

「うん」ヒロシゲはホログラフィック・モニターにシンの心臓周辺を映し出す。「病気自体は、難しいものじゃない。虚血性心疾患。ただ、この心臓が平均よりだいぶ小さいことが問題を厄介にしている。ここの……」ヒロシゲはホログラフィーを指先で回転させてから一点をタップして拡大する。「冠状動脈が硬化したために、心機能が弱まった。とはいえ普通の心臓なら、それでもまだ十分に持つ程度の弱化だ。ところがシンの心臓は小さい。猫のそれよりは大きいという程度しかない。その小さな心臓が、ただでさえフル回転してくたびれ果てているのに、冠状動脈の硬化で十分な血流が保たれなくなった。たとえて言うなら、大型ロケットを動かしているシャトル用のエンジンに、燃料もろくに供給されなくなっているような状態だ。シンの心臓は、その……スクラップ同然だ」

「シンは世界のために、働き詰めだった」サンディがか細い声を出す。「シャトル用のエンジンで、大型ロケットどころか、世界を動かし続けてきたようなもの。……私は恥ずかしい。このコロニーが、そして私自身が、たまらなく恥ずかしい」

　サンディは両手で顔を覆った。シンがその肩を優しく抱く。まるで、サンディが同情されるべき病人であるかのように。シンは、本当に気丈だ。そしてサンディの言うとおり、いつだって自分より他のひとのことを考えている。それから気がついた。サンディは、もう、「外部」という言葉を使わなくなった。世界という言葉を、シンが使う意味で用いている。サンディの心は、すでにこのコロニーの外で働き始めている――。

「治療法は、心臓移植しかないということだね？」

シャカが訊き、ヒロシゲはうなずいた。

「その通り。原始的な施術の冠動脈バイパスでは、この弱った小さな心臓の助けにはならない。治療法は移植しかない。幸い、この世界には、さまざまな人工臓器がある。なかでも人工心臓は超高性能だ。そして我々には、生体の拒絶反応を90％以上封じ込める技術もある。シンが移植を拒んでいるという話は、僕もキンから聞いている。立場を考えれば、それももっともだと思っていた。だが昨日の審判で、アリエクスはこの話をぶちまけた。いまや世界中のひとびとが、シンが重篤な心臓病患者で、心臓移植をするしか生きる道を持たないことを知っている。そしてシンが強い倫理観からそれを拒んでいることもわかっている。昨日のあのアリエクスの話を聞いた人間なら、いまやシンが心臓の移植を受けることに賛成こそすれ、憤りを示すことなどないのじゃないだろうか？」

「僕もそう思うよ」シャカが言った。他のものも、口々にそれに同意した。

「もしかしたら……」私は言った。「アリエクスは、シンが手術を受けられるようにと考えて、そう言ったのかもしれない」

「まさか……」とシャカが言いかけるのを、マハトマが遮った。

「私もそう思っている。あの男は、自分の言葉が何を引き起こすか、常に見通しながら話している。あの話をして、それがシンの選択にどう影響を及ぼすのか、あの男が考えなかったと思うほうがむしろ不自然だ」

「いくらなんでも……」ヒロシゲは言いかけたが、

すぐに考えを変えたようだ。「いや、アリエクスなら、きっとそこまで考えたに違いない。まったく、怪物(monster)だよ、あれは」

「化け物(freak)」と私は言った。「異常者(psycho)。いかれ者(nutty)」

シンが、声を上げて笑う。

「シン」ヒロシゲが真剣な顔をする。「心臓移植を受けてくれ。きみがそののちにこの世界を……コロニーを断罪したとしても、それについてここの住民は誰も文句など言うまい。我々を信頼して、手術させてくれ」

皆の目が、シンへと集中した。

「……あなたたちが素晴らしい良心の持ち主であることは、もはや私も承知している。でも私はこのコロニーを信用しているわけではない。2050年、ナガルコットの丘から、完成したこのコロニーの姿をエベレストの山頂に仰ぎ見てから、私はずっと、戦ってきた。このコロニーの虚構を暴きだすために。それしか世界を再生させる方法はないと信じたから。そして夢に見続けた。この塔に鎖をかけ、力任せに引き摺り倒すことを。そのコロニーで、コロニーが開発した素晴らしい人工臓器を、移植してもらおうという気持ちになれると思う?」

「それとこれとは論理的には……」とヒロシゲは言いかけたが、シンの言葉は止まらない。

「私たちは失うことに慣れてしまった。たとえそれが自分の命であれ。なぜなら私たちは、家族を、親しい者を、次々に亡くしてきたから。食料を、水を奪われてきたから。学校を、映画館を、劇場を、ホテルを、目の前で壊されてきたから。このコロニーには普通にあるものが、私たちの世界では毎日失われ続けた。さっき、私は、あなたたちを素晴らしい良心の持ち主と言った。でも、世界では、良心こそがいちばん最初に失われたのよ。

アリエクスがそれを奪った。今ここにある素晴らしいものはどれも、このコロニーが世界から奪い取ったものなの！　それでもまだ私がここで心臓を受け取ると思えるのなら……」

「シン、聞いて」

今度はサンディが言った。もう涙はない。

「私にあなたの気持ちがわかるとは到底言えない。だから確かに、ここでいくら手術を受けてと懇願しても、あなたはYesとは言わないでしょう」

サンディは立ち上がり、私を向いた。泣いていないというだけではない。サンディは微笑んで見せた。しかも、力強く。サンディはもはや私の鏡像ではない。見知らぬ誰か、しかし最も信頼すべき誰か。

「キン」とサンディは言った。「私は明日、世界に出て行く」

私は驚かなかった。ここにいる誰も、驚いていなかった。ただひとり、目を丸くしているシンを除いては。

サンディは言った。

「革命政府の代表として、キン、それを許可してもらえる？」

「もちろん」私は答える。「だけど急ね。準備ができる？」

「本格的に出て行くのは、もうすこし先にしないと無理でしょう。とりあえずは明日から一週間。シンの仲間たちに会って、このコロニーが世界復興のためにこれからどうすればいいのかを相談してきます。そして一度戻ってくる。そのときに、シン」サンディはシンを見た。「あなたにもう一度心臓移植を受け入れてくれるよう、お願いする」

「サンディ、私のために……」

「あなたのためにではない。世界のために。……

私自身のために」そう言ってからサンディはヒロシゲに顔を向けた。「シンをそのあいだ生かせておいて」

「今までもったポンコツ車だ。それくらいはまだ走るだろう」

「決まった」サンディは明るい笑顔を見せた。「シン、どこで誰に会って話すのが一番いいのかを、あとで整理して教えてください。そしてそのひとたちに、あらかじめ連絡しておいて。それからもうひとつ。マハトマに、『明日はブルー・ビートルでサンディを世界に送り届けろ』と命令してください」

マハトマが起立し、シンの命令を待つ態度を示す。

「……わかったわ」シンも立ち上がり、サンディと抱き合った。

マハトマが微笑みでそれを見守った。皆も。だが、ヒロシゲだけはまだ真顔だ。

「シン、それでは、この薬だけは決められた時間に飲んでくれ」

ヒロシゲの右手は白いプラスチック・ボトルを持って宙に止まっている。だがシンはそれを受け取ろうとしない。

「ドクター、さっき言ったことがわからなかった？　私はこのコロニーで……」

「いいかげんにしろ！　少しは、医者の言うことを聞け！」

ヒロシゲは大声で怒鳴り、やにわに立ち上がった。

皆、口を半開きにしてヒロシゲを見ている。私もだ。仁王立ちでシンを睨みつけているヒロシゲ。いったい、何を考えて……

へへ、とヒロシゲは急に表情を緩めた。

「『外部』の医者は、患者をこんなふうに怒鳴るんだろ？　前に、映画で見たことがある。一度、真似してみたかったんだ」

「ドクター……」

「受け取りなさい。あえて拒むほどの特効薬じゃない。海亀の血に希少種きのこを入れて煎じ詰めた、みたいな感じの代物だ。この世界の、失敗作だよ」

「……ありがとう」シンは手を伸ばし、白いボトルを取った。「このコロニーは、大嫌い。でも、コロニーの人間たちは、誰もが本当に素晴らしい。それがまた、悔しい……」

＊

第7回審判。

「アリエクス、あなたは火星行きの幻を掲げて『外部』およびこの世界を欺いた罪を認めている。あなたが〈完了〉や『自然』に対してどのような考えかたをしているかもほぼ明らかになった。あなたの思考経路をもう少し辿ることで、このコロニーにも罪があり、地球上の全世界に対してこのコロニーが果たすべき責任も見えてくると私は考えている。そこで今日はあなたがどのような目的で自らの〈完了〉を免れようと……」

私がそこまで話したところで、アリエクスが言葉を差し挟む。

「その前に、キン。今日はサンディとあの大男がいないまま審判を始めるのかね？」

「ええ。彼らは『外部』に向かいました。……それではあなたが〈完了〉を……」

「……愚かな……」アリエクスは呟いた。

「今なんと？」と私。「サンディもマハトマも愚かではありません。愚かなのは……」

「……キン、おまえと、そして私だ」アリエクスは言った。「それにしても……今このときにゴッド・リングへ向かうとは、サンディもあの大男も呑気だな」

？　奇妙なことを言う、と私は思った。アリエクスらしからぬ、見当違いな解釈だ。

「それで」アリエクスはその話題を続けた。「関係者への連絡は、最高次元化された暗号コードを用いているのだろうな？」

いったい何の話を？　アリエクスでも思い違いをすることがあるのだな……と考えているところに、隣から、とんとんという音が聞こえる。

シンが自分の胸を、こぶしで叩いている音だ。しまった！　私はそこで初めて自分の過ちに気がついた。

アリエクスは見当違いなどしていない。私の過ちを、なんとか帳消しにしようとしているのだ。

この審判を、地球上のすべてのものが見ている。むろん、テロリストたちも。コロニーから人間が出てくると聞いて、彼らが色めきたたないはずがない。

シンを迎えに行くときでも、関係のない航空機が2機撃墜された。それでもそのときはブルー・ビートルは無事だった。だが今回は、テロリストたちの動きはあのときの比ではない。シンは、「外部」の希望の星だった。人種も宗教も立場も超えて、シンの決断を支持するものが大多数を占めていた。今回は違う。あの憎んでも憎みきれないエベレスト・コロニーから、「選民」が出てくるのだ。その真の意味を理性的に考えることができるものは、よほどの少数派だろう。誰もがたまりにたまった怒りをぶつけようとしてきて、不思議はない。

馬鹿でなければ、サンディが行くところはシンの関係者のもと以外にはないことはすぐにわかる。シンのメールを盗み見ることができれば、行く場所まで特定できる。

やがては「外部」にひとが出て行く。しかしそれはよほど用意周到にしなければならない。私自身そのことはわかっていたはずだ。今回のような準備的外遊は、その事実を徹底的に伏せるべきだった。こともあろうに私はそれを、何の気もなしに漏らしてしまった。

アリエクスは瞬時にそれを取り繕ったのだ。私は大間抜けだと言うしかない。

シンの様子から考えて、「外部」との通信に、最高レベルの暗号コードを利用したとも思えない。私はサンディとマハトマを、とんでもない危機のなかに送り込んでしまったのだ。彼らと打ち合わせをするシンの仲間も、危険にさらされる。

シンがもう一度胸をとんとんと叩く。私はシンをもまた死の側へと追いやっている。ドクター・ヒロシゲは、私にこう言っていた。——シンの心臓は本当にひどい状態だ。それでもあの薬を飲み続ければ、80日内外は持つだろう。実はあれ、かなりすごい薬なんだ。でも、それは安静を前提にしての話だ。本当は審判の席にも座らせたくはないが、それはしかたがない。せめて、唐突なストレスを与えたりしないように。これはきみの責任だぞ——。

「進行役として、提案したい」シャカの声。「先ほどキンが言いかけたテーマより先に明らかにしておくべきことがあると思う。それは火星移行プログラムの技術的検討がどのようになされたか、ということです。それを検討することで詐術の質が明らかになる。今後小規模な火星移行を行うべきかどうかにも関係します。どうでしょう?」

シャカは、すっかり言葉に詰まってしまった私を助けようとしているのだろう。情けない。

「同意しよう」アリエクスが私よりも早く、落ち着いた声で応じた。

傍聴席から、ヒロシゲがシンの表情を見つめている。ステージに上がってシンの脈をとりたいと言うジェスチャーをしたが、シンは指を小さく振りそれを拒絶した。ヒロシゲは代わりにクーに合図をした。クーは即座にその合図を見つけ、そっとステージを降り、ヒロシゲのもとまで走って、そのあとシンの背後に忍び寄り、そしてゼリーでくるまれた小さな粒を渡した。水なしで飲めるように工夫された薬。シンは咳払いするフリをしてすばやくそれを飲み込む。

シャカが質問を始めた。

「火星移行プログラムは、移行の実行の放棄を前提に組まれていた。この奇妙かつ詐術的な事実を、我々は隠しファイルを見つけることで知った。このドキュメントには、『**補足3：（削除）**』という記載があった。ここにはいったい何が記載されていたのか？　そしてなぜ削除したのか？」

「それはすでに、話題に上ったことだよ」

「すでに？　そうであっても、ここで繰り返し、正確に述べてください」

「……そうしよう」

シャカは時間稼ぎをしようとし、アリエクスがそれに協力している。私は革命政府指揮者など失格だ。それにしてもなぜアリエクスが、自分を捉え裁く側にいるものの安全を気にかけているのか。彼が論理よりも情を重視するとは私には思えない。

そんなことを考える間にも私はメモ・パッドにいくつかの指示を書き込み、オン・ラインにしてそれを軍人たちに送った。

シューはしばらくすると、さりげなく立ち上がって審判の席を退場した。私は軍人たちに、マハトマおよびサンディとn次元暗号コードによる連絡を試みると同時に、もしもの事態に備えて標的認識ミサイル「ＶＣ」の発射準備をするように指示したのだ。ＶＣはViolent Crow（暴れるカラス）の略で、標的は場所にも飛行物体にも、あるいは人間にも設定できる。地球を回る１０２４機の軍事衛星『Space Cat』が、それぞれ１０２４発のＶＣを搭載していて、偵察衛星網ＭＥＳ（Million Eyes System）からの情報により地球上のどこにでも照準を合わせられる。搭載する爆弾を選択することで、飛来するミサイルを破壊することも、都市ひとつを消滅させることもできる。３０００日戦争のころは迎撃に威力を発揮したが、今ではただ用心のためだけに配備されているようなものだ。むろん今回も使いたくはない。やむを得ず使うとしても、よほどピンポイントに、小規模に使うしかない。だがミサイルで車を一台破壊するのは街を焼き尽くすのに比べて当然ずっと難しい。かといってポイントを広げればそれは新たな戦いの引き金となる。

サンディを助けることはできても、世界復興のプロセスを台無しにしかねない。サンディはたとえ自分が死ぬことになってもＶＣは発射するなと言うかもしれない。だが私は準備しないわけにはいかない。私はこの世界の政府代表なのだから。

「**『補足３』**は、今述べたような科学者の見解に基づいて記された」アリエクスは説明を続けている。「正確な文言を再現しておこう。**『補足３：科学的な検討の継続は、やがて少人数の火星移行を可能にするだろう。そして、全体移行が幻であったという事実が明らかになった後に、その少数移行の実行を主張するグループが現れることが予見（foresee）できる』**以上だ」

「予見できる、だと？」シャカの声がわずかに上ずった。「僕たちのようなグループが現れることを、予想していたとでも？　このドキュメントの製作はいつだ？」

「2028年11月……確か26日」

「冗談はよしてくれ、アリエクス。それは The Event よりも前の日付じゃないか?」

「私が Marga Tarma 衝突より前に計画を始めたことは、すでに何度も述べたはずだ。いまさら驚くことではない」

「それでもあなたが建築家タキとこの世界の計画を具体的に始めたのが2028年2月だ。10カ月足らずで科学的検討まで済ませられたはずがない」

「きみは科学史に疎いのかね、シャカ? 当時すでに、人類の宇宙移住の研究はかなりなされていた。むろん今の研究と比べれば原始的なものだが、研究の発展シミュレーションを可能にするデータはそろいつつあった」

「たとえそうであれ、なぜその時点で**『その少数移行の実行を主張するグループが現れることが予見』**などできる?」

「私はもちろん、超越的な力の持ち主などではない。予言(prediction)の能力はない。だが、いつも不思議に思うのだが、事実関係のシミュレーションが可能なとき、なぜひとの気持ちのそれはできないなどと言うことができるのかね? 私には、よほどそのほうが奇妙だよ」

「**『補足3』**を、いつ、そしてなぜ削除したのか教えてくれ」

「それを削除したのは……正確に言えば削除させたのは、シーターが〈完了〉を迎えた直後……つまりシーターが The Stomach に入ってきた直後だ。きみたちが、近いうちにあのファイルを見つける可能性が高いと判断したからだ」

「僕たちがあのファイルを見つけると、あなたは思っていたというのか? いいかげんなことを……」

シャカの声がまた半音ほど高くなる。その音程は、ほかの事で頭がいっぱいの私の感情を、少しばかり逆なでする。

「シャカ、私は本当のことしか証言していない。いまさら嘘を言ってどうなると思うんだ？　きみは科学者にしては直情的すぎる。人類史上最高の智慧の持ち主にちなんだその名前に恥じたまえ」

「余計なお世話だ。では、なぜあなたは、あのファイルが私たちに発見されてもいいと考えた？」

「それは、あのファイルが属していたカテゴリーの名を考えてみればいい」

「カテゴリーは確か、ＮＳＡ、No Sanction to Access（アクセス不認可）とあったはずだが」

アリエクスの口の両端が、わずかに上がる。

「ＮＳＡはNo Sanction to Accessではない。Next Stage to be Assumedの略だよ。つまり、『想定される次段階』だ」

「次段階？　この世界に、次段階ですって？」ここでようやく私は声を上げた。慌てて、メモ・パッドを落としてしまった。「あなたはこの世界の次段階を計画していたというわけ？　だとしたら、とんだ失敗ね。囚われの身となって、審判を受けているこの事態は、さすがのアリエクスでも想定外だったことでしょう」

「さあ、どうかな？」アリエクスは言った。「なんにせよ、私が自らつくった〈完了〉という制度を逃れてThe Stomachなどという場所で生きながらえていたのは、その『次段階』のためだ」

「では……」と私が言いかけたところでアリエクスは左腕を上げ、手のひらを私に向けた。

「申し訳ないが、今日の審判はここまでということにしてくれないだろうか？　このような権利を主張できる立場ではないことは承知しているのだが、どうにも体調が悪い。キン、きみに撃たれた心臓のまわりが痛むのだよ」

シャカはアリエクスの表情を観察し、それから審判席を見回した。そして少し慌てたように宣言した。

「今日の審判は、アリエクスの体調不良のため、これで休廷とする。次の審判は明日の午後。コントロール・ルーム、中継を切断してくれ」

すぐにドクター・ヒロシゲがステージに飛び乗ってくる。アウラ全体がざわつき始める。シンの顔色は、いつの間にか真っ青になっている。

*

シンは私をなじった。病室で、ベッドに横たわったまま、大声で。ヒロシゲがどんなに制しても、叫ぶのをやめなかった。私が軍にVCをスタンバイさせたから。

私はメモ・パッドに書いた指令を、消さずにいた。それを落として、シンに見られた。今日の私は、本当にどうかしている。

私は、スタンバイは万が一に備えてのもので、実際に発射を決意していたわけではないと主張した。そしてVCにピンポイント攻撃の能力があることを説明し、万が一の場合でも戦闘が大規模になることはありえないと言った。だがシンは納得しなかった。

「あなたは知らない」シンは言った。——ふたりの男が路上で殴り合いを始め、それが瞬く間に暴動に発展し、次の日には武器を使った戦争になることを。あなたは知らない、戦争を求めるものはたとえ偶然の交通事故でもそれを開戦の合図としてしまうことを。憎悪を腹に溜め込んだものは血をなめてそれを吐き出そうとすることを、あなたは知らない……

しかし私にはサンディとマハトマの命を守る責

任がある。そう言うと、シンは半身を起こして私の肩を摑んだ。

「誰もが、命を懸けて戦っているんでしょう！　サンディもマハトマも私も、そしてあなたもそうだったのじゃないの？」

私は黙った。ただシンの目を見つめた。シンは続けた。

「世界は日に日に衰えているけれど、情報網は今も生きている、それも極めて歪んだかたちで。たとえばサンディを色情狂が襲いマハトマがそのバカを殺したとしたら、明日には色情狂はコロニーに単身刃向かった世界のヒーローになっているかもしれない。わかる？　あなたは軽蔑するでしょうけれど、それが世界なのよ、アリエクスが、あなたの父親が破壊した世界なのよ！」

たまりかねたヒロシゲはシンの肩に手をやり、半ば強制的にその体をベッドに再び寝かせた。


「シン、言いたいことはもっとあるだろうが、今日はそれくらいにしておこう。鎮静剤を打つよ、了解してくれ」

「鎮静剤？」シンが言葉を吐き捨てる。「冗談はやめて。拒否します」

「シン」私は言った。「VCのスタンバイは、解除します。だから今は、ヒロシゲの言うことを聞いて」

「サンディとの約束なんだ」ヒロシゲは説得を続ける。「彼女が帰ってくるまで、きみを生かせておくという。その約束は、シン、きみも聞いただろう？」

シンは観念したように、自分でシャツの袖をまくった。ヒロシゲがそこに、注射をする。

「薬をちゃんと飲んでるかい？」注射しながらヒロシゲは訊く。「飲んでるわよ」シンはなおも怒った口調だ。

シンはやがて目を閉じた。涙がにじんでいる。

しばらくして、ヒロシゲは私を病室の外へと誘った。

扉を閉め、2、3歩そこから離れる。そのうえで、なお声を潜めるようにしてヒロシゲは言う。

「シンの状態はよくないよ。できれば今すぐにでも手術をしたいところだが……キン、それは許してくれないだろうね」

「本人の同意無しではできない。それに、今外部でがんばっているサンディにも申し訳ない」

「サンディとは連絡が取れたのかい？」

「いいえ。メールにも、衛星電話にも応答しない。たまたまそれができる環境にいないだけならいいのだけれど。事件報道も犯行声明もないから、きっとまだだいじょうぶなのだと思う」

「だいたいどの辺りにいるのかも見当がつかない？」

「まずは上海に飛んだのだけれど、そのあと移動したらしい。ブルー・ビートルは位置座標通知電波も切っているようで……それはきっと敵に察知されることを恐れてということなんでしょう……だから今は向こうからの連絡を待つより他にない。シンは移動先を知っているだろうと思うのだけれど、私がVCをスタンバイさせたことを知ってから、その移動先を教えようとしないわ」

「サンディに、『外部』からでもシンを説得してもらおうかと思ったんだが、今のところそれも無理だね」

私はうなずき、ヒロシゲは一度首をすくめてから、病室へと戻っていく。

ヒロシゲが病室に入って扉を閉めるのを見守り、それから振り返る。ちょうどそこに、シューが走ってくる。シューがいきなり何かを話し出そうとするのを、私は自分の口に人差し指を当てて制し、さらに数歩病室から遠ざかる。

シューは私の行動の意味を理解し、低い声で言う。

「シンがＶＣのスタンバイを知ってひどく怒っているという話を聞いたんだ。だから、何か命令の変更があるかと思ってやってきたんだけれど」

私はその問いにはすぐに答えず、まず別のことを訊く。

「シュー、今、軍人たちの統制は、完璧に取れているのかしら」

「ええ」とシューは言う。

「私の命令から外れる者はいない？」

「保証するよ」シューは即答する。

「それでは」と私は言う。「ＶＣのスタンバイはそのまま続行させて。ただし、軍人以外のものたちには、解除を発表します」

「……了解」

シューは端的にそう答え、回れ右をすると、また走り出す。

＊

次の日の朝、私はシンの寝室を訪ねる。シンは病室で寝るのを嫌がり、夜遅く寝室に戻ったのだという。ドクター・ヒロシゲはそれを許可したが、私よりも早くシンの部屋に来て、診察を始めている。

シンは薄手のタンクトップを来て、ヒロシゲはそのうえから聴診器を当てている。シンの体のラインはきれいで、とても55歳とは思えない。「恋人」のプリマと同じくらいセクシーだと評してもいい。女性はいったい何歳までセックスが楽しめるのかと、ふと思う。

ヒロシゲは私の姿を認めると、聴診器を当てたままで言う。

「われわれ共通の敵をひとつ発見したよ。テーブルの上を見てごらん」

小さな箱がひとつ、置いてある。なんだろう？

「タバコだ」私の疑問を先読みしてヒロシゲが教えてくれる。「心臓に最も悪い毒薬のひとつだ」

「タバコ？」私はあきれる。「そんなものが、まだこの世にあるの？　18世紀にオジブウエ族が儀式をするときに吸ったという、あれでしょう？」

「ヒロシゲに、没収されるわ」シンが言う。「このコロニーは、世界からあれだけたくさん奪っておいて、そのうえタバコまで取り上げるのね」

「ずいぶんな皮肉ね、シン」

「お返しよ、キン」

顔を見合わせて、私たちは吹き出した。しばらく、声を上げて笑った。仕事にならない、といったふうにヒロシゲが両手をあげる。

「シン」と私は言う。「審判は、もう一日延期する？　それとも、ここでモニターで見る？」

「いいえ」シンはきっぱりと答える。「私は今日も審判の席に出る。この際、ヒロシゲに横に座ってもらってかまわない。だから、審判に出させて」

隣で、ヒロシゲがうなずいた。

「ＯＫ」と私は言った。「それでは午後の審判でまた会いましょう」

「キン！」部屋を出て行こうとした私を、ヒロシゲが呼び止める。「僕も、早い時期に、ここを出て『外部』に行くことにしたよ」

「そう……あなたの医療技術があれば、世界はだいぶ助かるでしょう……そうよね、シン？」

「本当に。でも、なぜ？」

「一度、自分の血筋を調べたことがあるんだ。僕の家系図のなかには、かつての世界のノーベル賞とかいう賞をもらったものが、３人出て来る。そのうちふたりは生理学医学賞だが……もうひとりは、平和賞だった。インドで、貧しいひとたちを救うことに一生を捧げた、修道女だったらしい。その血筋、かね？」

シンが、ヒロシゲを見て、微笑む。

「それに」とヒロシゲは言った。「前にも言ったけど、医者が主人公の古い映画を見たことがあるんだ。あれは……確か日本映画だった。シン、きみはもともと日本人だろう？　ならば知っているかもしれない。確か、『茶ひげ』とかいうタイトルで……」

「『赤ひげ』」すぐにシンが訂正する。

「そう、それだ。主人公の医者が、格好よくてね。貧しいひとたちの病気を、恐ろしく原始的な医療道具を使って、次々に治すんだ。僕もあれを、やってみようかと思って」

＊

「審判を再開する」

アウラに、シャカの声が響き、天空へと抜けていく。

アリエクスはいつものように車椅子に乗っている。今日は白い服だ。絹の、丈の長いシャツ。灰色の髭。落ち着いた様子、自信に裏打ちされた静かな表情。

サンディとマハトマが不在で、ヒロシゲがステージ上に上がることになったから、審問員席の座席を組みなおした。ヒロシゲはシンの心電図を手元でモニターしている。薬や注射器が入った小箱も、机の上においてある。

私はアリエクスを向き、審問を始める。

「昨日の審判で、あなたは、NSAという名のカテゴリーについて語った。それは『想定される次段階』という意味だと。具体的に、その内容について説明しなさい」

「NSAのカテゴリーのなかに予見された出来事は、八割がた、すでに起こっている。火星移行の虚偽の暴露、それに続く少数移行の実行の検討。それに加えて、The Stomach の存在の露呈、革命政府の樹立なども、Next Stage として想定されていた。ついでに言うと、私を被告とした審判が開かれるだろうこともだ」

「アリエクス、あなたの洞察力は常人の想像の域を超えるものだということを、私たちはこの審判の席で思い知らされてきた。それでも、そこまであなたの計画通りに物事が運ぶなんて、到底信じられない。50年以上先の『次段階』を計画など、いかに高性能なコンピューターでシミュレーションしたとしても、誤差が大きすぎて意味がないでしょう」

「『計画』という言葉を使えば、キン、きみの指摘の通りになるだろう。しかし私は、具体的な『事件』の計測(calculate)をしたわけではない。誰がいつ何を考えどんな行動を起こすかなど、私にもわかるはずがない。たとえば私はシーターが自死することを計測していなかった。残念だが……計測のしようがなかった。だがきみがいずれこの世界のからくりに気がつくだろうとは思っていた。そして私を断罪するだろうことも。きみにはそうできるだけの感受性があるからだ。そして私はただ、そうした大きな流れを見るだけだ」

——よくわからない、とクーが言う。——もう少しわかりやすく説明して。ソウの声だ。——利発な子たちだ。アリエクスはわずかに微笑み、椅子の乗った床を回転させる。

「……リンゴの種を植えたとしよう」アリエクスは言った。「そこからやがて芽が出て、枝葉を張り、樹木にまで成長することは計測できる。やがて実がなり、それを誰かが食べることも計測できる。植えた種を予め分析しておき、それが甘い実をもたらさぬことがわかっていれば、それを食べたものが不満を持ち、次の日には木を切り倒すか、あるいは自らもっと甘い実をつける品種を発明しようとするだろうことが予測できる。種を分析し植えるだけで、そこまで先のことが予測できるのだ。私は種を植えた。この世界の種を。その時点で、今日のこの日が予見できたとして、それほどの不思議があるかね？」

横で、シンが聞き取れぬほどの声で何かを呟く。私は慌ててシンを見たが、心臓が苦しい様子ではなく、特に発言したそうな表情でもなかったので、またアリエクスの背中に向かい直す。

「それではなぜ、『次段階』を構想したのか？　それがなぜ、必要だと考えたのか？」

「……今日は、何日目の審判かね？」アリエクスは訊いた。「8日目です」シャカが答える。「そうか」アリエクスは言い、シンと私に向き直すまで、床を回転させる。「もうここまで来たか」

「質問に、答えなさい」私は催促する。

「ああ。まず、社会論的な話をしよう。この世界は、系として閉じている。1万224人というそう多くはない人口を保って、永遠の時を過ごしていく。衣食住は満たされ、芸術を享受しエンターテインメントを楽しみながら、申し分のない家族とともにひとは生き、そして死んでいく。つまり、満たされた感情とともに。このような社会に問題があるとすれば、何か？　それは自らの存在を揺るがすほどの変化がないことだ」

アリエクスがそこまで説明したところで、私のメモ・パッドに緊急かつ極秘のメールが入る。私はそっと目を落とし、すばやくそれを読む。

発信人：タイタン少尉　メッセージ：マハトマ大尉からコンタクトあり。以下マハトマの伝言。〈ハルビンの旧学校建築内でシンの協力者と会議中のところに攻撃を受ける。現在学校建築内に敵の侵入はないが、敷地を取り囲まれているものと推測。敵の数、素性等すべて不明。シンおよびキンの指示を乞う。「応戦不可」の命令であっても甘受〉伝言以上。補足情報〈MESで標的特定に成功・VC発射可能〉キン総司令官の指示を待つ。

私は隣を見る。シンはこの状況を知らない。私はすぐに決断しなくてはならない。しかも、決断をしていることを、シンに悟られずに。アリエクスの証言を聞き漏らさず、すべてを理解し、細部にわたるまで吟味しながら、決断しなければ……。

「私は、閉じた系においてそれほどの変化がどうしたら可能であるかを検討した」アリエクスは続けている。「その結果、完全に閉じた系をそのまま保ちながら変化を起こすことは、まず不可能だという結論に達した。少なくとも、1回目の変化は、『外部』との関わりのなかで起こすしかない、と」

アリエクスの言葉に耳を傾けながら、私はVC発射の可否を考え続ける。私の目はまっすぐアリエクスを見つめている。アリエクスが私の目に別の思考を見出した様子はない。

マハトマたちを取り囲んでいる敵がごく少数なら、大きな紛争の端緒にはならないかもしれない。シンが心配するのはわかるが、数人から数十人規模のグループなら、きっと殺してもだいじょうぶだ。だがそれ以上なら、あるいは軍隊組織の一部なら、シンの心配が現実となる可能性は高い。

このまま見殺しにはできない。サンディとマハトマを救いたいという気持ちからだけではない。

この世界から「外部」へ出る機会を待っている人間がいる。ヒロシゲがそうだし、プリマヴェーラも、プリマと結婚するというオズもそうだ。「外部」の、失われたかに見える希望を、もう一度見つけ出しそれを膨らませようという彼らが、出て行くたびに攻撃され殺されたのではたまらない。コロニーから出てきたものを攻撃すると痛い目にあう、最初の段階ではっきりとそう知らせておく必要がある。彼らは「外部」のために働く。だからここでテロリストを叩くことは、「外部」のためでもあるはずだ。

アリエクスは先を続ける。

「私は閉じた系に、一度穴を開けることを思いついたのだ。私は考えた。私が不当に生き延びて、やがてそれが発覚すれば、この世界に革命が起こるだろう。そしてその革命がその穴を開けるだろう、と。どのような穴が開くかが、わかっていたわけではない。シンがここに来るとは思いもよらなかった。現実は予測を超える。だが、それこそが私の予見した変化なのだ」

私はメモ・パッドの上においた手をほんの少し動かして、たった2文字のメールを書き送る。

——やれ。

送信。

アリエクスは言った。

「キン、きみはもう感じているだろう。存在の足元を揺るがす変化の感触だけが、生の本当の記憶をつくり出す」

＊

アウラに見えない沈黙の粒子が降り始め、その底につもりはじめる。静けさが雪のように私の足元を覆い始めたところで、ようやく、私は声を出す。

「しかし」と私は言う。「あなたはこのコロニーを、完全な世界として構想した。社会に変化が必要だとしても、それはその完全さを揺るがしてしまうはず。確かに私はこの変化を歓迎した。あなたの予測など関係はない。あなたの構想を突き崩すほどに、この変化を加速させ、拡大させていく」

「いや、きみはきっとそうはしない」アリエクスは静かに、しかしはっきりと断言する。

「あなたに決め付けられるいわれはない」私は語気を強める。「いったい、何を根拠に……」

「私はきみの音楽が好きだ」アリエクスは言う。「素晴らしい演奏だと思う」

「音楽で、私のすることがわかるとでも?」

「私は音楽には素人だ。マーヤ・デイと暮らしていた時にも、実は彼女のコンサートには行ったことがない。しかし彼女がその練習をするのは、いつも聞いていた」

アリエクスの目の焦点が、わずかに緩むのを私は見る。

「マーヤは、それこそ完全主義者だった。ものすごい時間、練習をする。集中すると、眠らないし、食事もろくに取らない。私もそういうときは、ピアノの脇のソファで本を読みながら、不眠不休に付き合ったものだ。

そのうちに、彼女の音楽がどんどんと完成されていくのが、素人の耳にもわかる。もうすぐだ、と私は思う。マーヤの指が、軽やかに、力強く、鍵盤の上を走り回る。素晴らしい! 完成した! そう感じたとき、私はソファに本を投げ、立ち上がり、拍手した。

だがそんな時に限って、マーヤは不満げな表情をするのだ」

——なぜ、と私はマーヤに訊く。

——今のは、完全な演奏だったじゃないか？　私は素人だが、それくらいの鑑賞能力は持っているよ。

　するとマーヤは首を横に振る。そしてこう言う。

　——いいえ、まだ完全ではない。なぜなら、不完全さがないから。

　私の頭のなかに、マーヤのピアノが流れ始めている。天空の星の動きのような調和、宇宙で見る月の表情のような美。完全な世界。だが確かにその音には危うさがある。今にも崩れ落ちそうな音がある。わずかに、聞き逃しそうな微細なずれがある。それが、凍りついた悲しみを表現する。不完全な要素。そうか、マーヤは一度演奏を完全に完成させてから、なおそれで飽き足らず、不完全さをそこに取り込もうとしていたのか。それが、彼女の音楽を、あそこまで美しくしていたのか。


　「キン」アリエクスは言った。私はその目を見た。その焦点は、再び私に固く結ばれている。「きみには私以上に、マーヤ・デイの音楽がわかるだろう。違うかね？」

　私は黙ってうなずく。

　アリエクスも、口を閉じた。そして視線を私から外し、審判が始まる直前と同じように、首を後ろに倒して、アウラの宙を見つめる。

　これで「最後の審判」は終わった、とでもいうかのような姿で。

　　　　　　　　＊

　アリエクスが話を終えると、沈黙がステージの上を支配する。シャカが、しばらくして口を開く。

　「質問が他になければ、これで審問を終了します。審判の発表は、明日の午後を予定します。……コントロール・ルーム、中継を切ってくれ」

それを合図に皆は立ち上がろうとし、アリエクスの後ろにもドクターがやってくる。

シンがそれを制する。

「アリエクス、もう少しだけ質問があります。これは、私の個人的なこと」

すでに立ち上がっていたシャカが、シンの近くまで来て、訊く。

「ふたりきりのほうがいいかい？　それならば僕たちはこれで退席するが」

「ええ……でも、キンだけはここにいてほしい」

皆は部屋を出て行く。コントロール・ルームからも人影が消える。私はもう一度席に着く。シンはステージ中央まで歩いていき、そこで立ち止まってアリエクスと向かい合う。アリエクスは車椅子に座ったまま、首をわずかに上げ、シンの顔を見つめている。シンはそこで無言のまま一分ほど立ち尽くした後、話し始める。

「……アリエクス、私は、ユイがあなたのコロニー構想の仕事を手伝っていたと知ったとき、体の芯が熱くなるような怒りを感じた。怒りの熱にからだを溶かせて、そのまま消えてしまいたいと思うほど恥ずかしかった。あとになって、ユイが自爆して死んだのだと知った。ユイはあなたの計画に対して攻撃を行ったのだと。私はそのときやっと、生き返ったような気がする。わたしは世界のために働いていいのだ、いやそうしなければならないと、真の意味で決意ができた。私はユイが誇らしかった。……あなたに、私のその気持ちがわかる？」

アリエクスは無言で答えた。シンも、その問いに対する答えを期待していたふうでもなく、言葉を継いだ。

「あなたは、ユイがあなたの構想に違和を感じていたことに気がつかなかった？」

今度は、シンは答えを求める。

ステージの上に沈黙が生まれ、それがやがてアウラ全体を……この世界全部を支配する。私は耳を澄ませて、次に聞こえる声を待つ。

「……気がついていなかったわけではない」

アリエクスが、小さな声でそう答える。相変わらず落ち着いた低い声。しかしそれは、先ほどまで審問に答えていた声とは、違っている。誰かを納得させようという強さはなく、正しさを主張しようという勢いもない。どこか遠くから聞こえてくるような、ゆっくりとした音。

「……だが」アリエクスは続ける。「私は、すべてをユイに話していたわけではないんだ」

「ユイの洞察力を甘く見ていたわけね？」

「……その通りだ」

「なぜ、あなたはユイにすべてを話さなかった？」

「ユイはそれを許さないだろうとわかっていた」

「愛している女性が、それを許さないとわかっていても、プロジェクトを中止しようとは一度も考えなかった？」

「考えたことはなかった。しかし……」

――しかし、何⁉ シンは無言でその先を待っているが、その心のなかの叫び声が私には、はっきりと聞こえる。

「……しかし、一時期、コロニーが完成したら自分自身はそこを出ようと、そう考えていたことがあるよ。後に、建築家タキがそうしたようにね」

「一時期とは、いつごろに？」

「ユイが、私の子を……つまりきみを、身ごもった頃だ。ユイと、生まれてくる子とともに、気の狂った世界で暮らす。そして自分の手で作り上げたパーフェクト・ワールドを、外から眺めながら死んでいく。革命が私なしで起こるシナリオも真剣に考えていた。だがユイが死んで、きみが、ユイの姉のユエンに連れられて上海から逃げるようにどこかに消えた。ひょっとして、ユイが生きていたとしても同じように消えたかもしれない。そう私は考えた。だから私はきみを追わなかった。自分の世界に入る決心を、そのときにした」

アリエクスはそこで一呼吸置く。シンは黙っている。アリエクスはシンの表情を10秒ほど見つめ、それから再び口を開く。

「まさか、自分の親が誰であるか、知らなかったわけではなかろう?」

「……そうかもしれないとはずっと思っていた。確信はしていなかった。確信したくなかったから。でも、ついさっきのあなたへの審問のなかで、やっとわかった。私はあなたとユイの子に違いないのだと」

アリエクスは黙ったまま、シンが続きを話すのを待つ。

「……ユエンの娘として、ユイは私の叔母なのだと聞かされて、私は育った。そのことにまるで疑問は持たなかった。エベレストから出てきたタキと、ニューティンリーで出会うまでは。私がユイの姪だと言ったときに、一瞬見せたタキの表情が、私の心に疑問を植え付けた」

そこまで話すと、シンは近くのテーブルにあった水を一杯飲む。アリエクスは口を開く気配がない。

「……タキはあの時、『リンゴの種』の話をした。あなたが口にした言葉のなかで、唯一この言葉の意味だけが、よくわからなかったのだと。タキがまだ世界のどこかで生きていて、今日の審問の様子を見ていたなら、膝を叩いているでしょう。コロニーにとってアーティストこそがリンゴの種だという意味がやっとわかった! と。……そして私にとってはもうひとつ、わかったことがある」

　シンはそう言うと、自分の胸を右手の手のひらで抑える。シンに近づこうと立ちあがりかけた私を、シンは左手で制する。

「……ユイの『遺書』が記されたメモリー・カードには、別のメモも入っていた。私はそのメモの意味がずっとわからずにいた。それがさっき、ようやくわかった。メモにはこう記されていた。『アリエクスがくれたリンゴの種を、私は別の場所に植えよう。アリエクスの世界になる実とは、違うリンゴが実ることを祈って』」

「……きみのことだな」アリエクスはここでようやく口を開く。「確かに、そのリンゴとは、きみのことだ」

　それきりシンは黙る。アリエクスも沈黙する。それぞれの呼吸の音、ひょっとしたら心臓の音までが聞こえてきそうな沈黙。

　シンの視線は、まだアリエクスに向かっている。しかし彼女が見ているのは、もはやアリエクスの姿ではない。その瞳から、ついさっきまで蓄えていた、兵器のような力は消えている。彼女はきっと別のものを見ている。ここにはない何かを、私の知らない風景を、きっと見ている。

*

　本当は、私もアリエクスに、個人的に訊きたいことがあった。でもその答えは、シンの問いに答えたアリエクスの姿を見ていて、自然とわかってしまった。もはや、アリエクスにそれを問うことはない。

　私が聞きたかったのは、シーターのことだ。

　アリエクスはシーターをThe Stomachで生きながらえさせた理由を、シーターが私にコロニーの秘密を話したからだ、ということにしていた。

「それが、重要な情報を漏洩したものの責務だからだ」と言って。

私はこの審判のあいだ、アリエクスには腹が立ち続けていた。アリエクスが、悪魔という名で呼ぶのではまだ甘いほどに、世界中の人間に苦しみを与えた存在であったことを、私は疑わない。それなのに、論理的には、納得できないところはまるでなかった。そのときは馬鹿げていると思っても、あとから考えると、確かに見事に整合性がある。アリエクスの論理は完璧だ。たったひとつを除いて。

そのたったひとつが、アリエクスがシーターを生き延びさせた理由だ。シーターが私にコロニーの秘密を話すことを、アリエクスが予測していなかったはずがない。ならば最初から、アリエクスはシーターを自分のそばで生き続けさせる計画だったはずだ。つまり本当はきっと……アリエクスはただ自分の感情に従っただけだ。論理と感情が、シーターについてだけ、アリエクスのなかで逆転した。

アリエクスは若いころに、マーヤ・デイという恋人を失った。その後ユイ・ユキムラという聡明な女性を愛したが、彼女も死んだ。そしてこの世界をつくり上げてから、シーターを愛した。今度こそ、愛するひとよりも早く死のう。アリエクスはそう願ったのではないか？ それが、彼女に〈完了〉を偽らせた真の理由だ。

だが、アリエクスの願いは、またもむなしく終わった。

シーターはきっと、The Stomach のなかで、おびえていたに違いない。娘がその父を殺すという予感に。The Stomach を出たとたんにアリエクスが私に撃たれるのを見た瞬間、シーターはきっとこう思った――自分が見ていたのは悪夢ではなかった、最悪の未来だったのだ、と。だからシーターは自殺した。

なんにせよ、アリエクスは自分のエゴから彼女を生き延びさせようとしたことに変わりはない。それはアリエクスの、もうひとつの罪なのだろうか？　だとしても、私にそれを断罪する気持ちはない。

この点においてのみ、アリエクスは私にとって本当の父だったから。

＊

アウラに設けられたステージがすみやかに撤去され、上昇気流が流れ始める。私は背にパラシュートを背負い、少し走って気流をキャッチする。ツバメのようにアウラの空を駆け上って、２６７階にある軍司令部に着いた。

攻撃の結果は、すでにメールでメモ・パッドに報告されていた。

――敵殲滅に成功するも、マハトマ死亡。サンディは無事

私は、決断をもう30秒、いや15秒でも早く下せなかったかと、自分を責めた。

司令本部室に入ると、５人の軍人がいて、私にいっせいに敬礼をした。私は軽く会釈した。敬礼というのは、なかなかなじめない。

「キン、お久しぶりです」ひとりの軍人が私に声をかける。大男、髭面。見たことのある顔だ。「以前、The Parkでお会いしました。あなたは『傘』を知らなかった」

ああ、と私は思い出した。マハトマの友人で、名は確か……カルッティケーヤ。

「カルッティです。カルッティケーヤは名の由来のほうです」

「失礼」と私は謝った。

カルッティが続ける。

「今、軍の指揮系統は、いったん私の元におきました。あなたが最高司令官で、私がその下の指揮官という役どころです。マハトマが戦死した今、まずそれを承認してもらえないでしょうか?」

「そうね……あなたは革命の日、どこにいたの?」

「ゴッド・リング勤務でした。今は、シャカとともに、火星少数移行検討チームに入っています」

「わかりました。承認します。それでは、カルッティ、さっそく今日の戦闘について報告してください」

「第一報は、ここにいるタイタン少尉が受信しました。少尉、説明を」

はい、と答えたその少尉はまだ若く、二十歳そこそこにしか見えない。

「マハトマ大尉は、校舎内での打ち合わせ中、敵方の砲撃開始の前に、学校が取り囲まれていることに気がついたようです。いち早くブルー・ビートルに乗り込み、敵の砲撃が始まるとほぼ同時に、ブルー・ビートル搭載の6機のコンピューター制御砲で威嚇を開始しました。これに驚いたのか、敵はいったん砲撃を中断し、若干後退します。その際に、私宛に通信してきたのです」

カルッティがそのあとを引き取る。

「私たちは、すぐにMESの偵察衛星『EYE-17013K』を現地上空まで移動させ、その攻撃目標位置を認識させました。この画像もその『EYE』が写しているものです。攻撃目標位置のデータは自動的にVC搭載の軍事衛星『Space Cat』のコンピューターに転送されました。そして発射スタンバイのあいだに、あなたに知らせ、その指示を待った。あなたのすばやい判断があり、私たちはVCを発射した。しかしその着弾前に……」

「……マハトマは攻撃された」

「ええ、確かに」カルッティは言った。「ただ、ＶＣ発射スタンバイの間にちょっと奇妙なことが起こります。映像を、よく見ていてください」

画面中央の校舎から、小さな黒い点がひとつ出てきて左のほうに動いていく。

「『EYE』のカメラは、上空３００ｋｍの高さから、猫一匹の動きでも捉えます。むろん、今この画面を動いていった点は、猫というわけではないでしょう。校舎には、サンディやシンの仲間たちがいた。点が走っていった先には、我々の敵がいた」

「ということは?」

「サンディとマハトマは、なぜその居場所を敵に特定されたのか? それは、キン、あなたが昨日うっかり口を滑らせたからでも、あるいはシンが暗号化されていないメールを送ったからでもない。審判の様子は、きっとマハトマも見ていたはずだ。マハトマはその瞬間、場所を移動させることを決断したはずです。あなたが、彼らは『外部』に出たと喋った瞬間から、この戦闘まで26時間もの時間がある。マハトマがそのあいだに、何の方策も検討しなかったと考えるほうが不自然だ」

「つまり、サンディたちがその居場所を特定され敵に包囲されたのは、私の不用意のためでもシンのメールによるものでもなく、校舎の中から飛び出ていった点のせいだと?」

「そう考えるしか他にないでしょう。……つまりシンの『仲間』のうちのひとりが、サンディたちの居場所を彼らに教えたわけです」

やがて、モニターの画像が少しずつ変わっていって、画面下のほうからブルー・ビートルめがけてロケット砲が発射されるのが見えた。そして次の瞬間には、ブルー・ビートルは爆発していた。

「私の判断がもっと早ければ……」

「キン、私は軍人としての研究から断言しますが」カルッティが言った。「諸条件から考えて、あなたの判断は十分に迅速かつ適切だった。それに、私たちは、あなたの判断を待つあいだにも、もっと防衛的戦闘をするよう、マハトマに言い続けていたのです」

「マハトマはそれをしなかった？」

「マハトマは言っていました。『私はシンを絶対に裏切らない』と」

話をしている間にも画面は少しずつ変わっていく。ブルー・ビートルの爆発が収まると、周辺の車……戦車の姿も多く認められる……が校舎へと近づいていく。次の瞬間、いたるところで光の花が咲いた。校舎以外のすべての場所が、瞬く間にその光の花で埋め尽くされた。

「ＶＣ着弾の瞬間です」

「死んだのは、敵の兵士だけ？　街のひとたちは？」

「ご覧のように、敵は軍車両を街路に展開させていました。ＶＣは的確に車両に着弾していますが、その衝撃波で３棟の建物が一部破損しました。それらの建物内部で一般市民が死んだ可能性は低いと思いますが、確認はできていません」

光の花がしぼみ、あたりの硝煙が消え去るころに、校舎から一台の車が跳び出てきて、モニター上方へと走り抜けていった。

「あそこに、サンディが乗っていたの？」

「ええ」再びタイタンが答える。「サンディの他、シンの仲間３人も無事で、あの車両で現地を脱出しました。現在、モンゴル平原に向かっているようです。サンディからはその後一度、衛星電話で連絡がありました」

「なんて？　なんて言っていたの？」

「〈悲しいことが起きましたが、私はひるんではいません。明日の朝、また連絡します。キン、援護をどうもありがとう。仲間も感謝しています。でも今後は、援護なしで何とかやっていけるでしょう〉以上です」

＊

次の日の朝、シンは寝室にいなかった。ビッグ・サークルにいた。血を流し、横たわって。４階の発着テラスから、飛び降りたらしい。

前日、私がカルッティとともに、ハルビンでの戦闘を説明した時には、感情的になることもなく、冷静に状況を理解しようしていた。私にはそう見えた。マハトマが死んだと知ったときには頭を抱えたが、サンディが無事だったことを知ると、喜んだ。

そのあと一緒に食事もした。ふたりきりで。料理人のバショウを呼び、シンの指示でつくってもらうことにした。その名は有名な男性の俳人にちなんでいるが、バショウ自身は35歳になる女性だ。シンはバショウをからかうような感じで、

――まさかここでは鰹のたたきは食べられないでしょうね？　私の故郷の高知では、あれが最高のご馳走だったのよ。

と言った。バショウは、少々お時間をください、と言い残して席を退いた。できるわけがないわ、とシンは笑い、それから30分ほど、私たちは酒を飲みながら談笑した。テーブルの上には前菜として、セロリのバルサミコソースがけの皿が置いてある。ソースの隠し味に、カカオが使われているようだ。

話題はだいたいが、セックスについての他愛もないことだった。お互いの世界のセックス事情が、どれだけ違うか。どっちがどれだけ馬鹿げている

か。そんな話だ。それ以外のことは、お互いにもうすべて知っていた。

一度だけ、短い間、シンは笑いを引っ込め、心の底から湧き上がる感情を抑えるような苦しげな表情をした。セロリを一口かじったあと、マハトマを死なせた裏切り者のことを唐突に話し始めた時だ。

――チェリンはね、とシンは前菜の皿に視線を向けながら言った。――何年か前に、ひとり娘を自殺で死なせたの。生きていれば、あなたやサンディと同じ歳くらいでしょう。きっとサンディの姿を見て、頭に血が上ったのね。コロニー産のオレンジをサンディがおみやげとして差し出した時、チェリンは「もう許して、サラ」と独り言を呟き、それからずっと様子が変だったと、私は報告を受けた。「サラ」というのは私たちが聞いていた彼女の死んだ娘の名前とは違うし、誰のことなのか私も他の仲間もわからないのだけれど……

私はただ、テーブルの上に置かれたシンの拳を自らの手で包み込み、頭を深く垂れた。

やがて、バショウが膳を持って現れた。

――お待たせして申しわけありません。鰹のたたきを持ってまいりました。炙り具合がこれでいいのかどうか、今ひとつ自信がもてませんが……まずはお召し上がりください。

シンは落ち着きを無理やり取り戻す様子で、それから目を丸くして驚いてみせた。ここには本物の鰹もいるの？　シンは鰹のたたきを食べた。そして目を丸くした。おいしい！　信じられない！　そう声を上げた。でも、と言った。

――でも、やっぱり昔高知で食べたもののほうが、おいしいわ。シェフ・バショウ、あなたの腕のせいじゃない。ただ、鰹は、やはり太平洋で育つべきなのよ。エベレストの山の上じゃなくて、ね。

　バショウは無言でにっこりと笑い、そして深々と、本当に深々と長い時間、お辞儀をした。

　シンから私宛の遺書はなかった。外部に向けては、自身のＷＥＢサイトにメッセージを残した。


——２０８４年７月７日：　全世界の皆さんに、お詫びをしなければなりません。私は、エベレスト・コロニーを崩壊させるために、そのコロニーにやってきました。しかし、その試みは失敗しました。

　私は世界を救いたいと考えていました。身の丈にあわぬ望みでした。私はそれにも失敗したでしょうか？　その答えは、皆さんに考えてもらわなければなりません。

　私の心臓はもともと止まりかけていました。近い内にこの病で死ぬか、あるいはエベレストからピカピカの心臓を提供されてもうしばらく生きてから死ぬか。それが私の死の選択肢としてありました。しかし私は、別の死を選びます。世界に抗うための死です。その世界とは、エベレストの外でも内でもない。この唯一の世界です。

　私はこの唯一の世界に最後まで抗議して、自ら死ぬ死を選択します。抗議とは、絶望でも諦観でもない。ただひとつの思いを持って死ぬこと、それが抗議の死です。そしてその思いとは、この死が何かの種になって、やがて芽を吹き、そして実を結ぶだろうという予見です。

　さようなら、世界。ありがとう、世界——。

3

　ステージが除かれ、私以外の審問員も、アリエクス以外の被審問者もいない場所で、審判の判決は言い渡される。今日もアリエクスは、首を傾け上方を見やっている。１２００メートル上方の光の穴から何かが降りてくるのを待っているかのように。私はふと、ミケランジェロの描いた「最後の審判」を思い出す。

　判決を言い渡す前に、私はまず、世界に謝罪した。

「地球上でもっとも聡明で勇気ある女性、シン・ユキムラは、今朝このコロニー内で死去しました。シン・ユキムラは、このエベレスト・コロニーが招いた客人です。その客人を死なせてしまうという、とんでもない失敗を犯したことを、私は心から恥じ、そしてお詫びします——」

　私はそう言い、そのまま一分間の黙禱をささげた。皆もそれに従った。黙禱を終え、目を開けた瞬間、私は信じられない光景を見た。

　上を向いたままのアリエクスの目から、涙が流れている。

　いつものように冷静で、無表情ともいえるその顔に、左右の目から、ふた筋の涙が光っている。涙の筋はそのまま黒い髭のなかに消えている。アリエクスは、自分が泣いていることに気がついているだろうか？

　私は気を取り直し、審判の結果を発表した。

「私はまず、アリエクスと49人委員会の生き残りメンバーを含む10人の〈完了〉を免れた者たち、およびエベレスト・コロニー旧政府評議員11人に、刑を言い渡します。とはいえ、このコロニーに成文法は存在していない。歴史に照らし合わせて裁く、という抽象的な言いかたしかできない。これについて、異議はありますか、アリエクス？」

「それでいい」アリエクスは私に向き直った。「どのような審判も、本来その根拠は歴史以外にありえない」

「それでは、判決を言います。我々は、アリエクスおよび他の20名に対し、このコロニーの成立過程における虚偽と、このコロニーの運営過程における虚偽の罪があることを認定する。この罪により、アリエクスおよび他の20名を〈完了〉に処する。これは今日から50日以内に実行される。ただし、〈完了〉と言う語の意味を、ここで再定義しなおす。すなわち〈完了〉とは、このコロニー内での生の完了を指すものとする。具体的には、〈完了〉を余儀なくされるものは、ループ・ルームにおける生物的な死か、コロニーからの〈追放〉か、そのふたつのうちいずれかを選ぶことができる。今日〈完了〉を言い渡されたものについても、この再定義が適用される。……アリエクス、異議は？」

「その再定義で、今後うまくいくとでも？」

「ええ」

「よろしい。異議はない」

アリエクスは、それで満足そうに目を閉じた。

私は続けた。

「それでは次に、このエベレスト・コロニー自体に対する罪状の認定と、それに対する判決を発表します」

アリエクスが再び首を後ろに倒し上方を見やるのを目の隅に捉えながら、私は続ける。

「このコロニーの成立過程には、すでに明らかにしてきたように、大きな虚偽があった。その罪はアリエクスおよび49人委員会が負うべきものであり、彼らはそれゆえに刑を受ける。旧政府評議員を除けばコロニーの現在の住人は、その事実をごく最近まで知る術を持たず、それゆえこの事実によって罰せられるべきではない。ただし、歴史に照らし合わせて、このコロニーは人類に対して極大の責任を持つ。その責任の行使の可能性として、まずこのコロニーを解体し、ここにある資源を、人的なものを含め、すべて外部に還元することが考えられる。しかし、このコロニーの建築を解体することは物理的に不可能であり、またこのコロニーの合理を解体することは論理的に不可能である。また、資源を還元することは、それを奪い合う紛争を誘発し激化させることにしか繋がらない。したがって……」

私はそこまで喋ると、いったん言葉を切った。そして隣を見た。誰もいない。昨日まで、シンがいた場所を。

この結論しかない。シンも、きっと、それをわかっていた。

私は、前を向き直り、それから続きを言った。

「我々は、このコロニーを解体することを断念する。歴史に照らし合わせて、このコロニーが負うべき責任は、ひとつしかない。それは……」

奇妙なことだが、私はそのあと何を話したのか記憶がない。ひょっとして、失神したのではないかとすら思う。

だが、あとでシャカや他の皆に訊いてみると、私にはそのとき何も変わった様子もなく、しっかりとこう宣言したのだという。

――それは、このコロニーが、真の意味でPerfect Worldを実現することです。

＊

ブルー・ビートルの次世代機、グリーン・ビートルが完成したという報告を、私はシューから受けた。審判の完了から、45日がたった日のことだった。

ブルー・ビートルが破壊されてから、私たちは世界との交通手段を持たなかった。グリーン・ビートルはそれを再び可能にする。最高速度マッハ4・8は外部の戦闘機の倍近い。移動方向は360度。最高飛行高度は地上3万メートルで、レーダー捕捉は不可能。コンピューター制御のマイクロ・ロケット砲を64機搭載する。最大搭乗人員は操縦士・副操縦士を入れて36名。

この世界の技術の粋と呼ぶべき超高性能のビートルがこうして完成したわけだが、実際にこれを使用することがそう多くなることはない。〈完了〉の方法として〈追放〉を選択するもののために飛ぶのが、ただひとつの目的になる。

それ以外の例外的な飛行が、一度だけ、予定されている。シンの遺体と、自発的に世界に出ようとするものたちを乗せてのフライトだ。

審判の後にも、ヒロシゲやプリマヴェーラらは世界に向かう意志を曲げなかった。サンディに合流し、シンの本当の仲間たちと力をあわせ、世界で働きたいと言い張った。サンディから時々送られてくる通信が憧憬をかきたてた。

――ここは本当にいやなところ。

2週間前に送られてきた映像付きのメールで、サンディはこう言っていた。

――貧しいだけなら別にいい。我慢ができないのは、ひとが平気で嘘をつくこと。大人はもちろん、老人や、子どもですらも！――

こんな話をしながら、しかしサンディの顔はまるで悲しげではなく、むしろどこか嬉しそうですらあった。メールはバスラで撮影されたとのことで、サンディはアバヤを頭からかぶっている。ペルシャ湾の強い光を受けて、白い歯が光っている。サンディは言った。

――毎晩眠るときには、何でこんな世界に来てしまったんだろうかと、涙が出てくるのをとめることができない。同じ部屋で寝ているイーに、泣いていることを気付かれやしないかと、どきどきしながら。でも朝になると、なぜだか体がひとりでに飛び起きる。さあ今日も生きてやる、夜まで生き延びてやると、私の腕が、足が、心臓が叫ぶのを感じる――。

こうしたサンディの様子に、ヒロシゲたちが刺激を受けないわけはなかった。

「僕は何であれ行くよ」ヒロシゲは言った。「そもそも、マハトマがシンを迎えに行って、シューが外部の様子を伝えるのを聞いたときに、僕はもう半ば決心していたんだ。シューは確かこう言った。『火星の裏側にでも来ている気分だ。どの都市もキッチンのゴミ箱みたいに汚いが、少なくとも上空から見下ろす限りでは、海や湖は奇跡のように美しい』僕もそれをどうしても感じてみたい。それに……」

そこまで言うとヒロシゲは言葉を切り、ポケットのなかをまさぐった。

「……僕はこれを、世界に返さなければならない」

ヒロシゲの手の中には、シンが吸っていたタバコの箱があった。

*

グリーン・ビートルの初飛行は、審判で〈完了〉を宣言されたうちのひとりを、コロニーの外に〈追放〉するためのものになった。

選択肢が与えられたのに、〈追放〉よりもループ・ルームでの死を望んだもののほうが圧倒的に多かったというのは、少しばかり不思議な感じもした。だが考えてみればそれも当たり前だ。49人委員会の生き残り以外は、コロニーの外で生きた経験を持たない。サンディやヒロシゲのように、好奇心と勇気と、そして生への熱い欲望を持っていなければ、世界に出ることは死よりもはるかに恐ろしく感じられるだろう。まして49人委員会の生き残りは、世界を欺いてきた張本人という烙印を押されているのだから。

だから20人が、コロニーの外での延命ではなく、ループ・ルームでの幸福な死を選択したのは賢明だ。むしろ、ひとりがその幸福な死を選択しなかったことのほうが不思議だといえるのだろう。

そしてさらに意外だったのは、そのひとりが、アリエクスだったということだ。

イデアの影の歪みを憎み、その正しい像を思い描いて、ついには影を生み出す光そのものに触れたのかもしれないアリエクスが、いまさらなぜ、歪んだ影の世界に帰っていこうとするのか？　私はそんなことを考えた。予想はできる。

——コロニーの「原罪」を背負う私が「外部」に出ることによって、この世界は真の意味で完成する。

問えば、きっとアリエクスはそう答えるのだろう。すべてアリエクスの書いたシナリオ。それでも私は納得がいかない。

しかし私はアリエクスにそれを直接問うことをしなかった。アリエクスと私がすべき会話は、もうすべて終わった。

〈完了〉を待つ期間、アリエクスはただ一度だけ、要望を出したという。それは、かぼちゃのスープが食べたいというものだったと聞いた。夕食時にそれを賄うと、まずそうな顔をしてそれを平らげたのだそうだ。私には、アリエクスの気まぐれの意味がわからない。

審判が終了して49日目。アリエクスがグリーン・ビートルに乗り込むときも、私は発着場に行ったりはしなかった。シンが死んだ日、アウラの底で見たのが、私にとってアリエクスの最後の姿だ。それ以上、もはやその顔を見る必要はない。

アリエクスの「追放」のためのフライトは、シューが操縦士となり、シャカが随行して行われた。

やがてグリーン・ビートルは帰還した。検疫室での検査を終えた後、シューとシャカは私の部屋……政府執務室まで報告にやってきた。

「アリエクス〈追放〉任務を無事遂行しました」シューは言った。「つまり、アリエクスは確かに〈完了〉しました」

「ご苦労さま」私は言った。「それで、アリエクスは〈追放〉先をどこに選んだの？　どこにしても、外部のひとたちがそこにいる老人をアリエクスだと認めたら、その瞬間から、リンチの時間が始まるでしょうね」

「その心配はないよ」シャカが答えた。「きみが心配してそう言っているのではないことは承知しているが。アリエクスが選んだ〈追放〉地点は、上海でもニューヨークでも、シカゴでも京都でも高知でもなかった」

「そう。それで、どこだったの、あなたたちがアリエクスを降ろしたのは？」

「太平洋の上です」シューは表情を変えずにそう言った。「東京から東に９００ｋｍほど飛んだところ。グリーン・ビートルが高度９００メートルまで降りたところで扉を開け、そこから彼は飛び降りました」

「太平洋のうえ？　どういうつもりで……」

「うん」とシャカは言った。「僕も当然、訊いた。『忌々しい世界に、最後に体当たりでも食らわせようというのかね？』と。それまで終始何も言わず無表情だったアリエクスが、この問いにはどういうわけか満面の笑みを浮かべて答えたよ」

——「忌々しい世界」なんてことはない。私はこの世界が、けっこう気に入っているんだ。

＊

審判終了から50日目。私はインターネット回線を通して、全世界に報告会見をした。そして21人の被審問者が、宣告どおり50日期間内に全員〈完了〉されたことを伝えた。

シンの遺体は15日以内に外部に運び出すことも発表した。ただし、搬送の詳細な期日や場所は現時点で明らかにすることはできない。発表は搬送が終わった後に行う、と。

結審における決定の履行状況をこのように報告した後、私は付け加えて幾つかの新しい発表をした。

ひとつは、火星移行プログラムについてだ。

「このコロニーの建設は、火星にもうひとつの世界をつくるという目的で始まり、その目的のために人類は協力しました。当初目的の、このコロニー全体の火星移行は、当面は不可能であり、それを断念せざるを得ないことは、審判のなかですでに明らかになったとおりです。しかし少数の移住は、現在の技術で可能であるという結論に達しました。私たちは人類に対する責任を果たすために、火星少数移住を実行します。まず6人が、火星に向かいます。地球以外の星に人間の世界が出来る……長い歴史の夢が、ようやく実現されます」

——最初の6人に僕が入ることになった。

シャカはそう言っていた。

――そう……それじゃあ、あと30日でお別れということ？

――いや、10日後だ。ゴッド・リングで準備をしないといけないから。デモクリトと僕、そして女性が4人、最初に飛び立つ。

――その女性は……双子が二組？

私が訊くと、シャカはうなずいた。

――アリエクスたちが構築した婚姻システムと家族システムをそのまま用いるのが最も合理的だという結論に達したんだ。

――〈完了〉は、どうするの？　まさか火星で、〈追放〉という手は使えないでしょうし。

――いや、シャカは笑った。それもこの世界と同じにする。ループ・ルームをつくってそこでの〈完了〉も行うが、〈追放〉を選択することもできるようにする。その場合、宇宙の果てに向けてカプセル・ロケットを打ち上げる。ロケットは永遠の旅を続けるだろう。そのなかで、ひともやがて、永久の眠りにつく――。

早すぎる気はする。もっと準備が必要に思った。だがシャカは、世界との約束を、たとえその一部でも、一刻も早く実現させようと考えたのだろう。シャカのおかげで、私は世界にこうアナウンスができる。

「火星に、人類の新しい永遠の時間が流れ始めるのです。２４７日後には、きっと」

私は発表を続けた。

「火星の『新しい世界』へは、今後計64人がこのコロニーから旅立ちます。そしてその後、このエベレスト・コロニーは、再び完全平衡型社会へと戻ります。したがって、地球上へのエベレスト・コロニーからの資源還元は、それ以降は行われません。人的資源も、物的資源も、エネルギー資源も」

私は「それ以降行われない」という言葉を使って、「それ以前には行われる」ということを言外に含めた。ヒロシゲたちの人的流出が予定されているし、彼らには相当の物的資源を分け与えるつもりでもある。彼らはそれを外部のひとびとのために使う。だがそれをはっきりとは発表できない。すればハルビンでのマハトマとサンディのように、すぐにでも私設軍隊に取り囲まれる可能性がある。

「ただし」と私は言った。「流出することが平衡を阻害しない資源については、今後エベレストから地球上に対し、積極的な流出を予定しています。それは、情報であり、知識です。たとえば……」

ここ数カ月におきたことを思い出しながら、私は続けた。

「たとえば人工心臓の設計図。それをつくるための精密機械の設計図。拒絶反応を抑えるための薬のデータ。薬の原料あるいは代用品のデータ。薬工場の設計図。手術の手順。そして、手術を行える医師の育成方法。私たちは、こうした情報と知識を、今後惜しみなく流出させることを約束します。エベレスト・コロニーは地球にとって、知識の工場となるでしょう」

しかし、彼らはその知識を使いこなすことができるだろうか?

私たちはそれを予測する立場にはない。エベレスト・コロニーはただ、出せる答えを出しただけだ。

＊

私は一度だけ、世界に出た。

シャカたちが旅立ったその3日後。ヒロシゲたちが世界へと向かった時に。

世界に出てサンディと合流するのは、ヒロシゲを含めた33人。34人の「家族」として生活をスタートする。プリマとヴェーラ、オズ、それにクーも、そのなかに含まれる。まだ幼いクーが、双子のソウと別れて世界に行くというのを聞いたときは、私は反対した。

——何言ってるの。と、大人びた口調でクーは言った。——あなたも、サンディと離れたじゃない。それはそうすることが、世界の……内も外もない唯一の世界の、ためになるからだと判断したからでしょ？　それに……、とクーは言った。

——それに、何？　私は訊いた。

——それに、ソウと私はシンの遺書のなかにあった、「種」になるんだから。

クーはそう答えた。

シューは34人の「家族」に入るのをやめた。代わりに、往復のグリーン・ビートルの操縦士を買って出た。

シューが私に副操縦士としてグリーン・ビートルに乗るように勧めたとき。私はいったん断った。「私にこのコロニーを出る資格はないから」と。

——違います。シューはきっぱりと言った。——あなたは世界を見なければならない。そしてシンの亡骸を、送り届ける責任があるはずです。

たった数カ月で、シューはずいぶんと大人になった。その言動をマハトマに諫められていた少年はもうそこにはいなかった。そしてシューの言うことは、正しかった。

グリーン・ビートルは、シャトル発着場をゆっくりと飛び上がると、やがて回転して、東へ飛行を始めた。時刻は朝方で、ヒマラヤはまだ薄暮に白く光っていた。加速を始めると、ヒマラヤ山脈はあっというまに後方遠くへ消え去った。昼がすぐにやってきた。

サンディは今、東京にいるのだという。日本列島に向かうと聞いて、ヒロシゲは手を叩いて喜んだ。

空を、大地を、湖を、海を、私は初めて見た。美しかった。いや、美しすぎた。光はまぶしすぎ、森の緑は鮮やかすぎ、水は青すぎる。セザンヌの絵をリキテンシュタインの色で塗り替えたような感じがした。これが、自然なのだろうか？ それとも、バランスを失った結果の風景なのだろうか？ 私にはわからなかった。私は初めて見るのだから。モニターを通して海の色を知っていても、私のモニターの色バランスがおかしかったのかもしれない。

東京という街は、昔ニュース・アーカイヴで見たのと、形は同じだった。だが同じなのは形だけだ。高層ビルはどれも苔のような緑にびっしりと覆われていた。車はほとんど走っていなかった。高速道路の表示がある道路に、ひとがたくさん暮らしているようだった。公園には、空から花弁の形が確認できるような、大きくて奇妙な花が咲き乱れていた。その花のまわりにも、ひとの姿が見える。

「彼らから、丸見えね」

高度が１０００メートルを切った時に、私はシユーに言った。

「エベレスト・コロニーからひとが出てきたと、大騒ぎにならないかしら？」

「その心配はありません。この機体は膜状モニターでコーティングされていて、オフの時はただの緑色ですが、オンにすればその時々の空や雲の様子がそこに精密に映し出される。明度も周囲の状態とシンクロするよう自動調節されるので、明け方でも月夜でも気が付かれない。高度50メートル近くまで降りない限りは、視認されない。もっとも、音だけはどうしようもありませんが、彼らはきっと、また異常気象だと思うだけでしょう」

「すごいわね。空に溶け込んでしまうの？」

「ええ。私はこのジェット・ヘリの設計が進行する途中で、マハトマに進言したんです。新しいヘリの名前は、ビートルではなくカメレオンにすればいい、と。マハトマはその提案を一蹴しました」

「どうして？」

「マハトマは石頭ですからね、ご存知のように。私を睨みつけるようにして、こう言いました。『シュー、カメレオンは空を飛ばないだろう？』」

私たちは、顔を見合わせて少し笑った。

私たちが降りていったのは湾岸の倉庫街だった。グリーン・ビートルが空き地に着地すると、すぐに十数人の人影が近寄ってくる。

私はそのうちのひとりを見て、心底驚いた。シン！ シンが走ってくる！ しかも、ずっと若返ったシンが！


瞬きした。もう一度見た。違った。シンであるわけがなかった。サンディだ。

これが、あのサンディ？ 私は目を疑った。Tシャツとアーミー・パンツで、キャップをかぶったサンディ。シンと見間違えるのも無理のない、汗と埃に汚れた、そして意志の力があふれ出た女性が、そこにいる。

私はサンディを抱きしめた。そうしながら、思っていた。サンディと私の、もうひとりの姉妹が選んだ死は、はたして正しかったのかどうかを。もう何度も、そのことを考えた。シンの気持ちはわかる。私がシンの立場でも、同じことをしたかもしれない。それでもそれが正しかったのか、私にはわからないままだった。

＊

サンディと33人のコロニーの元住民、その仲間となるだろうシンの友人たち、そして最後にシンの亡骸に別れを告げて、私は再びグリーン・ビートルに乗り込んだ。

グリーン・ビートルの速度は速く、遠くにヒマラヤの山々が見え始める。

空は青く澄んでいる。かつてこの空を、Marga Tarmaという隕石が赤紫色に染め、引き裂き、黄色い巨大な亀裂をつくりだした。映像でしか見たことのないその亀裂を、目の前の空に重ねてみようと試みたが、うまくいかなかった。

やがて、ひときわ高く聳え立つエベレストの形がはっきりとしてくる。さらにそのうえにそそり立つコロニーの姿も。

巨大な塔、天と地をつなぐ道。宙に向かい先細りするその塔の表面では、無数のプロペラが回転している。プロペラの奥では太陽電池が、赤く染まったヒマラヤを反射している。それはひとつの生き物のように動き、表情を変え続けている。

私は初めて、私の世界を見る。

エピローグ　Jagat

２７０階にある政府執務室の扉をノックする音。シューが入ってくる。

「キン、こんなものを見つけました」

シューが右手を差し出す。そこには1インチ四方の薄っぺらな白い板がある。

「メモライザー？　どこで、それを？」

私が訊くと、シューは答える。

「エレベーターのなかです。空気ベンチの奥に、紛れ込んでいました」

「何か記録されていた？」

「ええ。だからこそ、これをあなたの元にお持ちしたわけです」

私が礼を言うと、シューは敬礼をして、部屋を出て行く。

ひとりきりの政府執務室で、私はそのメモライザーの再生スイッチを押す。1インチ四方の白い板はモニターに変わり、シンの顔を映し出している。

「……ええと、メモライズはこれでできているのよね？」

シンの声。

「私は今、エレベーターのなかにいます。4階まで降りていくところ。このエレベーターはまた、ずいぶんとのろいわね。でものろいおかげで、私は大事なことを思い出したし、それをここに残しておくこともできる。キン、あなたへの最後の贈り物として、このメッセージを伝えます。

私が、母の遺品を、彼女の友人の家で譲り受けたことは、審判のあいだに言ったわね。そこにはデジタル・ボイス・レコーダーも一緒にあった。

……そう言っても、わからないかしらね？　要は原始的な音声記録メディア。

そのなかに、マーヤ・デイと思われる声で、鼻歌が録音されていた。すごいと思わない？　マーヤの歌を、ユイが預かり、それを私が受け取った。さらに、キン、あなたは私のへたくそな鼻歌で、それを聞くんだから。

メロディはマーヤがつくったのだと思う。詩は、これもマーヤ自身のものかもしれないけれど、内容はヒンズー教の教えにそったものだと、私は感じる。キン、あなたはどう思うかしら？」

そう言ってシンはふたつばかり咳払いをした。そして歌い始める。

——Jagat／私の子、この世界／あなたはただひとつ、ただひとり／体がふたつに引き裂きえぬように／世界もまた、ただひとつ／心がふたつに引き裂けきえぬように／あなたもまた、ただひとり／なぜひとつなのかと、問うてはいけない／なぜひとりなのかと、問うてはいけない／問えば答えは逃げるから／答えは問いを嫌うから／——Jagat／私の子、この世界／すべてのひとの子、Jagat……

This story is built on an idea for a film project with Greg Manos and Jordan Smith

この小説はグレッグ・マノス、ジョーダン・スミスと協働する映画の原作として書かれた

〔著者略歴〕
鈴木隆之（すずき・たかゆき）
1961年生まれ。建築家／小説家／京都精華大学デザイン学部教授。京都大学卒。1987年群像新人文学賞受賞。主な著書に、『ポートレイト・イン・ナンバー』『未来の地形』『不可解な殺人の風景』など。建築作品として、『EXCES』『京都精華大学本館』など。元 Southern California Institute of Architecture 客員教員。

パーフェクト・ワールド
The Perfect World

2014年11月25日　初版第1刷印刷
2014年11月30日　初版第1刷発行

著　者　鈴木隆之
装　画　鈴木隆之
装　丁　奥定泰之
発行所　論 創 社
〒101-0051　東京都千代田区神田神保町2-23　北井ビル
電話 03-3264-5254　振替口座 00160-1-155266

印刷・製本　中央精版印刷
組版　フレックスアート

ISBN978-4-8460-1386-8
落丁・乱丁本はお取り替えいたします